Pastor Diaboli

Thorsten Morawietz

PASTOR

BAND 1: PRIESTER DES TEUFELS

DIABOLI

Kriminalroman

PAHLBERG

Copyright © 2024 Pahlberg Verlag,
ein Imprint des Belle Époque Verlags,
Inh. G. Pahlberg, Wiesenstr. 7, 72135 Dettenhausen
GPSR Kontakt: GPSRinfo@be-verlag.de

Lektorat: Monika Hofko / Scripta Literaturagentur
Korrektorat: Christian Reichenbach
Innenlayout und Schriftsatz: Hans-Jürgen Maurer
Cover: Marina & Torsten Müller / buchcover.design

Herstellung: Custom Printing, Wał Miedzeszyński 217/1,
04-987 Warszawa, Polen

ISBN: 978-3-98845-200-9

Kapitel 1

Er konnte die Schreie schon hören, als er die Stufen hinaufstieg. Es war ein heiseres Kreischen, vermischt mit einem ganz hohen Stöhnen, das beinahe klang wie Gesang. Es wirkte, als würde es aus anderen Welten herüberwehen, als erzählte es von irgendeinem vergessenen Geheimnis. Die Schreie waren wie ein Klagelied verlorener Seelen.

In dem ärmlichen Treppenhaus roch es nach scharfen Putzmitteln und nach Zigarettenrauch.

Aus den Wohnungen drang der Lärm von voll aufgedrehten Fernsehern.

Dritter Stock. Er war schon leicht außer Atem. Die Tapete löste sich von den Wänden, das hölzerne Geländer war abgegriffen, und das Furnier an den Wohnungstüren war rissig. Auf einem Treppenabsatz lag eine Plastiktüte, aus der eine Crackpfeife hervorschaute.

Je weiter man nach oben kam, desto schäbiger wirkte das Treppenhaus. Wenn man ganz oben angekommen wäre, so dachte Quentin bei sich, hätte man das Inferno erreicht.

Die Schreie waren kurz verstummt, doch nun waren sie wieder deutlich zu hören. Jetzt klang es wie ein seltsames Hecheln, halb Lust, halb Schmerz.

Er spürte die übliche nervöse Anspannung, bevor er einem seiner Fälle gegenübertrat. Man wusste nie, was einen erwartete.

Manchmal war es nur ein überdrehter Teenager, der am Wochenende zu viele Pillen geschluckt hatte und auf einem seiner Trips hängen geblieben war, manchmal war es ein psychisch Kranker, der Kot an die Wände schmierte, manchmal war es einer, der sich nicht traute, Amok zu laufen.

Er verspürte den Drang, einfach umzukehren. Er wollte nicht wieder in eine Wohnung treten voller Verzweiflung und verweinten Augen, nicht wieder Luft atmen, die schwer war von Blut und Tränen.

Vater unser im Himmel, … erlöse uns von dem Bösen …

Fünfter Stock. Er war da.

Die Tür sah so ausdruckslos aus, so gleichgültig. Eine Tür verriet nie, was sich dahinter verbarg.

Kurz bevor er klingeln konnte, ging sie auf. Die Frau dahinter hatte das hoffnungslose Gesicht einer Verliererin. Ihre Augen waren verquollen. Sie blickte in die Welt, als fragte sie sich, welche Leiden noch auf sie warteten. Ihre Gestalt war so mager und verkümmert, als wäre ihr alles Leben aus den Gliedern gesogen worden. Ein verschlissenes, bunt geblümtes Kleid hing schlaff an ihr herunter.

„Ich bin Pater Quentin. Sie hatten mit meinem Büro telefoniert."

Sie blickte ihn wortlos an, dann drehte sie sich einfach um und ließ die Tür offenstehen.

Er betrachtete dies als Einladung und ging hinter ihr her durch den kleinen Flur bis ins Wohnzimmer. Die Schreie waren verstummt, man konnte nun leise den Fernseher aus der Wohnung unter ihnen hören.

Die Einrichtung war bedrückend. Schwere Eichenmöbel, gerahmte Fotos von lächelnden Menschen, Geschirr in verstaubten Vitrinen.

Die Frau setzte sich auf die Couch. „Wollen Sie sie gleich sehen?"

„Ich würde zuerst gern mit Ihnen reden." Er nahm ihr gegenüber in einem Sessel Platz.

Quentin bemerkte die leichte Unruhe in ihrem Blick.

Schon als Kind war es ihm aufgefallen, dass die meisten Frauen nervös wurden, wenn er in der Nähe war. Es kümmerte ihn nicht sonderlich, oft war es ihm sogar ein wenig lästig. „Überirdische Schönheit" hatten manche es genannt.

Darum verachtete Quentin die Schönheit. Schöne Frauen, das hatte er bitter lernen müssen, hatten in den meisten Fällen eine dunkle Seite. Sie wirkten wie Engel und hatten die Seele eines Teufels. Auch seine eigene Schönheit, das wusste er zu gut, war nur eine Lüge.

Misstrauisch sah sie ihn an. „Sie haben kein Priestergewand an."

„Ich trage selten eins. Stört es Sie?"

„Nein. Ich dachte nur, Sie hätten eins an."

„Erzählen Sie mir von ihr."

„Es hat vor zwei Jahren angefangen. Sie wurde immer verschlossener, hat kaum noch geredet. Dann hat sie auf einmal Stimmen gehört. Sie hat lauter religiöse Bücher gelesen. Manchmal hat sie sich selbst verletzt. Wir waren bei allen möglichen Ärzten. Dann, vor zwei Wochen, hat das angefangen." Sie wies mit dem Kopf auf den Flur, aus dem jetzt ein leises Wimmern drang. Es klang merkwürdig, so als würde man einen Nagel über rostiges Metall ziehen. Es hatte eine ganz eigene Schönheit.

„Redet sie in fremden Sprachen?"

„Ich weiß nicht, ich glaube schon. Sie spricht völlig unbekannte Wörter, ich weiß aber nicht, welche Sprache das sein könnte."

„Hat sie Kenntnis von Geschehnissen, die sie eigentlich nicht wissen kann? Hat sie Vorahnungen, Visionen? Haben Sie unerklärliche Phänomene bemerkt? Lichterscheinungen? Fremde Stimmen? Möbelrücken oder Ähnliches?"

Die Frau blickte unschlüssig vor sich hin. „Eigentlich nicht. Aber sie hat unglaubliche Kräfte. Hier, gestern hat sie mich gepackt. Ich dachte, sie bricht mir den Arm." Sie krempelte den Ärmel ihres schäbigen Kleidchens hoch, die Haut war übersät mit dunkelblauen Flecken. „Und sie hat Wundmale an den Händen und an den Füßen. Sie spricht immer so seltsame Dinge. Das ist nicht mehr unsere Tochter."

Ein Mann kam herein. Er hatte behaarte Arme und die kalten Augen einer Echse. Alles an ihm war grob. Sein Holzfällerhemd mit den hochgekrempelten Ärmeln, seine Arbeitsschuhe, sein Gang und sein Blick.

Die Frau sah nicht hoch, als er näherkam. „Das ist mein Mann."

Der Mann trat dicht an Quentins Sessel, viel zu dicht. Er atmete schwer. „Wenn Sie ihr wehtun, dann breche ich Ihnen die Knochen." Er sagte es in einem drohenden Ton, so als würde er nur darauf warten, dass man ihm widersprach, als spürte er einen solchen Zorn in sich, auf die Welt und auf sich selbst, dass er ständig hoffte, man gäbe ihm einen Grund, endlich um sich zu schlagen. Als wartete er schon sein ganzes Leben darauf, endlich die Kontrolle zu verlieren.

Quentin kannte Menschen wie ihn. Er gab seiner Stimme einen betont ruhigen Klang. „Ich werde nichts tun ohne Ihre Einwilligung."

Die Menschen waren meist entweder extrem misstrauisch oder sie begrüßten ihn wie den Heiland. Und manchmal hassten sie ihn.

Der Mann trat noch näher heran. Er roch ganz schwach nach Alkohol. „Was heißt das? Manchmal tun Sie ihnen also etwas?"

„Es kommt vor, dass man Menschen gegen ihren Willen in eine Einrichtung bringen muss. Oder dass es geboten ist, sie davon abzuhalten, sich selbst oder andere zu verletzen."

Das Wimmern hatte sich verändert, es war nun eine Art wirres Lachen, manchmal unterbrochen von Stöhnen.

„So? Wohin bringt ihr sie denn? In eins eurer Scheißklöster?"

„Eher in ein Krankenhaus oder in eine staatliche Einrichtung. Aber wie gesagt, ohne Ihre Einwilligung geht das nicht – im Regelfall."

„Im Regelfall?"

„Ein Richter beschließt manchmal eine Unterbringung gegen den Willen der Beteiligten. Ich selbst kann so etwas nicht veranlassen."

Der Mann blickte ihn so herausfordernd an, dass Quentin beschloss, etwas offensiver zu werden. „Wenn Sie mich auffordern zu gehen, muss und werde ich die Wohnung sofort verlassen. Ohne Ihre Zustimmung kann ich nichts machen."

Er wusste, dass sie ihn nicht bitten würden, zu gehen. Die beiden waren so verzweifelt, dass sie alles tun würden, wenn man sie davon befreite.

„Haben Sie ein Scheißkreuz dabei?"

„Ja, ich habe eins dabei."

Das Geschrei verstummte plötzlich. Die Stille war merkwürdig.

Einen Augenblick lang wusste keiner, was er sagen sollte.

Die Mutter hatte die ganze Zeit auf den Boden gestarrt. Jetzt sah sie ihn an. „Wollen Sie sie jetzt sehen?"

„Ja, ich denke, das wäre gut."

Der Mann stand so dicht vor Quentin, dass der sich behutsam an ihm vorbeischieben musste.

Sie gingen den Flur hinunter. An den Wänden hingen gerahmte Fotografien von den beiden mit einem jungen Mädchen. Er versuchte, nicht hinzusehen.

Die Mutter ging entschlossen voraus, so als würde sie sich selber Mut machen wollen.

Vor der Tür blieb sie stehen und sah ihn an. Hinter der Tür war es jetzt ganz still. Vielleicht wusste sie drinnen, dass er kommen würde. „Sie war nicht immer so. Das müssen Sie wissen."

Er nickte. „Das weiß ich. Ich möchte Sie bitten, dabeizubleiben. Zumindest im Augenblick."

Die Frau blickte ihn ängstlich an, so als wollte sie nicht mehr in dieses Zimmer. „Warum?"

„Sie wird Angst haben. Es ist gut, wenn sie ein vertrautes Gesicht sieht."

Die Mutter lächelte seltsam. „Glauben Sie mir, sie hat keine Angst."

Als die Tür aufging, war der Gestank unbeschreiblich. Er traf ihn wie ein stinkender Lappen mitten ins Gesicht. Unwillkürlich hielt er den Atem an und blickte sich um. Es war ein übliches Mädchenzimmer, einige Puppen, Poster von Boybands, Urkunden an der Wand. Der Mann folgte ihm sofort, die Mutter kurz darauf ebenfalls.

Das Mädchen lag im Bett. Sie war mit dicken Seilen an die Bettpfosten gefesselt, die Haut an den Hand- und Fußgelenken darunter war aufgeschürft. Sie trug ein Nachthemd, ihre strohblonden Haare waren fettig. Sie war früher hübsch gewesen. Er ließ den Blick über die Wundmale an ihren Händen und Füßen gleiten.

Sie sah ihm entgegen und lächelte. „Bist du der beschissene Pfaffe, den sie geschickt haben?" Ihr Ton war schneidend, aber ihre Stimme klang noch ganz kindlich. „Komm doch her, du Schwanzlutscher."

Der Vater war ans Bett getreten und legte seine Hand auf ihr Knie. „Du wirst dich jetzt beruhigen, Kleines. Der Mann hier will dir helfen."

Sofort wurde sie ruhiger.

Quentin setzte sich vorsichtig auf ihr Bett. Sie schob sich mit den Hüften gegen ihn, und er spürte ihren heißen Körper. Er rückte etwas weg, auf die Bettkante.

Lauernd sah sie ihn an. Ihre Augen waren blutunterlaufen, sodass sie beinahe schwarz wirkten. Sie lächelte böse. „Willst du mich ficken?"

„Nein, das will ich nicht. Warum fragst du das?"

„Weil alle das wollen."

Er besah sich die verschorften schwarzroten Wundmale an ihren Füßen. Als er ihre gerötete und geschwollene Haut dort berührte, zuckte sie zusammen wie unter Stromstößen. Sie heulte beinahe lustvoll auf und warf sich im Bett in ihren Fesseln hin und her.

„Wie ist dein Name?"

„Ich bin Nero. Adolf Hitler. Baphomet." Sie schien Lust dabei zu empfinden, die scheußlichen Wörter auszusprechen.

„Warum sagst du das?"

„Halt's Maul, Pfaffe." Sie warf ihren Kopf hin und her,

die Haare klebten ihr im Gesicht. „Drecksau, Drecksau. Lass mich, lass mich."

Der Vater sah ihn zornig an, „Warum tun Sie nichts? Ich denke, Sie kennen sich aus mit so etwas. Sehen Sie nicht, was mit ihr passiert? Was ihr angetan wird?"

Quentin blickte auf die Hand des Vaters, die immer noch auf ihrem Knie lag.

„Warum holen Sie Ihr Kreuz nicht heraus? Warum tun Sie nicht endlich etwas?"

Die Tochter begann zu wimmern und warf weiter den Kopf hin und her, sie wand sich wie unter Schmerzen und riss an ihren Fesseln. „Nein, bitte, nicht das Scheißding. Kein Kreuz, bitte!"

Die Hand des Vaters war ein wenig nach oben gerutscht.

Jetzt fing sie an, in einer unbekannten Sprache zu reden, voller Zisch- und Rachenlaute. Sie schrie und brüllte, als hätte sie unerträgliche Schmerzen, die Worte brachen tief aus ihrem Inneren heraus.

Der Vater sah ihn zornig an. „Hören Sie das? Ist das die Sprache des Teufels?"

Quentin nahm ein kleines Fläschchen aus seiner Jackeninnentasche. Als das Mädchen das Fläschchen sah, begann sie zu wimmern. „Nein, bitte, nimm das weg, nimm das weg."

Die Hand des Vaters lag jetzt beinahe auf ihrem Geschlecht.

Er sah den Vater an, der seinen Blick provozierend ruhig erwiderte.

Quentin erhob sich vom Bett und ging hinaus. Das Mädchen schrie und redete ununterbrochen weiter.

Im Flur lehnte er sich mit geschlossenen Augen an die Wand. Von drinnen konnte man es weiter schreien hören.

Die Mutter trat zu ihm in den Gang. Als er sie ansah, schlug sie die Augen nieder. „Das war kein Weihwasser. Das war ganz gewöhnliches Leitungswasser. Und dieses Kreuz ist nicht einmal geweiht."

Von drinnen hörte man die Stimme des Vaters, wie er seine Tochter anschrie, die heulte und wimmerte.

„Sie wissen Bescheid, nicht wahr?", fragte Quentin.

Sie sah ihn nicht an.

Als keine Antwort kam, drehte er sich um und ging. Er hörte die Frau leise weinen.

Kapitel 2

Die Gänge der bischöflichen Residenz waren so weitläufig, dass Quentin sich darin immer verloren fühlte. Laut hallten seine Schritte auf dem polierten Marmor.

Die Deckengemälde über ihm erdrückten ihn, die riesige Freitreppe hatte etwas Einschüchterndes. Er fühlte sich jedes Mal wie erschlagen von all der Pracht und dem Pomp.

Die ältere Nonne hinter dem Schreibtisch sah kaum auf, als er in ihr Büro trat. „Bitte nehmen Sie noch kurz Platz, der Monsignore hat gleich Zeit für Sie."

Während er wartete, betrachtete er das Kruzifix an der Wand.

Das leidende Gesicht.

Die knochigen Schultern.

Die blinden Augen.

Er wandte den Blick ab.

„Wie war es?"

„Haben Sie den Bericht nicht gelesen, Monsignore?"

„Ich wollte es von Ihnen hören."

Der Monsignore betrachtete ihn prüfend. Er hatte das elegante, lang gezogene Gesicht eines Heiligen auf einem Gemälde von El Greco. Hinter seinem edlen Schreibtisch saß er hingegossen wie für einen Fototermin. Das ganze Büro war mit ausgesuchten Kunstgegenständen dekoriert, mit nachgedunkelten Gemälden in prächtigen Goldrahmen, kleinen Marmorbüsten, illuminierten Manuskriptseiten in edlen Vitrinen. Die in Leder gebundenen Bände hinter ihm sahen aus, als hätte man sie noch nie aus dem Nussholz-Regal gezogen.

„Ich habe den Exorzismus abgebrochen. Ich halte sie nicht für besessen. Ich habe den Verdacht, dass ihr Vater sie missbraucht. Die entsprechenden Ämter habe ich bereits kontaktiert. Sie wird voraussichtlich aus der Familie genommen und in einer Einrichtung untergebracht."

„Sie sprach in Zungen, oder? Sie hat eine unbekannte Sprache verwendet."

„Nicht unbekannt. Es war Armenisch."

„Armenisch? Woher wissen Sie das?"

„Der Familienname ist Bagratuni. Ein armenischer Name. Einwanderer in dritter Generation. Ich habe mir vorher im Internet armenische Sprachaufnahmen angehört. Es war Armenisch. Die Eltern hätten dies natürlich bemerken können. Müssen."

„Und die Wundmale?"

„Die Wundmale stammen wahrscheinlich von den Stricken, mit denen sie gefesselt war. Sie hat Neurodermitis, ihre Haut zeigte die typischen Bläschen und leichten Schwellungen. An den Füßen hat sie sich wohl aufgekratzt. Die Wunden waren an den falschen Stellen."

„Sie hätten vorher mit mir sprechen können."

„Hätten Sie etwas anderes entschieden?"

„Nein. Aber ich wäre gerne eingebunden gewesen", sagte der Monsignore nun deutlicher. „Sie haben im letzten Jahr kaum Fälle von echter Besessenheit gemeldet."

„Ich habe gar keinen Fall gemeldet."

Der Monsignore nickte nachdenklich. Quentin war sich

sicher, dass er dieses Nicken vor dem Spiegel übte. Es war genau angemessen. Besonnen. Abwägend. Quentins Ausführungen passten ihm nicht, das war zu spüren, aber er gab sich dennoch Mühe, den Eindruck zu erwecken, dass er sie ernst nahm. Alles, was er tat, vermittelte immer den Anschein von Überlegung und Besonnenheit. Seine Fingernägel waren maniküt, die Augenbrauen säuberlich gezupft, und sein Haar sah so gut frisiert aus, als wäre jede einzelne Strähne genau gelegt worden. Bald schon würde er einen höheren Posten in der Kurie übernehmen, daran gab es gar keinen Zweifel.

Für ihn waren Fälle von Besessenheit in erster Linie ein Verwaltungsakt, Zahlen in Tabellen, ein theologisches Faktum, in Abhandlungen beschrieben, durch kirchliche Dekrete seit Jahrhunderten bestätigt. Es gab Statistiken über das Auftauchen bestimmter Wesenheiten, es gab Fachkonferenzen über die verschiedenen Schulen des Exorzismus, es gab Handbücher, Seminare an der päpstlichen Universität, Gelehrtendispute, Artikel. Eine Zeit lang konnte man sogar eine Monatszeitschrift zu diesem Thema abonnieren. Der Monsignore hatte sicher selbst Abhandlungen darüber geschrieben, wahrscheinlich in lateinischer Sprache. Er galt als Autorität in diesen Dingen, hielt Vorträge über die Typologie der Dämonen und über die verschiedenen Arten von Besessenheit. Aber er hatte noch nie einen wirklichen Fall gesehen, er war noch nie angespuckt, noch nie beschimpft und angefleht worden. Ihn hatte noch nie ein Neunjähriger zu küssen versucht, ihn hatte noch keine Zwölfjährige aufgefordert, sie zu schlagen.

„Ein Exorzist, der nicht an Dämonen glaubt." Der Monsignore fuhr sich müde über das Gesicht, wie gebeugt von der Last der Verantwortung. Dann sah er Quentin forschend an. „Haben Sie immer noch diese Albträume? Diese Visionen?"

„Es ist besser geworden."

„Aber sie sind noch da?"

„Manchmal glaube ich, dass *ich selbst* meine Albträume bin. Sie sind mehr ich als der Rest von mir." Quentin rutschte unbehaglich auf seinem Stuhl hin und her. Worauf lief dieses Gespräch hinaus? Sollte er beurlaubt werden? Oder war sein Antrag auf Versetzung doch bewilligt worden?

Pater Quentin hatte schon vor Jahren aufgehört, an Dämonen zu glauben. Sein Leben lang hatte er nach dem Teufel gesucht, und er hatte ihn nie gefunden. In all den Jahren war er vielen Dämonen begegnet. Aber nicht mit Flügeln und Hörnern. Die Dämonen, die er gefunden hatte, kamen nicht aus der Hölle, sondern aus Sozialsiedlungen am Stadtrand. Oder aus Millionärsvillen. Sie trugen Nadelstreifen oder Latexanzüge. Er war teuflischen Menschen begegnet, Bestien, kranken Perversen, armen Schweinen. Manchmal hatte er tatsächlich helfen können. Er hatte Mädchen aus der Gefangenschaft von Menschhändlerringen befreien können, er hatte junge Drogenabhängige davon abgehalten, sich an geisteskranke Teufelsanbeter zu verkaufen. Aber war er dem leibhaftigen Teufel selbst je begegnet? Da war er sich nicht sicher.

Der Monsignore atmete tief durch, als hätte er jetzt etwas zu sagen, was ihm schwerfiel. „Sie bekommen eine neue Aufgabe. Exorzismen sind im Augenblick nichts für Sie. Das ist eine sehr aufreibende Tätigkeit. Die meisten bitten bereits nach einem Jahr um Versetzung. Sie haben da sehr lange durchgehalten. Aber jetzt zu dem neuen Fall: Eine

Gönnerin der Kirche hat uns um Hilfe gebeten. Es geht um ihre Tochter. Die ist verschwunden. Sie hatte vorher Kontakt zu einer Sekte mit – mit satanischen Elementen. Sie müssen sich dort einschleusen."

Quentin wurde blass.

„Sie wissen doch, so etwas mache ich nicht mehr. Schon seit Jahren."

„Nun, jetzt machen Sie es wieder. Die Arbeit mit Besessenen ist zu aufreibend für Sie. Außerdem haben Sie Erfahrung in diesen ...", der Monsignore bekreuzigte sich theatralisch, „... diesen Dingen. Sie sind unser bester Mann für solche Angelegenheiten."

„Ihr bester Mann? Ich denke, ich bin beinahe der Einzige."

„In der Tat, es gibt nicht viele, die in diesem etwas abseitigen Bereich arbeiten."

„Warum lassen Sie es nicht Pater Alberto machen? Der hat doch inzwischen einige Erfahrungen gesammelt."

„Sie haben es noch nicht gehört? Pater Alberto hat die Heilige Mutter Kirche verlassen. Er war mehrere Monate im Einsatz, aber er schien den besonderen Anforderungen nicht gewachsen zu sein. In einem Satanskult in Europa war er undercover tätig, einige Wochen. Auf Ihren Spuren gewissermaßen. Dort hat er Dinge gesehen, die ihn anscheinend sehr verstört haben."

„Dann Pater Frederico?"

„Seit seiner Rückkehr aus Venezuela ist er krankgeschrieben."

„Er wird wieder gesund werden."

„Ehrlich gesagt, glaube ich das nicht. Seine Krankheit ist psychischer Natur und sehr – sehr schwerwiegend."

„Ich hatte um meine Versetzung ersucht. Ich würde gern nach Lateinamerika gehen, in den Armenvierteln arbeiten."

„Ja, ich habe Ihr Gesuch gelesen." Der Monsignore blickte jetzt, als hätte er einen schlechten Geschmack im Mund. Der Gedanke, dass seine Untergebenen einen eigenen Willen haben könnten, schien ihm Unbehagen zu bereiten. Insgesamt kam es Quentin vor, als wäre er dem Monsignore schon seit Langem eher lästig. Auch glaubte er manchmal, eine gewisse Eifersucht zu spüren. Obwohl Quentins Frisur niemals so perfekt saß wie die seines Gegenübers, wurde er von den jungen Nonnen beinahe noch mehr angehimmelt als der Monsignore.

„Ich will ehrlich sein. Wir haben versucht, Ihre damalige Position neu zu besetzen. Wir hatten mehrere Kandidaten: junge, glaubensfeste Priester, stark in ihren Überzeugungen, tief verankert in Christus. Aber keiner hat lange ausgehalten. Ich habe hier weinende Priester gesehen, Menschen, die mich angefleht haben, sie nicht mehr dorthin zurückzuschicken. *Sie* waren da deutlich belastbarer. Ich habe Hoffnung, dass es diesmal leichter werden wird. Es geht nur um ein paar Tage. Vielleicht ein paar Wochen."

Quentin spürte, wie seine Hände zu zittern begannen. „Ich weiß nicht, ob ich das kann."

„Sie können das. Ihr Glaube wird Sie leiten."

Der Monsignore nahm ein Schriftstück. Seine langen, edlen Finger umschlossen das Papier wie eine Reliquie, sie hielten es wie eine zarte Blume. Dann sah er Quentin mit seinen dunklen Augen direkt an. „Ich weiß, die Kirche hat viel verlangt von Ihnen. Sie haben Einsätze mitgemacht, die *absonderlich* waren. Damals im Kongo. Ich habe Ihre Akte gelesen. Oder in Singapur. Erstaunlich. Bedrückend. Ihr

Weg hat Sie an Orte geführt, an denen die wenigsten von uns je gewesen sind. Sie haben Dinge gesehen, die kaum einer von uns ertragen könnte. Teuflische Dinge. Und Sie sind immer noch hier. Sie werden das schaffen."

Quentin bemerkte, dass seine Hände jetzt zu Fäusten geballt waren. Eine innere Stimme erinnerte ihn daran, dass er der Kirche absoluten Gehorsam geschworen hatte. Die Hände entspannten sich wieder, aber er hatte das Gefühl, in einen Abgrund zu stürzen.

„Ihr Glaube muss sehr stark sein, Pater Quentin. Sie müssen eine tiefe Liebe zu Gott empfinden, dass Sie das alles ausgehalten haben. Ich bewundere Sie, Pater. Ich weiß nicht, ob ich dazu fähig wäre. Ich weiß nicht, ob ich das könnte. Sie können das. Gehen Sie in Frieden."

Der Monsignore senkte den Blick und betrachtete eingehend den Brief in seinen Händen. Das war das Zeichen, dass das Gespräch beendet war.

Quentin sah sich nicht um, als er hinausging.

Kapitel 3

Als Quentin die Auffahrt des riesigen Anwesens hinauffuhr, dachte er schon, er habe die falsche Abfahrt genommen, so weitläufig war der Park. Minutenlang schlängelte sich der Weg an gepflegten Wiesen mit sorgfältig geschnittenen Hecken vorbei. Dann tauchte das Haus zwischen den Platanen auf − ein prächtiger Bau in neoklassizistischem Stil, mit kleinen Türmchen, Erkern und Wintergärten. Er sah aus wie vom Himmel herabgefallen.

Ein Bediensteter im Frack öffnete ihm die Tür. Er schien ihn bereits zu erwarten. „Bitte folgen Sie mir. Mrs. Danton wird Sie gleich empfangen."

Er führte ihn durch die Eingangshalle in einen elegant eingerichteten Salon. Die Fenster gingen hinaus auf einen gepflegten Park mit dunklen Bäumen. Ein Pfau stolzierte draußen umher und ein Golfwagen fuhr über den kurz gemähten Rasen.

Der Teppich war so tief, dass seine Schuhe einsanken. Er nahm an einem kleinen Couchtisch Platz und besah sich die Einrichtung.

Schwere Bücherregale mit alten Manuskripten.

Ein freistehender Globus.

Edle Wandteppiche.

Es roch nach altem Leder und nach Geld.

Die Tür hinter ihm öffnete sich und er hörte das Geräusch von Absätzen auf dem Parkettboden.

Mrs. Danton hatte das strenge Gesicht einer gealterten Ballerina. Eine Mischung aus Sinnlichkeit und Askese. Ein strenger Haarzopf. Braune, geäderte Hände, die viel älter wirkten als ihr straffes, vermutlich durch Botox fixiertes Antlitz.

Früher musste sie eine Schönheit gewesen sein. Aber ihr Gesichtsausdruck war wie überschattet von der Trauer um ihre verflossene Jugend. Man merkte ihr an, dass sie bei jedem Blick in den Spiegel etwas mehr darüber verzweifelte, was die Zeit ihr antat.

Sie setzte sich ihm gegenüber und blickte ihn mit halb geschlossenen Augen prüfend und etwas müde an. „Pater Quentin. Ich danke Ihnen, dass Sie so schnell gekommen sind."

Er erhob sich und streckte ihr die Hand zum Gruß hin. Sie blieb sitzen, ohne seine Hand zu beachten. Als er die Hand langsam wieder sinken ließ und sich setzte, fühlte er sich ein wenig unbeholfen. Sie war einer der Menschen, die es schafften, dass sich das Gegenüber stets unbehaglich fühlte, die einem das Gefühl gaben, man hätte etwas falsch gemacht.

Ein Windhund kam angelaufen, beinahe schwerelos und schwebend. Er setzte sich zu Füßen seiner Herrin und sah Quentin einen Augenblick lang regungslos an. Dann verzog sich sein Maul plötzlich und er begann zu hecheln. Mrs. Danton kraulte ihn gedankenverloren hinter den angelegten Ohren.

Der Hund war wie sie. Dürr. Elegant. Leblos.

„Der Monsignore sagte mir, Sie seien Experte für Okkultismus."

„Ich bin Priester."

„Sie haben undercover in satanischen Sekten gearbeitet.

Jahrelang. Sie waren damals in Venezuela bei diesem Massenselbstmord mit dabei."

Es war keine Frage, also beschloss er, nicht zu nicken.

„Ich hatte Sie mir anders vorgestellt. Älter. Härter. Sie tragen keine Soutane."

Quentin sagte nichts. Sie betrachtete ihn etwas zu lange und zu genau. Er kannte diesen Blick. So sahen ihn Frauen an, wenn sie darüber nachdachten, wie sie ihm näherkommen konnten.

„Mir ist das sehr recht. Mein Mann steht im Fokus der Öffentlichkeit. Deswegen sind *diskrete* Ermittlungen von äußerster Wichtigkeit." Sie sah ihn so müde an, als wäre sie es leid, solche Selbstverständlichkeiten überhaupt erwähnen zu müssen. Er fühlte sich ein wenig schuldig deswegen.

„Es geht um meine Tochter. Um Susan. Ich fürchte, dass sie in eine unangenehme Angelegenheit hineingeraten ist. Sie ist 17. Wir können sie nicht mehr erreichen." Sie nahm ein Foto vom Couchtisch und reichte es ihm mit spitzen Fingern. Quentin nahm es und betrachtete es. Ein junges Mädchen. Blonde Haare, blasse Sommersprossen, knochige Schultern. Sie sah ein wenig aus wie eine Cheerleaderin. Starr lächelnd stand sie neben ihrer Mutter, die den Arm wie eine Fessel um sie gelegt hatte.

Quentin stellte sich vor, dass es nicht einfach war, diese Frau vor ihm als Mutter zu haben.

„Sie war anscheinend in verschiedenen Nachtclubs unterwegs. Dort kam sie in Kontakt mit diesen Kreisen. Manchmal hat sie ein paar von ihnen mitgebracht. Sie waren nicht so, wie man sich diese … diese Menschen vorstellt. Sie waren höflich und kultiviert. Vielleicht ein wenig kühl. Vielleicht ein wenig herablassend. Sie hat uns sogar von ihren Zusammenkünften erzählt. Wir haben uns nichts dabei gedacht, hielten es für eine jugendliche Spinnerei. Uns war nicht bewusst, dass sie so einen nachhaltigen Einfluss auf sie hatten. Sie nannten sich selbst ‚Die Bruderschaft'. Dann brachte sie einmal einen Freund mit. Dave hieß er. Er war viel älter als sie, aber er schien ein vernünftiger junger Mann zu sein. Regelrecht vernarrt war sie in ihn. Sie hat immer von dem ‚Großen Ritual' gesprochen, das sie vollziehen müsse. Ich habe nie recht gewusst, was sie damit meint. Sagt Ihnen das etwas? Das Große Ritual?"

Quentin schüttelte langsam den Kopf. Er wusste sehr wohl, was damit gemeint war, aber das wollte er ihr ersparen.

„Dann plötzlich hat sie sich verändert. Sie war verwirrt und eingeschüchtert. Irgendetwas schien passiert zu sein. Es hat eine Weile gedauert, bis sie mit der Sprache herausgerückt ist. Sie war schwanger. Wir waren uns nicht sicher, ob sie das Kind wirklich bekommen wollte. Sie hat sich so merkwürdig verhalten, hat gesagt, dass sie Dave nichts erzählen wolle davon, dass er kein Typ für Kinder sei.

Vor einer Woche ist sie dann verschwunden. Sie hat keinerlei Nachrichten hinterlassen. Wir haben im Internet recherchiert. Dieser Orden scheint eine satanistische Gruppierung zu sein. Glauben Sie, wir müssen uns Sorgen machen?"

Quentin fand es bemerkenswert, wie kühl sie die Frage formulierte. Als wäre es ihre Pflicht, so etwas zu fragen. „Man macht sich oft ein falsches Bild von den Satanisten. Die meisten von ihnen sind völlig harmlos. Sie verweigern sich der traditionellen Weltsicht, sie rebellieren gegen die Eltern, gegen die Kirche, eigentlich gegen alles. Sie beten das Ego an, sie verherrlichen die Selbstliebe, die Sinnlichkeit. Bei vielen geht es eher um einen Lebensstil, um Musik, um dicke Kajalstriche. Oft geht es auch um Sex. Sadomasochistische Praktiken, bizarre Spielereien oder einfach freie Liebe. Das allermeiste beruht auf gegenseitigem Einvernehmen, auch wenn ihre Rituale für ‚normale‘ Menschen oft etwas absonderlich wirken. Nur die wenigsten werden gewalttätig."

„Aber es kommt vor?"

„Es kommt vor."

„Ja, man hat mir erzählt, dass Sie da einige Erfahrung haben."

Er ging nicht auf die Bemerkung ein und redete ruhig weiter. „Es gibt unzählige Berichte über satanistische Verbrechen, um Opferungen, um Verstümmelungen. Man hört Gerüchte über Kinder, die angeblich von Teufelsanbetern missbraucht und geopfert wurden. Aber wenn man dem Ganzen nachgeht, stellt es sich in den allermeisten Fällen als absolut haltlos heraus."

Der Hund betrachtete ihn genauso ausdruckslos wie sie.

„Kann es sein, dass Susan – dass sie – zu gewissen Praktiken gezwungen wird? Zu sexuellen Abartigkeiten? Dass sie in Perversitäten verwickelt wird? Dass man mit ihr Dinge anstellt gegen ihren Willen?" Es klang seltsam, wie sie das sagte. Als würde sie den Gedanken irgendwie reizvoll finden. „Sie war immer ein eher unschuldiges Mädchen. Sie war sehr bedacht auf ihre – ihre Keuschheit."

Quentin fand den kalten Ton ihrer Stimme etwas merkwürdig. „Das kann ich nicht sagen. Aber das ist eher unwahrscheinlich."

Er betrachtete ihr Gesicht genau. Es blieb ausdruckslos.

„Aufgrund der Umstände verbietet sich selbstverständlich das Einschalten der offiziellen Behörden. Ich denke, darüber sind wir uns einig. Sie müssen ganz eigenständig vorgehen. Falls Sie sie finden, dürfen Sie – ich meine, sind Sie befugt, auch robust aufzutreten?"

„Was meinen Sie?" Er wollte es ihr nicht zu einfach machen.

„Nun, wären Sie bereit und in der Lage, auch Maßnahmen gegen ihren Willen zu ergreifen? Sie zu zwingen? Sie zu Dingen zu bewegen, die sie nicht freiwillig tun würde?"

Wieder war der Klang ihrer Stimme etwas merkwürdig.

„Ich habe keine rechtliche Befugnis, falls Sie das meinen. Mein Status ist der eines Privatermittlers. Aber es gibt Graubereiche, innerhalb derer ich operiere. Ich habe diplomatische Immunität, das verschafft mir gewisse Freiheiten."

„Sie arbeiten allein?"

„Ja. Aber ich werde von den kirchlichen Behörden vor Ort unterstützt. Manchmal auch von den staatlichen."

Der Windhund sah offenbar irgendeine Bewegung draußen im Garten und hob ruckartig den Kopf.

„Ich glaube, dass Sie sich keine Sorgen machen müssen. In den allermeisten Fällen stellen sich solche Vorfälle als eher harmlos heraus. Wahrscheinlich ist das einzige Gesetz, gegen das sie verstoßen hat, das Betäubungsmittelgesetz. Sie wird mit Kopfschmerzen und etwas abseitigen Erfahrungen wieder auftauchen."

Sie sah ihn forschend an. „Der Monsignore hat gesagt, dass Sie ein seltsames Verhältnis zum Glauben haben. Dass Sie manchmal zweifeln. Dass Sie die dunklen Seiten, mit denen Sie in Ihrer Arbeit zu tun haben, manchmal besser zu verstehen scheinen, als dienlich sein könnte. Dass Sie einen Schatten auf Ihrer Seele tragen."

Er hatte bereits vermutet, dass der Monsignore so über ihn dachte, aber es berührte ihn unangenehm, dass er mit kirchenfremden Menschen darüber sprach.

Sie schenkte ihm unter ihren langen Wimpern einen seltsamen Blick. „Darf ich Sie etwas Intimes fragen?"

Ihm wurde noch unbehaglicher zumute, doch er nickte.

„Ist es nicht sehr seltsam, sich in diese sündigen Tiefen hinunterzuwagen? Sich als Schaf unter die Wölfe zu mischen? Sich mit dem Dunklen einzulassen?"

Quentin atmete unmerklich durch.

Der Windhund schien das Interesse verloren zu haben und bettete seinen langen Schädel elegant auf den Teppich.

„Es ist in etwa so, wie mit infektiösem Material zu arbeiten. Man muss sich schützen. Man muss achtgeben, dass man sich nicht infiziert."

„Ja, aber ein Virus verschafft einem doch nicht solche dunklen Freiheiten. Kann einen nicht auf goldenen Schwingen hinauftragen in den schwarzen Himmel unserer Sehnsüchte." Sie sah ihn herausfordernd an, beinahe lüstern. „Darf ich Sie etwas fragen? Sind Sie fest in Ihrem Glauben? Werden Sie dem Dunklen widerstehen? Werden Sie unsere Kleine wieder zurück ins Licht führen? Oder werden Sie sich selbst in die Finsternis hinunterziehen lassen?"

„Ich werde mein Bestes tun, mit Gottes Hilfe, das versichere ich Ihnen. Kann ich das Foto mitnehmen?"

Sie nickte. Dann beugte sie sich ihm entgegen, sodass man unter ihrem gebräunten, faltigen Hals den Ansatz ihrer kleinen Brüste erkennen konnte.

„Wenn Sie mein Baby aus den Klauen dieser Leute retten, werde ich mich erkenntlich zeigen."

Kapitel 4

Das Haus war schon seit Jahren verlassen. Das Dach war teilweise eingestürzt, die Dachrinnen hingen müde herunter. Efeu wuchs an der bröckelnden Fassade hinauf und die Bauzäune drumherum waren mit uralten Plakaten beklebt. Quentin quetschte sich durch eine Lücke im Zaun und ging auf das Gebäude zu, das schon lange zum Abriss freigegeben war.

Die Wände waren mit Graffiti beschmiert. Alte, ewig nicht genutzte Baumaterialien lagen herum. Einige Fenster und Türen waren mit Holzbrettern vernagelt, aber die meisten standen offen, sodass er ganz einfach hineingelangen konnte.

Drinnen lag der Müll der Großstadt. Kabel hingen von der Decke. Es regnete hinein, auf dem Boden waren überall Pfützen, in denen der Dreck schwamm.

Quentin ging die Treppe zum Keller hinunter. Hier war alles noch verkommener und es roch nach Urin.

Er zog seine kleine Taschenlampe heraus. Das Licht fiel auf feuchte Wände, von denen der Putz abblätterte.

„Steve? Bist du da?"

Langsam wagte er sich in die Dunkelheit.

Er kannte Steve schon ewig. Seit Jahrzehnten hauste der in den Kellern von Abrisshäusern.

Steve war eine Legende in der Satanistenszene.

Vor über zwanzig Jahren war er bei einem der wenigen

tatsächlichen Ritualmorde dabei gewesen. Einige durchgeknallte Kumpel von ihm hatten einen Obdachlosen mit 66 Messerstichen hingerichtet, um Satan zu ehren. Steve war so zugedröhnt gewesen, dass er davon kaum etwas mitbekommen hatte. Er hatte mehr oder weniger teilnahmslos dabeigestanden. Aber dennoch war er wegen Mittäterschaft zu 10 Jahren verurteilt worden.

Seitdem wurde er von allen Möchtegernteufelsanbetern bewundert. Früher hatte er bei Neumond in den Kellern von verlassenen Häusern kleine Satansmessen gefeiert. Aber das war schon lange vorbei. Doch immer noch wurde er von den jungen Satanisten wie eine Art Heiliger des Teufels geschätzt. Viele kamen in den Nächten zu ihm und ließen sich segnen. Stundenlang konnte er Geschichten erzählen von den alten Zeiten, als sie noch jeden Samstag auf dem städtischen Friedhof ihre Messen veranstaltet hatten und vor den Bullen geflüchtet waren.

Wenn es einen neuen Orden hier in der Stadt gab, dann würde Steve es wissen.

Quentin ging tiefer hinein in das Kellergeschoss. Die Schatten zogen sich im Licht seiner Taschenlampe wild tanzend in die Länge. Einige alte Werkzeuge und Baumaterialien lagen umher. Ein leichter Schimmelgeruch hing in der Luft.

Der Lichtschein fiel auf einen Schlafsack, der in einer Ecke lag, und auf ein paar Verpackungen von Schokoriegeln.

Er war also noch hier.

„Steve? Komm raus, ich weiß, dass du da bist."

Die meisten sogenannten Teufelsanbeter waren sehr jung. Oft war es eine harmlose Spinnerei in den Jugendjahren. Man feierte nachts auf Friedhöfen, kaufte sich eine Ratte im Zoohandel, opferte eine schwarze Katze und faselte beim dritten Joint von der Schönheit der Finsternis. Doch wenn man die Kinder von der Kita abholen musste, verflogen solche Flausen zumeist. Spätestens mit Mitte zwanzig war dann der Bausparvertrag wichtiger als Satan.

Steve dagegen war schon ewig dabei. Er hatte seine Seele vor Jahrzehnten an Luzifer verkauft und nur einen Haufen Dreck dafür bekommen. Wer noch jenseits der Vierzig an den Teufel glaubte, der meinte es wirklich ernst. Oder er war krank. Oder beides.

Hinter dem Schlafsack war ein winziger Altar aufgebaut. Dort standen einige abgebrannte Kerzen, ein paar vertrocknete Kräuter und ein aufgeschnittener Mäusekadaver. Er opferte also nicht einmal mehr Ratten, sondern Mäuse.

Quentin vermutete, dass Steve seit Jahren an einer schweren Schizophrenie litt. Schon einige Male hatte er versucht, ihn einweisen zu lassen, doch die psychiatrischen Gutachten waren nicht eindeutig genug gewesen.

Weiter hinten ertönte ein Rascheln. Entweder eine sehr große Ratte oder Steve.

„Steve? Ich bin es, Quentin. Ich will nur mit dir reden."

Da war ein Flüstern. Quentin ging etwas tiefer hinein.

Ein Schatten bewegte sich in der Dunkelheit.

„Steve?"

Die Gestalt trat einen Schritt vor, sodass ein wenig Licht auf sie fiel. Es war Steve. Er hielt ein Messer in der Hand.

„Ich darf nicht mit dir reden, darf nicht reden, darf nicht reden."

Er war noch magerer geworden. Schon seit Jahrzehnten

hing er an der Nadel. In seinem Gesicht prangten einige verwaschene, schlecht gemachte Tätowierungen: ein umgedrehtes Kreuz mitten auf der Stirn und eine Träne unter dem linken Auge. Seine Kleidung war verdreckt, seine Haare verfilzt. Er hatte das typische Totengesicht eines Langzeit-Junkies. Wie dünnes Papier spannte sich die Haut über den Schädel.

Quentin war immer wieder verblüfft, wie Menschen wie er es schafften, über Jahrzehnte am Leben zu bleiben. Wovon wurde dieser dürre Leib noch zusammengehalten? Was hielt ihn am Leben? Welche Hoffnung, welcher Glaube?

Steve fuchtelte mit dem Messer herum. Eigentlich hielt Quentin ihn nicht für sonderlich gefährlich, doch er blieb etwas auf Abstand.

„Geh weg von mir, geh weg."

Sein Zustand hatte sich noch weiter verschlechtert, seit Quentin ihn das letzte Mal gesehen hatte. Sein Blick hatte Schwierigkeiten, irgendetwas zu fixieren, und er wackelte wirr mit dem Kopf.

„Leg das Messer weg, Steve."

„Er hat mir gesagt, dass ihr kommen würdet. Dass ihr nach dem Mädchen suchen würdet. Dass man mich holen würde. Aber ich geh' nicht mehr ins Gefängnis. Lieber geh' ich drauf."

Es war ratsam, ihm im Augenblick nicht zu nahe zu kommen.

„Wer? Wer hat dir das gesagt?"

Ein verklärtes Lächeln erschien auf seinem Totengesicht und er entblößte seine schwarzen Zähne.

„Er war es! Satan hat zu mir gesprochen. Er ist zu mir gekommen in der Nacht und hat mir gesagt, was ich tun soll. Ich habe ihn schon lange nicht mehr gehört. Ich dachte schon, er hätte mich verlassen. Aber jetzt hat er mich erleuchtet."

„Wie sah er aus?"

„Man kann ihn nicht beschreiben! Satan hat kein Gesicht, er hat keine Gestalt. Er ist jeder. Er ist überall. Er ist der Herrscher in der Tiefe. Er ist das Gesicht in den Wolken."

„War dieses Mädchen bei ihm?"

Quentin hielt ihm das Foto von Susan auf seinem Mobiltelefon hin.

Es war zu merken, dass Steve die junge Frau auf den ersten Blick erkannte. Seine Augen weiteten sich und beinahe wäre er auf die Knie gesunken.

„Die Braut des Satans! Das ist die Jungfrau der Hölle. Sie hat mich gesegnet! Mich erleuchtet."

Sie war also hier gewesen. Wahrscheinlich mit diesem Dave.

„Was weißt du über die Bruderschaft?"

Steve wich zurück.

„Er hat mir gesagt, dass *sie* mich holen würden. Er hat gesagt, dass ich nicht mit ihnen gehen darf. Er hat mir dieses Messer geschenkt. Er hat mir gesagt, ich soll sie abstechen. Abstechen!"

Neben seinem Schlafsack lag ein Spritzbesteck. Daneben lag ein frisches Päckchen Heroin, noch beinahe voll.

„Wo hast du den Stoff her?"

„Er hat ihn mir geschenkt! Satan war gut zu mir."

Quentin ging in die Hocke und rieb sich vorsichtig ein paar Krümel auf das Zahnfleisch. Erstklassige Qualität.

Solche Ware konnte Steve sich nicht leisten. Man hatte

ihn bewusst so zugedröhnt, dass er auf jeden losgegangen wäre.

„Das war nicht Satan, Steve, der mit dir gesprochen hat. Das war ein ganz gewöhnlicher Mensch, der dich ans Messer liefern wollte. Er hat dich benutzt. Wenn ein Polizist hier heruntergekommen wäre, dann wärst du jetzt wahrscheinlich tot."

Steve kicherte leise, als würde ihm der Gedanke gefallen.

„Wo kann ich das Mädchen finden, Steve? Wo hat er sie hingebracht?"

Steve beruhigte sich. Quentin hatte ihm einige Male aus der Patsche geholfen, also hatte er etwas gut bei ihm.

„Ich weiß es nicht. Ich weiß es wirklich nicht. Eigentlich dürfte ich dir nichts sagen, aber frag bei Occulta nach. Dem Laden direkt neben dem Bahnhof. Frag nach Andrew. Der hat Kontakte zum Orden hier. Sag ihm, dass ich dich geschickt habe. Dort sind manchmal welche von der Bruderschaft. Aber sei vorsichtig. Vorsichtig!"

„Du musst weg von hier, Steve. Sie werden bald kommen. Sie wollen dich verhaften. Wenn ich von der Polizei wäre, wärst du jetzt schon tot. Hast du mal darüber nachgedacht? Das Heim, von dem ich gesprochen habe? Dort können sie dir helfen."

Steve fing wieder an zu lächeln. Die Ähnlichkeit seines Gesichtes mit einem Totenschädel wurde so noch stärker.

„Helfen? Mir kann keiner helfen. Ich gehe nicht zurück in die Zelle. Er hat es mir verboten."

„Dann hau ab, Steve. Mach, dass du wegkommst."

Quentin nahm ein paar Geldscheine aus seiner Tasche und legte sie neben den Schlafsack.

„Hier ist etwas Geld. Gib es nur zur Hälfte für Mist aus. Kauf dir davon eine Fahrkarte und verlass die Stadt."

Steve schüttelte den Kopf.

„Ich laufe nicht mehr weg. Sie werden mich nicht kriegen. Ich werde mich in den Spalten der Nacht verstecken! Satan wird mich leiten. Er wird mich in die Finsternis führen. Er wird mich erlösen!"

„Du wirst sterben, Steve."

Er kicherte.

„Ja, ich weiß! Ist das nicht cool! Satan wird mich empfangen und mich in seine Arme schließen. Ich werde neben seinem Thron sitzen."

„Nein, Satan scheißt auf dich, Steve. Er scheißt auf jeden."

„Ich weiß. Doch er scheißt auch auf dich. Wir beide sehen uns in der Hölle, Quentin."

Kapitel 5

Die Eingangstür gab einen jämmerlich jaulenden Klingel-
laut von sich, als Quentin den Laden betrat.

Alles war in Schwarz und Rot gehalten. Hinter dem
schäbigen Tresen prangte das unvermeidliche Pentagramm,
magische Traumfänger baumelten von der Decke, umge-
drehte Kreuze hingen an der Wand.

Hier gab es den üblichen satanistischen Krimskrams zu
kaufen: Tarotkarten, Räucherstäbchen mit beigemengten
Kräutern, Teesorten nach alten Hexenrezepturen, magische
Kristalle, Glaskugeln und Hexenkisten mit Räucherwerk.
Jede Menge Bücher lagen aus über berühmte Teufelsanbeter und Serienmörder, über nordisches Schamanentum und
alchemistische Lehren, Selbstkurse zum Erlernen des Voo-
doo-Zaubers, Rezepturen zur Herstellung von Liebesträn-
ken, Anleitungen zur Hypnose und andere Esoterik der
dunklen Sorte.

In den Vitrinen an der Wand war billig gefertigter
Schmuck ausgestellt, Pentagramm-Anhänger, Fingerringe
mit nordischen Runen und Amulette mit spiritistischen
Symbolen. Es gab satanisches Räucherwerk, magischen
Weihrauch und Teetassen in Gestalt von Totenköpfen. Daneben hingen T-Shirts mit verschiedensten Motiven: Lucifer
in allen möglichen Posen, auf einem Motorrad sitzend, in
eine SS-Uniform gekleidet, mit einem Joint in der Hand
oder einfach mit der Aufschrift: „Der Träger dieses T-Shirts
hat seine Seele an Satan verkauft."

Quentin streifte durch die Gänge und staunte über die neuen Angebote: magische Proteinriegel, die die Potenz verstärken sollten, Kondome mit der aufgedruckten Zahl 666, Schutzamulette gegen Handystrahlung, magische FFP2-Masken und anderer Krimskrams. Sogar einen „Prostatatee für den Hexer über 50" gab es. Zu einem horrenden Preis.

In beinahe jeder größeren Stadt gab es einen solchen Laden. Hier konnte man sich erkundigen, ob irgendwo schwarze Messen veranstaltet wurden, und Kontakte knüpfen.

Der Verkäufer hinter der Theke war ein schwarzhaariger, bleicher Mann, kaum 30 Jahre alt. Ein Tribaltattoo schlängelte sich aus dem T-Shirt den Hals hinauf.

„Wenn ich helfen kann, bitte Bescheid geben. Wir haben neue Ware reinbekommen, eine magische Hexenkräuterteemischung."

„Nein, ich komme wegen etwas Speziellerem."

„Oh, ich verstehe!"

Mit einem Grinsen griff er unter die Theke.

„Sind Sie bereit für das Unglaubliche? Sind Sie bereit, den Schritt durch die letzte Pforte zu tun? Ich darf Ihnen das hier nur zeigen, wenn Sie beim Teufel geloben, Stillschweigen zu bewahren."

Quentin trat näher und sagte nichts.

Behutsam holte der Verkäufer eine kristallene Phiole hervor und stellte sie mit großer Geste vor sich auf den Tresen. „Das Elixier der absoluten Potenz! Hergestellt nach einer geheimen Formel aus dem Blut von Neugeborenen. Das ist der neueste Scheiß! Es verjüngt die Zellstruktur auf submolekularer Ebene. Ich habe es selbst ausprobiert und hatte drei Stunden lang eine Erektion! Und das bei dieser fetten Alten! Ich würde Ihnen das ganze Fläschchen für 300 verkaufen.

Und weil der Herr mir sympathisch ist, lege ich noch dieses spiritistische Deospray mit Pheromonen obendrauf."

Quentin musste beinahe lächeln.

„Danke, aber das ist nichts für mich. Ich habe einen Tipp bekommen, dass Sie mir helfen könnten. Von Steve. Ich würde gern in den örtlichen Orden eintreten."

Die Augen des Typen weiteten sich. Einen Augenblick lang schien er unschlüssig zu sein, was er nun tun sollte. Dann ging er zur Eingangstür und schloss sie ab.

„Kommen Sie mit."

Er führte ihn in ein Hinterzimmer. An der Wand hing ein großes Poster, das Aleister Crowley zeigte, und Plakate von irgendwelchen Metal-Bands.

„Heil Satan, Mann. Ich bin Andrew. Entschuldigung, wenn ich gewusst hätte, dass Sie von Steve kommen, hätte ich Ihnen diesen Potenzmist gar nicht angeboten. Unter uns, das Zeug ist völliger Schrott. Nützt überhaupt nichts. Ich saß die ganze Nacht lang auf dem Klo, als ich es genommen habe. Was kann ich für Sie tun?"

„Ich bin Frank. Frank Lemond. Ich war lange im Osten bei den Brüdern der goldenen Morgenröte. Jetzt bin ich seit Kurzem hier in der Gegend und würde gern in den örtlichen Orden eintreten."

Andrew nickte beflissen. „Natürlich, ich stehe zu Diensten. Freunde von Steve sind auch meine Freunde. Wenn meine Mutter irgendwann mal abtritt, verkaufe ich den Laden hier und gehe auch in den Osten. Im Augenblick kann ich sie nicht allein lassen, sie kann kaum noch ohne Hilfe auf die Toilette. Aber danach starte ich durch, Mann!"

Ein Satanist, der seine kranke Mutter pflegte. Die Welt war seltsam.

„Ich würde gern weitere Schritte gehen. In den Orden eintreten. Und in die Bruderschaft."

Der Typ schien plötzlich Angst zu bekommen.

„Die Bruderschaft? Da lassen Sie besser die Finger davon. Das sollen ganz durchgeknallte Typen sein. Von denen hört man nur üble Gerüchte."

„Was für Gerüchte?"

„Die meinten das alles todernst. Die sollen nicht irgendwelche Katzen auf Friedhöfen opfern, sondern Kinder, Mann, *Kinder*! Totale Spinner! Die würden angeblich das Große Ritual durchführen."

„Wirklich?"

„Ja, keine Ahnung, ob das stimmt."

„Können Sie mich da reinbringen?"

„Machen Sie Witze? Das ist eine Nummer zu heiß für mich. Aber ich kenne die Typen von dem Orden hier. Da bin ich selbst auch Mitglied. Angeblich treiben sich da manchmal Typen von der Bruderschaft rum. Aber die wollen von neuen Mitgliedern eine Unmenge an Kohle. Ich selbst bin schon seit Jahren in dem Laden, mich haben sie quasi übernommen."

„Ich habe eine kleine Erbschaft gemacht. Daran sollte es nicht scheitern." Quentin zeigte ihm das Foto von Susan auf seinem Mobiltelefon.

„Haben Sie da jemals dieses Mädchen gesehen?"

Andrew betrachtete das Bild und nickte anerkennend. „Scharfe Braut. Nie gesehen, die ist viel zu hübsch für unseren Laden. Warum fragen Sie?"

„Ich hatte mal was mit ihr laufen und würde sie gern wiedersehen."

„Sorry, so was Heißes finden Sie bei uns nicht."

„Schade. Und wie geht's jetzt weiter?"

„Kennen Sie das leerstehende Schlachthaus an der Ausfallstraße? Wir treffen uns da am Samstag um Mitternacht. Da stelle ich Sie den anderen vor."

Als Quentin sich zum Gehen wandte, fasste der Typ ihn über den Tresen hinweg am Arm.

„Hey, können Sie bei den Großmeistern im Osten ein gutes Wort für mich einlegen? Ich würde gern bei ihnen anfangen, wenn ich mal hier abhaue. Vielleicht als Assistent. Oder für so eine Art Praktikum."

„Ich werde sehen, was ich machen kann. Das Ritual der Bluthochzeit haben Sie drauf?"

„Was?" Die Augen des Mannes weiteten sich.

„Das Ritual der Bluthochzeit. Das kennen Sie doch?"

„Na ja, nicht so direkt." Sein Blick flackerte. „Aber ich bin bereit zu lernen."

Quentin musste sich ein Lächeln verbeißen, runzelte die Stirn. Das Ritual hatte er sich gerade ausgedacht.

„Und können Sie Latein?"

„Latein? Machen Sie Witze?"

„Seit Neuestem verlangt der Großmeister gute Lateinkenntnisse. Vielleicht machen Sie den Schulabschluss nach. Die nehmen nur noch College-Absolventen. Von den neuen Reglements haben Sie aber gehört? Gewaltanwendung haben sie verboten."

„Wirklich? Da bin ich aber erleichtert, ich hatte es nie mit so was."

Als Quentin kurz darauf den Laden verließ, fand er den Gedanken amüsant, einen Satanisten zur Abendschule überredet zu haben.

Kapitel 6

Das Gebäude erhob sich in den Nachthimmel wie ein schlafendes Ungeheuer.

Das Schlachthaus schien seit Jahren nicht mehr in Betrieb zu sein.

Andrew erwartete Quentin vor dem Gitterzaun. Er hatte sich stark geschminkt, bleiches Gesicht mit schwarzen Lippen, und trat von einem Fuß auf den anderen.

„Heil Satan, Mann. Ich dachte schon, Sie kommen gar nicht."

Er öffnete das Gitter und sie traten ein.

Satanisten liebten verlassene Häuser, stillgelegte Fabriken, Abrissgelände, abgelegene Schrottplätze und verfallene Friedhöfe. *Lost places*, die ebenso heruntergekommen waren, wie sie sich selbst im Inneren fühlten.

Die Fenster waren zerbrochen, und auf dem Boden lagen Scherben, die unter ihren Schritten knirschten. Die stillgelegten Förderbänder rosteten vor sich hin. An der Decke waren die Schienen zu sehen, an denen die betäubten Tiere in die Schlachtstraße gefahren wurden. In den Boden waren Rinnen eingelassen, durch die das Blut abfließen sollte. An den Wänden hingen dicke Schläuche, mit denen man die Überreste wegspritzen konnte.

Sie kamen in eine große Halle. Früher war das ein Kühlraum gewesen. Von der Decke hingen noch die Haken, an denen die Rinderhälften aufgehängt worden waren.

„Hier sind wir richtig. Wir müssen warten. Er kommt gleich", sagte Andrew.

„Wer?"

„Sie werden schon sehen."

Schlachthäuser hatten immer etwas Gespenstisches. Quentin schien es, als könnte er noch das Quieken und Brüllen der Tiere hören. Er meinte, die Angst riechen zu können, die sich in die Wände mit dem abgeblätterten Putz eingefressen hatte. Die Mauern waren vollgesogen mit Tod.

Dann waren Schritte in der Ferne zu hören.

„Machen Sie keine Witze über sein Aussehen. Er hat überhaupt keinen Humor."

Die Schritte wurden lauter. Andrew warf Quentin einen ängstlichen Seitenblick zu.

Ein Mann kam um die Ecke. Er trug eine Lederschürze und Gummistiefel.

Als der Mann näherkam, bemerkte Quentin, dass er genauso aussah wie das Klischee eines Schlachtermeisters. Sein Gesicht war so rot, als würde er jeden Augenblick einen Schlaganfall bekommen. Seine nackten Arme waren dick und schwabbelig.

Er blieb vor ihnen stehen und musterte sie beide lange mit seinen kleinen Augen.

„Andrew, wer ist dein Begleiter?"

Seine Stimme war hoch wie die eines Kindes. Er warf Quentin einen abschätzenden Blick zu.

„Das ist Frank. Frank Lemond. Er will gern in den Orden eintreten."

„Er sieht aus wie eine gottverdammte Schwuchtel. Bist du dir sicher, dass er bereit für uns ist?"

„Steve bürgt für ihn."

Der Schlachtermeister sah ihn prüfend an. Sein Gesicht hatte Ähnlichkeit mit dem eines Schweins. Runder Kopf, kleine, kalte Augen, Stummelnase mit sichtbaren Nasenlöchern.

„Bist du bereit, deine Seele Satan hinzugeben?", fragte er mit seiner hohen Stimme.

Als Quentin nickte, verzerrten sich die hässlichen Züge des anderen zu einem Grinsen.

„Dann komm mit."

Sie gingen tiefer in das verlassene Gebäude hinein.

In der Ferne am Ende des Ganges erschien ein Lichtschein. Vor einer Tür waren Kerzen aufgestellt.

Aus der Dunkelheit hinter ihm ertönte ein Flüstern.

Quentin hatte so etwas erwartet. Sie wollten ihm Angst machen.

Immer wieder hörte er ein leises Knacken.

Da war jemand. Hinter ihnen.

Er tat so, als würde er nichts bemerken, und ging ruhig weiter.

Nach ein paar Schritten fuhr er herum und packte die Gestalt an der Kehle.

Es war ein junger Gruftie mit Punkfrisur. Er war noch ein halbes Kind.

„Aua, Mann, was soll das?"

„Schleich dich bitte nicht von hinten an mich heran, ich bin sehr schreckhaft. Und wenn ich einen Schreck bekomme, kann ich grob werden."

„Ist ja gut, ganz locker bleiben! Bist du immer so unentspannt?"

Der Gruftie sah völlig harmlos aus. Er hatte die unreine Haut eines Teenagers.

Der Mann mit der Lederschürze blickte mit einem undurchdringlichen Gesicht zu ihnen.

„Das ist Greg. Er ist ein totaler Idiot. Komm, ich bring dich zu den anderen."

Er ging voraus und öffnete die von den Kerzen flankierte Tür, und sie traten ein.

Der ganze Raum war von Hunderten Teelichtern erhellt.

Eine Handvoll Gestalten stand in der leeren Halle im Halbkreis und blickte ihnen entgegen. Eine junge Frau mit weißblond gefärbten Haaren in einem Latex-Minirock und in Netzstrümpfen. Ein schlanker junger Mann mit langen dunklen Locken, die ihm in das bleiche Gesicht fielen. Eine dürre männliche Gestalt, die einen engen Latex-Catsuit trug und eine altertümliche schwarze Gasmaske aufgesetzt hatte. Der Typ atmete schwer und kicherte manchmal leise, so als würde die Situation ihn irgendwie erregen. Und zuletzt ein dicklicher Mann mit gegeelter Frisur und mit einer dicken Hornbrille auf der Nase. Er war vollkommen nackt, was Quentin nicht sonderlich irritierte. Er war an solche Anblicke gewöhnt. Sein ganzer schwammiger, unnatürlich bleicher Körper war von Piercings bedeckt. Überall baumelten silbern glänzende Ringe und Knöpfe. Auch sein Glied und sein Hodensack waren bizarr verziert. Quentin wandte den Blick ab.

Soweit er erkennen konnte, war keiner außer dem Schlachtermeister über 30. So sehr sie sich auch bemühten, möglichst furchteinflößend zu wirken – sie erschienen Quentin nicht sonderlich bedrohlich.

Der Schlachtermeister stellte sich in die Mitte der kleinen Gruppe und wies spöttisch auf ihn.

„Das ist Frank. Er bittet um Aufnahme in den Orden."

Quentin war schon oft in solchen Situationen gewesen. Er versuchte dennoch, ein wenig eingeschüchtert zu wirken.

Der Nackte sah ihn durch seine altertümliche Brille an. „Bekennst du dich zu Satan?" Auch seine Zunge war gepierct. Dadurch lispelte er leicht, sodass sein düsterer Ton ein wenig lächerlich wirkte.

Quentin nickte und schlug das Kreuzzeichen des Teufels: Er berührte zuerst die rechte Schulter, dann die linke, dann die Stirn und zuletzt seinen Schritt. „Ich glaube an Satan, den Verstoßenen, den Engel der Dunkelheit. Ich glaube an das Ich, an die Macht der Lust und an die Kraft der Freiheit. Ich glaube, dass keiner mir vergeben muss, denn ich vergebe mir selbst. Ich glaube an kein Jenseits, denn alles, was ich will, nehme ich mir hier und jetzt."

Die blonde Frau nickte spöttisch. „Gut auswendig gelernt."

Der Nackte verzog zweifelnd das Gesicht. „Nicht ganz. Es heißt: Ich glaube, dass keiner mir vergeben muss, denn es gibt keine Sünde. Außerdem …"

„Halt den Mund!"

Der Schlachtermeister trat zu dem Nackten und schlug ihm kumpelhaft auf die Schulter.

„Auch Paul ist ein Idiot. Aber ein nützlicher Idiot", sagte er, zu Quentin gewandt.

Der Nackte grinste schief, als hätte er gerade ein Kompliment gemacht bekommen.

Prüfend sah er Quentin an. Dann nickte er.

„Also gut. Wir werden sehen."

Kapitel 7

Die Musik hämmerte wie ein wildes Tier. Das Licht flackerte stroboskopisch im Rhythmus. Quentin drängte sich durch die Menge. Viele hatten hochtoupierte Haare, man sah Netzstrümpfe, klobige Doc-Martens-Stiefel, Miniröcke aus Latex, abrasierte Augenbrauen. Einige trugen Kontaktlinsen, sodass ihre Augen weiß wirkten wie die von Zombies. Viele waren tätowiert, auch im Gesicht. Insgesamt ein ganz gewöhnlicher Gothic-Club.

Seit seiner Aufnahme in den Orden vor drei Wochen war Quentin öfter hier. Man beachtete ihn nicht weiter, er wirkte genauso verloren und hoffnungslos wie sie alle. Quentin kannte das schon. Die Menschen um ihn herum sahen in ihm das, was sie sehen wollten. Als mexikanischer Auftragskiller ging er ebenso durch wie als gelangweilter Millionär oder als durchgedrehter Satanist. Er war ein bisschen zu alt, aber seine schlichte schwarze Kleidung und die Müdigkeit in seinem Gesicht ließen ihn als einen der ihren erscheinen. Und so unrecht hatten sie damit gar nicht einmal.

Er hatte bei unzähligen absonderlichen Ritualen und Opferungen zusehen müssen: Ziegen, denen man die Kehle durchgeschnitten hatte, Gestalten in billigen Mönchskutten aus dem Internet, die pseudoreligiöse Gebete aufsagten und skurrile Zeremonien mit Schwertern und Kelchen durchführten. Meistens waren die Tiere bei den Ritualen längst tot, sie waren einfach im Supermarkt beschafft worden. Schweinsköpfe waren einfach zu besorgen und billig.

Er hatte schon so viele Satansgebete gehört, Pentagramme gesehen, mit Farbe aus dem Baumarkt auf den Boden gemalt, unzähligen Anrufungen des Teufels gelauscht.

Er fühlte sich fast ein bisschen wie zu Hause.

Quentin schüttelte den Gedanken ab. Er versuchte, keiner der jungen Frauen in ihren billigen Latex-Miniröcken zu lange in die Augen zu blicken. Obwohl er eigentlich zu alt war, bekam er mehr Angebote, als ihm lieb war.

Die Musik wurde immer lauter, der ganze Boden schien zu vibrieren.

Am anderen Ende des Raums entstand ein Gedränge. Alle reckten den Kopf und drängten sich nach vorn. Er schob sich durch die Menge.

Ein Mädchen lag auf dem Boden.

Einige Gestalten in Kutten standen regungslos um sie herum.

Schon so oft hatte er weinende Mädchen auf dem Betonboden liegen sehen, die von mehreren Männern genommen wurden, zuerst meist freiwillig, später dann nicht mehr. Oder die man mit K.-o.-Tropfen betäubt hatte. Oder Frauen, die man mit Versprechungen auf einen lukrativen Job irgendwohin gelockt hatte und die dann nach ein paar Wochen Gefangenschaft vergessen hatten, wie einmal ihr Name gewesen war.

Sie war völlig benommen, Speichel lief ihr aus dem Mundwinkel.

Der Hohepriester trat vor. Es war der Schlachtermeister, diesmal in einen dunkelroten Kapuzenumhang gekleidet. Er hob die Hände. Die Musik wurde heruntergedreht.

Dann begann er feierlich zu sprechen: „Ich herrsche über euch, sagte Satan, der Herr der Erde, in Macht erhoben droben und drunten, in dessen Händen die Sonne ein glänzendes Schwert ist und der Mond ein alles durchdringendes Feuer. Ich schuf euch ein Gesetz, auf dass ihr die Welt regiert. Ihr erhobt eure Stimmen und schwort eure Verbundenheit mit Ihm, der lebt und triumphiert, dessen Beginn nicht ist und dessen Ende nicht sein kann. Kommt also hervor und zeigt euch! Öffnet die Mysterien eurer Schöpfung. Der wahrhafte Anbeter des höchsten und unbeschreiblichsten Königs der Hölle."

Quentin atmete tief durch. Er kannte das Ritual auswendig und die Litanei langweilte ihn.

„Also kommt und gehorcht eurer Schöpfung. Freuet euch! Denn die Krone des Tempels und die Robe von Ihm, der ist, war und der gekrönt werden wird, sind nicht länger entzweit. Kommt also hervor und zeigt euch! Öffnet die Mysterien eurer Schöpfung. Der wahrhafte Anbeter des höchsten und unbeschreiblichsten Königs der Hölle."

Quentin wandte sich um und betrachtete die Gesichter. Alle schienen gebannt, fasziniert von der Außergewöhnlichkeit des Augenblicks. Er hatte dieses Ritual schon so oft gesehen, in Kinshasa, in Mexiko City, in New York.

Er wusste auch, wie es meistens endete.

Der Oberpriester streifte den Kapuzenumhang ab. Er war nackt, ein Fettwanst mit dichter schwarzer Körperbehaarung, unter der sein helles weiches Fleisch hervorleuchtete.

Wie er so dastand, hatte er überhaupt nichts Dämonisches an sich – wie die meisten Satanisten. Meist sahen sie aus wie ganz normale Buchhalter oder Versicherungsangestellte. Die Typen mit den weißen Kontaktlinsen und den Tätowierungen im Gesicht waren meist die Harmlosen. Bei Satanisten war es wie bei den Skorpionen: Die unauffälligsten waren die gefährlichsten.

Vier weitere Gestalten in dunkelroten Kapuzenmänteln traten nun hinzu, packten das verwirrt lächelnde Mädchen und hoben es behutsam auf eine Art Altar. Von Weitem sah er aus, als wäre er aus massivem Stein, aber aus der Nähe merkte man, dass alles nur Pappmaché war.

Er wusste, was nun geschehen würde.

Das Mädchen war von dem Verruchten angezogen worden, mutmaßte er. Sie war sicher schon einige Male in solchen Clubs gewesen, hatte irgendwelche Filme gesehen. Wahrscheinlich hatte sie einen Freund mit diesem etwas abseitigen Hobby. Vielleicht war sie mit ihm auf irgendwelchen SM-Partys gewesen, zuerst nur als Zuschauerin, doch dann hatte sie Gefallen daran gefunden. Sie interessierte sich wahrscheinlich gar nicht wirklich für den Satanismus. Wahrscheinlich hatte sie ein paar der üblichen Bücher halb gelesen und nicht so ganz verstanden. Vielleicht hatte ihr der Look gefallen, das Geheimnisvolle, das Verbotene.

Und es hatte sie gereizt, weil ihre Eltern es so schrecklich fanden.

Wahrscheinlich hatte sie sich sogar freiwillig gemeldet.

Quentin sah ihre Augen, als der nackte Mann sich über sie beugte …

Ihre Augen weiteten sich, als würde sie langsam begreifen, was mit ihr geschah. Ihr Lächeln gefror allmählich und ihr Blick wurde immer ungläubiger.

Am nächsten Morgen würde sie so tun, als wäre das alles

ein wilder Spaß gewesen oder als könnte sie sich nicht erinnern. Oder sie würde sich einreden, sie hätte es so gewollt.

Und vielleicht würde irgendeiner sie heimlich mit dem Handy aufnehmen, und bald könnte man ihre Aufnahmen überall im Internet finden.

Die Umstehenden drängten sich näher heran. Einige blickten angewidert, andere waren fasziniert, aber die meisten wirkten völlig ausdruckslos, waren auf irgendeinem Trip – Ecstasy, Meth, Hustensaft.

Montag früh würden sie wieder in ihren Büros sitzen, an ihren Frühstückstischen, in ihren Vorgärten, würden vom Wetter reden, von ihrem nächsten Urlaub und von Aktienpaketen. Sie waren keine Tiere, keine durchgedrehten Freaks. Sie waren nicht abartiger, kränker oder perverser als der Rest der Menschheit.

Er wandte sich ab und ging weg.

Hinten im Club war es jetzt beinahe leer. Andrew kam ihm entgegen. Seine Zähne leuchteten unnatürlich hell und lila im Schwarzlicht. Lachend schlug er Quentin auf die Schulter.

„Bist du bereit, Mann?"

Quentin nickte.

„Verdammt, ich beneide dich. Wie hast du es geschafft, so schnell aufzusteigen? Brauchst du ein paar Pillen? Ich habe neues Zeug reinbekommen, Teufels-Viagra mit zerriebenen Menschenknochen versetzt. Hat eine Höllenwirkung. Interesse?"

Quentin zeigte ihm ein schiefes Lächeln und ging wortlos weiter. Er hatte schon vor einer Stunde einen Blue Diamond geschluckt.

Er war jetzt seit drei Wochen Mitglied in dem Orden.

Er hatte schnell gemerkt, dass das hier nur eine unbedeutende Außenstelle war, dass er zu anderen Ebenen Zugang haben musste, wenn er etwas erreichen wollte.

Die Obersten waren bald auf ihn aufmerksam geworden. Er kannte die Schriften, war bewandert in den Ritualen, schien entschlossener und ernsthafter als die anderen Kandidaten. Auch die großzügigen Spenden, die er an den Orden geleistet hatte, waren sicher förderlich gewesen.

Er hatte einige Bemerkungen fallen lassen, dass er bereit wäre für den nächsten Schritt, dass er gern tiefer eindringen würde in die Geheimnisse des Ordens. Er versuchte durchblicken zu lassen, dass er keine Angst hatte vor dem Illegalen, dass er durchaus auch zu Extremerem bereit wäre.

Solche Vereinigungen waren immer auf der Suche nach Leuten, denen man Aufträge geben oder denen man das Geld aus der Tasche ziehen konnte.

Quentin ging hinter die Theke und in eines der Hinterzimmer.

Die Kutte mit dem aufgestickten Pentagramm auf der Vorderseite hing schon bereit. Er zog sich nackt aus und streifte sie über.

Quentin wusste, dass Andrew schon bald begonnen hatte, Erkundigungen über ihn einzuholen. Er hatte eine sorgfältig erstellte Tarnidentität. Die Kirche hatte da ganze Arbeit geleistet. Er hieß jetzt Frank Lemond, war in Kanada schon einige Zeit Mitglied in einem Zirkel gewesen und hatte einige Konflikte mit der Justiz gehabt, angeblich wegen Missbrauch und Drogengeschichten. Vor Kurzem hatte er dann eine große Erbschaft gemacht und war nun auf der Suche nach neuen Möglichkeiten, Geld und Energie einzusetzen.

Die Tür ging auf und Paul, der nackte Gepiercte von seinem Aufnahmeritual, kam herein. Er trug eine Kutte, die vorne offenstand. Darunter war er nackt, wie üblich. Bei jedem Schritt klackerten die silbernen Ringe an seinem Glied.

„Heute ist dein großer Tag, was? Bist du bereit?"

Sein Lispeln wurde stärker, wenn er aufgeregt war.

„Sicher."

„Die Braut, nach der du dich erkundigt hast. Ich habe mal rumgefragt."

Quentin zog sich ruhig die schwarze Latexmaske über das Gesicht und versuchte, sich seine Aufregung nicht anmerken zu lassen.

„Ja?"

„Ein Kumpel von mir sagte, er hätte sie gesehen. Eine völlig durchgedrehte Tante. Im vierten Monat schwanger."

„Und wo?"

„Sie hat in einem Porno mitgespielt. So eine kranke Scheiße, wo Frauen gequält werden. Mit Schlägen, Blut und so. Mein Kumpel hat mit ihr gedreht. Er hat gesagt, er ist sich nicht sicher, ob sie so ganz freiwillig dabei war. Die Firma *Extreme Films* macht so was. Angeblich steckt da ein anderer Orden mit drin. Die Bruderschaft. Alle haben regelrecht Angst vor denen. Der Chef von *Extreme Films* ist auch Mitglied hier im Orden. War aber schon länger nicht mehr da. Die suchen immer Darsteller für ihre kranke Scheiße." Paul sah ihn prüfend von der Seite an. „Was willst du eigentlich von der Braut? Du bist aber nicht ihr Vater, oder?"

„Du fragst zu viel, Paul. Aber danke."

Der andere sah ihn einen Augenblick lang seltsam an, dann drehte er sich um und ging hinaus.

War das eine Spur zu der vermissten Susan?

Als er fertig angekleidet war, betrachtete Quentin sich im Spiegel. Seine Augen wirkten völlig schwarz. Die Kutte erinnerte ihn an seine Soutane. Priester des Teufels.

Er verließ den Raum und ging zurück in den Club. Als er zu der Menschenmenge kam, die um den Altar herumstand, drehten sich einige um. Sie erkannten sein Gewand, stießen die anderen an, und die Menge teilte sich vor ihm.

Das Mädchen von vorhin lag jetzt auf dem Altar. Der nackte Dicke ließ ab von ihr und wies auf ihn. Alle sahen nun zu ihm hinüber.

Quentin zögerte einen Moment, dann hob er die Hände und rief: „O ihr! Die ihr vom Höllenfeuer in der Tiefe meines Schlundes geformt werdet! Ich habe euch als Kelche für eine Hochzeit für die Kammern der Lust bereitet. Eure Stimmen sind mächtiger als die mannigfaltigen Winde. Kommt also hervor und zeigt euch! Öffnet die Mysterien eurer Schöpfung. Der wahrhafte Anbeter des höchsten und unbeschreiblichsten Königs der Hölle."

Quentin atmete tief durch. *Herr, vergib mir …*

Dann legte er die Kutte ab.

Kapitel 8

Die Adresse lag in den Außenbezirken der Stadt, wo es nur Lagerhäuser und halb verfallene Industrieanlagen gab. Die ganze Gegend war genauso trüb und jämmerlich wie das Wetter. Ein ewiger Nieselregen fiel aus einem bleiernen Himmel.

An der Tür war ein altes Messingschild angebracht. *Extreme Films* stand darauf.

Er klingelte. Von drinnen war kein Geräusch zu hören. Als die Tür geöffnet wurde, stand ein Mann in einem zu engen Latex-T-Shirt und mit einem Nietenhalsband in der Tür. Sein Körper war massig und aufgeschwemmt, und mit seinem dicken Schnauzbart hatte er Ähnlichkeit mit einem Walross.

„Mein Name ist Frank Lemond. Ich komme wegen des Castings."

Das Gesicht des Mannes verzog sich zu einem schmierigen Lächeln.

„Natürlich, Mann! Ich bin Hunter. Kommen Sie rein."

Er führte ihn in einen schäbigen Raum, der als Filmstudio eingerichtet war. Zwei Videokameras standen auf Stativen, ein paar Scheinwerfer waren aufgebaut, dazu ein schwarzer Thron, ein Gynäkologenstuhl und eine Spanking-Bank. Auf einem Sofa im Barockstil saß eine nicht mehr ganz junge Frau. Sie trug das Outfit einer Domina, enge Korsage und hochgeschnürte Plateaustiefel. Ihre

Haare waren streng nach hinten zu einem Pferdeschwanz gebunden.

„Das ist Linda, meine Assistentin."

Sie sah Quentin an, wie eine Gestütsbesitzerin einen frisch erworbenen Zuchthengst betrachten würde. Ihre Lippen waren tiefrot geschminkt, und ihre extrem langen Fingernägel waren im selben Rot lackiert.

Hunter setzte sich neben sie.

„Willkommen bei *Extreme Films.* Paul hat mir dich empfohlen. Wir Mitglieder des Ordens müssen zusammenhalten." Er wies auf Quentin.

„Schau ihn dir an, Linda! Das ist der gottverdammte Höllenengel der Lust, der Hohepriester der Geilheit! Mit ihm werden die Klickzahlen durch die Decke gehen! Stell ihn dir mit diesem Engelsgesicht nur mal auf dem Strafbock vor! Was meinst du, wie er mit Mundknebel wirkt! Nimm Platz, Frank."

Einen Augenblick lang erinnerte ihn Lindas Gesicht an das Mädchen von dem Ritual in dem Club vor drei Tagen. Kurz sah er wieder ihr verzerrtes Gesicht vor sich. Ihren überraschten Blick.

Quentin verscheuchte die Bilder und setzte sich in einen goldenen Barocksessel den beiden gegenüber.

„Wir machen hier Erwachsenenfilme der Extraklasse. Wir bieten Spitzenqualität im Marktsegment BDSM, spezialisiert auf Paraphilie, Branding, Breathplay, Humiliation und solche abgefahrenen Sachen."

Quentin hatte sich die Filme der Firma im Internet angesehen. Es waren harte Pornos mit Gewalt. Simulierten oder echten Vergewaltigungen, Bondageszenen, Filme mit Operationen, auch einige Toiletten-Fetisch-Filme.

„Früher haben wir normale Pornos gemacht, Gangbangs und den ganzen Scheiß, aber da ist der Markt inzwischen völlig überlaufen. Heutzutage kann jeder Schwachkopf mit seinem Handy und seiner zugedröhnten Freundin einen Film drehen und ins Netz stellen. Oder den Fick gleich live streamen. Wir haben damals noch Hochglanzqualität geliefert, mit Spielszenen und so was."

Hunter wurde regelrecht melancholisch.

„Das waren goldene Zeiten! Wir haben jede Szene durchchoreografiert, wir hatten sogar einen eigenen Maskenbildner für den Genitalbereich! Da hat man keine Pickel und Hautunreinheiten gesehen wie heutzutage. Wir hatten sogar Drehbücher! Dialoge. Heute interessiert das keine Sau mehr."

Hunter beugte sich zu Quentin, fasste ihn am Kinn und drehte dessen Kopf, als wäre er ein lebloses Stück Fleisch. Quentin ließ es ruhig geschehen.

„Du siehst aus wie ein gottverdammter Engel! Du hast das perfekte Gesicht für unsere Filme! Bei dir denkt man an Ekstase, abgrundtiefe Lust! Ich sehe dich mit diesem traurigen Blick schon gefesselt von der Decke hängen." Er schlug sich mit den Händen auf die Schenkel. „Linda, stell dir dieses Gesicht beim Fisting vor! Einzigartig!"

Linda betrachtete Quentin weiter schweigend. Sie schien sich von Hunters Begeisterung nicht anstecken zu lassen.

„Es ist unglaublich, wer sich heute alles bei uns vorstellt! Gestern hatten wir einen da, der hat angefangen zu weinen, als Linda ihm den Analplug gezeigt hat! Und die Standfestigkeit, eine Katastrophe! Heutzutage glaubt jeder, er wäre zum Pornostar berufen! Jeder denkt, es wäre ein Kinderspiel, Sex mit drei Dobermännern zu haben. Aber das braucht Expertise! Nervenstärke! Ich habe früher selbst zehn Jahre lang vor der Kamera gestanden. Ich habe in ‚Spiele mit dem Deckhengst' mitgemacht, den hast du bestimmt gesehen?"

„Leider habe ich den verpasst", sagte Quentin tonlos.

„Tja, dann ging alles den Bach runter. Aber seit wir umgesattelt haben, läuft das Geschäft wieder. Wir waren mit ‚Tortur extrem' in den Top einhundert der BDSM-Charts, mit ‚Satans Dienerinnen' hatten wir eine Million Klicks in 24 Stunden! Wir sind Marktführer im Marktsegment Brutalporno. Aber wie gesagt, gute Mitarbeiter zu finden, ist so schwer!"

Linda betrachtete ihn weiter hochmütig.

„Was meinst du, Linda? Ist er nicht eine Atombombe?"

„Ich weiß nicht. Er wirkt sehr – sehr zart. Naiv."

Ihrer Stimme war anzumerken, dass sie es gewohnt war, zu befehlen.

„Ich fürchte, nach einer halben Stunde in meiner Hand braucht er einen Klinikaufenthalt und danach ein paar Sitzungen bei seinem Therapeuten. Wir haben hier keinen Platz für Sensibelchen."

Hunter lächelte Quentin an.

„Lass dich nicht einschüchtern von ihr. Eigentlich ist sie ein Schatz! Sie hat schon in über 100 Filmen mitgespielt."

Linda beugte sich vor, sodass ihre drallen Brüste sich etwas aus der engen Korsage schoben.

„Hast du denn Erfahrung?"

Quentin hatte ein paar bizarre Dinge wie Pornodrehs und Anklagen wegen Sex mit Minderjährigen in seinen gefälschten Lebenslauf einbauen lassen.

„Ja, ich habe in Vancouver ein paar Filme gedreht. Aber

die sind nicht mehr im Netz. Da gab es rechtliche Probleme."

„Dann bist du ja vom Fach! Du bist unser Mann! Wir zahlen übertariflich. Pro Drehtag gibt es 2000 Dollar; Zuschläge für Fisting oder Elektroschocks. Deinen Aidstest hast du dabei?"

Quentin zog den Zettel heraus und reichte ihn Hunter. So etwas ließ sich in wenigen Minuten selbst herstellen.

„Haken wir unsere Checkliste ab. Arbeitest du mit Tieren?"

„Ja", antwortete Quentin ungerührt.

„Violet Wand? Trampling? Barebacking?"

„Ja."

„Penetration mit Strap-On?"

„Ja."

„Ausgezeichnet." Hunter klatschte in die Hände. „Okay. Ich würde sagen, genug geredet. Den Papierkram machen wir später. Dann fangen wir an. Ich werde das Casting gleich mitfilmen. Wenn wir zum Vertragsabschluss kommen, können wir das Material verwenden. Linda hier wird die Führung übernehmen. Wir machen eine einfache Boy-Girl-Szene mit ein bisschen Spanking und vielleicht einem Einlauf am Schluss. Nichts Großes. Was ist dein Safeword?"

„Es tut mir leid. Aber das werde ich nicht tun."

Die beiden blickten ihn verblüfft an.

„Über solche Sachen bin ich hinaus. Vielleicht mache ich so etwas später. Wenn wir uns besser kennen. Aber im Augenblick hätte ich Interesse an härteren Filmen."

Linda sah ein wenig enttäuscht aus.

„Härter?"

„Ihr wisst, was ich meine."

Die beiden blickten sich wortlos an,

„Nein. Eigentlich nicht."

„Ich habe keine Lust auf solche Fakescheiße. Ich will echte Gefühle, echtes Blut. Ich will die Schmerzen schmecken. Im Orden erzählt man sich, dass hier auch extremere Sachen steigen."

„Extremere Sachen?"

„Ja. Ich bin gern dominant. Sehr dominant. Nichts gegen dich, Linda, aber ich bin schon so oft mit der Peitsche versohlt worden, dass es mich langweilt."

Linda zuckte spöttisch lächelnd mit den Schultern.

Quentin beugte sich vor.

„Ich möchte in bizarrere Dinge einsteigen. Abartiger. Kranker. Ich würde gern eine Kleine rannehmen. Jung. Sehr jung. Und schwanger."

„Schwanger?"

„Ja. Paul sagte im Club, dass ihr eine im Portfolio habt. Das wäre was für mich. Dafür bräuchte ich auch keine Kohle. Das würde ich gratis machen."

Die beiden sahen sich an. Linda nickte beinahe unmerklich.

„Nun, vielleicht … vielleicht hätten wir da was für dich."

Am nächsten Tag stand Quentin mit Hunter in einem Nebenraum des Studios.

Hunter war irgendwie stiller als gestern. Keine Sprüche mehr vom *Engel der Finsternis* oder Ähnliches.

Frank wies auf die Tür am Ende des Ganges.

„Sie ist da drin. Die Kamera steht bereit. Sie läuft schon. Du kannst einfach anfangen. Lass dir Zeit. Wir brauchen 30 Minuten schnittfähiges Material. Wenn du fertig bist, verschwinde einfach. Dann wird saubergemacht. Das Material wird entsorgt."

Hunter wandte sich zum Gehen.

„Was machst du denn? Du haust ab?", fragte Quentin.

Hunter sah ihm nicht in die Augen.

„Ich gehe. Ich will bei so etwas nicht dabei sein."

Er wirkte beinahe ein wenig ängstlich.

„Ich hoffe, es macht dir Freude."

Er trottete weg. Plötzlich blieb er noch einmal stehen und wandte sich um.

„Ich verstehe euch Typen nicht. Ich habe auch Spaß an dieser Satanssache. Ich war bei irgendwelchen bekloppten Messen mit Gruppensex und Zuballern. Aber das ist eine Spur zu hart. Einige von euch Spinnern treiben es zu weit. Das ist nicht mehr lustig. Das ist kein Spaß, Mann."

Er schien noch etwas sagen zu wollen. Doch dann drehte er sich einfach um und ging.

Nach einer Weile hörte Quentin die Studiotür zuschlagen.

Er war allein.

Langsam ging er zu der Tür. Er legte die Hand auf die Klinke und zögerte einen Augenblick lang. Bekreuzigte sich. Dann öffnete er die Tür mit Schwung.

Dahinter war ein kleiner Raum. Eine Kamera stand auf einem Stativ, davor lag eine Matratze auf dem Zementboden. Ein Mädchen saß darauf. Nackt und mit leicht gewölbtem Bauch. Sie hob den Kopf und sah ihn an.

„Hey, abgedreht! Sie haben mir erzählt, dass du scharf aussiehst, aber das ist ja noch heißer!"

Es war nicht Susan.

„Ich sage es dir gleich, ich mache kein Fisting oder so einen Mist. Das letzte Mal konnte ich zwei Tage nicht richtig sitzen. Mein Safeword ist *Kruzifix*, dann ist sofort Schluss, ist das klar? Letzte Woche hat der Schwachkopf nicht aufgehört. Es ist zum Kotzen, wie unprofessionell manche arbeiten. Wenn das heute nicht läuft, ist das mein letzter Streifen bei dieser Scheißfirma."

Quentin drehte sich wortlos um und ging hinaus.

Kapitel 9

„… und ich habe im letzten Monat Alkohol getrunken. Nicht viel, aber jedes Mal etwas über den Durst. Manchmal bin ich dann ausfallend geworden und habe Kraftausdrücke benutzt. Dreimal *Affenarsch* und mindestens fünfmal *verfickte Scheiße*. Ich fluche viel in letzter Zeit, aber ich will das einschränken. Ich will mir Mühe geben.“

Kurzes Schweigen.

„Und an der Kasse im Supermarkt hat mir die Kassiererin falsch herausgegeben. 45 Cent zu viel. Ich habe überlegt, ob ich es ihr sagen soll, aber dann habe ich das Geld einfach eingesteckt. Ich habe mich den ganzen Tag danach schlecht gefühlt. Aber was soll ich machen? Jetzt kann ich doch nicht einfach hingehen und ihr das Geld zurückgeben, oder?“

Wieder Schweigen.

„Das ist alles, Tochter?“

„Ja, das ist alles.“

„Ich erteile dir die Absolution. Im Namen des Vaters und des Sohnes … Gott, der unser Herz erleuchtet, schenke dir wahre Erkenntnis deiner Sünden und seiner Barmherzigkeit. Zur Buße erlege ich das dreimalige Beten des Rosenkranzes auf.“

„Danke, Pater.“

Das Holz auf der anderen Seite des Beichtstuhls knarrte leise, als die Frau sich erhob. Von ihrer Stimme her war sie wahrscheinlich mittleren Alters, eher dürr und knochig.

Der Vorhang raschelte leise, als sie ihn wegschob und nach draußen trat.

Dann war kurz Stille.

Quentin atmete tief durch und rieb sich mit Daumen und Zeigefinger über die zugekniffenen Augen. Ab und zu musste er die Beichte abnehmen. Er verzog das Gesicht. Der Monsignore würde ihn sicherlich freistellen davon, wenn Quentin ihn bitten würde, aber er wollte vor sich selbst zumindest ein wenig den Schein aufrechterhalten, dass er noch Priester war.

Dabei waren die Sünden der Menschen so nichtig und lächerlich. Stundenlang hörte er Geschichten von Selbstbefriedigung, Flunkereien, kleinen Diebstählen, Alltagslügen und anderen banalen Dingen. Alle diese unbedeutenden Sünden waren unschuldig im Vergleich zu dem blutigen Irrsinn, den er schon so oft draußen in Kellern und Hinterzimmern erlebt hatte, den er selbst mitgemacht hatte, dass er manchmal den Drang verspürte, die Beichtenden an den Haaren aus dem Beichtstuhl zu zerren. Die meisten ahnten gar nicht, wie unschuldig sie waren. Manchmal wartete er geradezu darauf, etwas Schwerwiegenderes zu hören, etwas mit mehr Gewicht, wie kleinere Gewalttaten.

„Ach Pater, da wäre noch etwas. Darf ich ganz kurz …?"

Es war die Frau von gerade eben. „Eins habe ich noch vergessen: Ich bin ohne Fahrschein gefahren mit der U-Bahn. Ich hatte kein Kleingeld und da dachte ich mir: *Scheiß drauf*. Entschuldigung, Pater."

Quentin schwieg kurz und sagte dann: „Das geht in Ordnung. Die Sache ist erledigt."

„Wie erledigt? Müssen Sie nicht noch einmal …"

„Was noch einmal?"

„Na ja, ich meine, den ganzen Sermon aufzählen, das mit der Barmherzigkeit und so?"

„Nein, das gilt noch."

„Und ist das in den drei Rosenkränzen jetzt inbegriffen oder muss ich …"

„Nein, das ist alles."

„Sicher?"

„Wie viele Stationen waren es denn?"

„Bitte?"

„Wie viele Stationen sind Sie ohne Fahrschein gefahren?"

Einen kurzen Augenblick war Stille.

„Ich denke zwei."

„Dann ist es sowieso erledigt. Unter drei Stationen gilt es als Bagatellsünde, da ist eine Lossprechung gar nicht nötig."

„Wirklich?"

„Wirklich."

„Bagatellsünde. Da habe ich ja noch nie gehört."

„Sie können jetzt gehen", sagte Quentin mit mühsam beherrschter Stimme.

„Ich bin mir auch gar nicht mehr so sicher, wie viele Stationen es waren, es könnten auch vier oder fünf …"

„Ich erteile dir die Absolution. Gott, der unser Herz erleuchtet, schenke dir wahre Erkenntnis deiner Sünden und seiner Barmherzigkeit. Zur Buße erlege ich das viermalige Beten des Rosenkranzes auf."

Einen kurzen Augenblick war Stille. Dann ahnte man durch das Gitterfenster, wie sich die Frau auf der anderen Seite erhob und den Beichtstuhl verließ. Das klappernde Geräusch ihrer Absätze war wie ein Ausdruck ihrer Gekränktheit.

Quentin atmete tief durch. Er konnte nicht mehr an die Kraft der Vergebung glauben. Seine eigene Seele erschien ihm so schmutzig, dass er den Gedanken lächerlich fand, er könne einem anderen Sündenerlass gewähren.

Bis jetzt hatte er über die vermisste Susan noch nichts herausfinden können. Der Orden, in den er sich eingeschleust hatte, war nur ein unbedeutender Zweig. Er musste tiefer eindringen. Aber er hatte Angst davor. Er wusste nur zu gut, was in solchen Kreisen geschah. Und er konnte es nicht mehr ertragen. Er konnte sich selbst nicht mehr ertragen.

Er hörte Schritte. Der Vorhang raschelte. Ein Schatten glitt über die vergitterte Öffnung in der Trennwand. Jemand ließ sich auf die Kniebank nieder. Ein leises Ächzen war zu vernehmen, als die Gestalt sich hinkniete.

„Segne mich, Pater, denn ich habe gesündigt." Ein Mann. Übergewicht. Der Stimme nach mittleren Alters.

„Gott, der unser Herz erleuchtet, schenke dir wahre Erkenntnis deiner Sünden und seiner Barmherzigkeit. Amen."

„Ich war unkeusch. In Gedanken und im Fleische. Ich habe einer Frau beigewohnt ohne den kirchlichen Segen. Mehrmals. Auf verschiedene Arten. Ich hatte Sex mit anderen Frauen im letzten Jahr. Nicht mit vielen. Mit zwei Frauen. Dabei begehre ich eigentlich nur meine eigene Frau. Ich liebe sie abgöttisch. Aber manchmal gelüstet es mich nach anderen Frauen."

„Ist sie bei den zweien eingerechnet?"

„Was?"

„Ihre Frau. Ist sie miteingerechnet bei den zwei, mit denen Sie Sex im letzten Jahr hatten?"

„Ach so. Nein, das wäre quasi die dritte."

„Ich verstehe."

„Dabei läuft es mit meiner Frau eigentlich recht gut. Im Bett, meine ich. Da kann man sich nicht beschweren. Es ist Ihnen doch recht, Pater, dass ich davon …"

„Ja, ja, sprich weiter."

„Es stört Sie nicht, wenn ich ganz offen rede? Ich will nicht …"

„Es ist alles in Ordnung. Bitte sprich weiter."

„Ganz im Gegenteil, meine Frau ist schon … also … Sie als Pater werden vielleicht gar nicht wissen, was ich meine, aber das ist … Wie sagt man das denn jetzt? Wir sind dreizehn Jahre verheiratet, aber trotzdem, sie kann einfach nicht genug bekommen. Manchmal will sie, dass ich … dass ich ihr beiwohne auf widernatürliche Art. Sie verlangt Dinge von mir, die gegen Sitte und Anstand verstoßen. Wissen Sie, Pater, was ich meine?"

„Ich kann es mir denken, ja." Quentin wollte sich nicht zu genau vorstellen, welche Praktiken er wohl damit meinte.

„Das fordert mich oft ungemein. Psychisch und physisch. Manchmal denke ich, ich kann es nicht allen vier Frauen recht machen."

„Vier? Eben sagten Sie …"

„Allein meine Frau ist oft schon recht fordernd, aber erst Maddy! Sobald ich mal zögere, gibt es sofort eine Szene. Sie will es oft zwei-, dreimal hintereinander. Und wenn ich dann nach Hause komme, sieht mich meine Frau schon wieder so lüstern an. Oder sie will, dass ein weiterer Mann dabei ist. Und dann muss auch ich manchmal mit dem Mann … Nicht, dass ich Gefallen daran fände, aber ich werde quasi dazu gezwungen. Stellen Sie sich nur mal vor, was geschehen würde, wenn alle fünf voneinander wüssten."

„Fünf?"

„Das ist manchmal schon belastend. Ich fühle mich unter Druck gesetzt. Bislang schaffe ich das noch alles, aber was mache ich, wenn es mir zu viel wird? Oft denke ich ..."

„Jetzt erkenne ich Ihre Stimme!", rief Quentin aus.

„Was?"

„Sie waren doch letzte Woche schon einmal hier."

„Bitte?"

„Letzte Woche haben Sie mir von Ihrer Masturbationssucht erzählt, nicht wahr? So geht das nicht! Sie können sich nicht dauernd irgendwelche Schweinereien ausdenken und mir die Zeit stehlen!"

Stille.

„Oder? Habe ich nicht recht?"

Kurz schwieg der andere, dann wagte er vorsichtigen Protest. „Was fällt Ihnen ein? Gibt es denn nicht das Beichtgeheimnis?"

„Das hat damit überhaupt nichts zu tun. Letztens waren Sie sogar zweimal an einem Tag hier."

„Das stimmt nicht, ich ..."

„Sie reißen sich jetzt mal ein bisschen zusammen! Ich bin nicht zu Ihrem Vergnügen hier!"

„Hören Sie mal, in was für einem Ton reden Sie mit mir?"

„Ich habe wirklich noch etwas anderes zu tun, als mir Ihre Ferkeleien anzuhören!"

„Ich habe das Recht ..."

„Ich erteile dir die Absolution. Gott, der unser Herz erleuchtet, schenke dir wahre Erkenntnis deiner Sünden und seiner Barmherzigkeit. Zur Buße erlege ich das viermalige Beten des Rosenkranzes auf. Und jetzt raus!"

Quentin atmete tief durch. Priester zu sein war nicht immer einfach. Heute Abend würde er um Vergebung bitten müssen. Er hätte Milde und Verzeihen in seinem Herzen fühlen müssen, stattdessen gingen ihm die ganzen Beichtwilligen auf die Nerven.

Das Holz knarrte. Ein leises Ächzen. Kaum ein Geräusch beim Niederknien. Ein junger Mann oder eine Frau. Quentin konnte ein schwaches Atmen hören.

Eine Weile lang sagte keiner etwas.

„Sie sind auf der Suche nach Susan, nicht wahr?"

Quentin richtete sich auf. Es war die Stimme einer jungen Frau, zitternd vor Aufregung. Oder vor Angst.

„Ich kann Ihnen helfen. Wenden Sie sich an Madeleine Cowerton. In Mexico City. Die kann Ihnen einen Kontakt herstellen. Zur Bruderschaft. Aber passen Sie auf. Das sind alles Irre!"

Madeleine Cowerton. Der Name sagte ihm etwas, aber er kam nicht darauf, woher er ihn kannte.

„Warum tun Sie das?"

„Ich war selbst einmal dort. Manchmal kann ich inzwischen nachts aufhören, daran zu denken. Seien Sie vorsichtig. Lassen Sie sich nicht erwischen."

Einen Augenblick lang war Stille. Quentin wusste nicht recht, was er sagen sollte. Woher wusste sie, dass er an der Sache dran war? Das war besorgniserregend. Wenn diese Frau davon wusste, konnten auch andere davon wissen. Das war überhaupt nicht gut.

„Können Sie mir eines versprechen?"

Ihre Stimme war plötzlich ganz nah. Quentin konnte ihr Gesicht durch das Gitter erahnen.

„Machen Sie die Schweine fertig. Wenn Sie diesen Dave

erwischen, lassen Sie ihn leiden. Erledigen Sie ihn nicht einfach und schnell, sondern machen Sie es langsam. Kosten Sie es aus. Glauben Sie mir, er mag das. Versprechen Sie mir das?"

Ihre Stimme hatte einen unangenehmen Klang. Sie atmete schwer, als würde der Gedanke sie erregen.

Einen Augenblick lang spürte Quentin Zorn in sich aufsteigen. Was verlangte sie von ihm? Er war nicht ihr Handlanger, ihr Lakai. Er war nicht dazu da, ihre Rachegelüste zu befriedigen. Es ging nicht darum, etwas auszukosten.

„Versprechen … Sie es … mir?" Ihre Stimme klang stockend, so als würde sie gleich anfangen zu weinen.

Quentin dachte daran, was ihr vielleicht widerfahren war. Was man ihr angetan hatte.

Wenn es irgend möglich war, versuchte er, nicht zu viel mitzubekommen von all dem Leid und den Schmerzen und der Qual. Er hörte weg, wenn Opfer von durchlittenen Torturen sprachen. Er sah sich die Filmaufnahmen der Rituale nur oberflächlich an. Er versuchte immer, es nicht allzu nah an sich herankommen zu lassen. Und doch hatte er im Laufe der Jahre mehr erfahren, als er wissen wollte. Er hatte Geschichten gehört von tagelangen Folterungen, von den aberwitzigsten Ritualen. Er hatte in zu viele erloschene Augen geblickt, in zu viele weinende Gesichter. Zu oft hatte er die abgrundtiefe Hoffnungslosigkeit gespürt und die schweigende Verzweiflung.

„Ja, ich verspreche es."

Kapitel 10

Vorsichtig schlich Quentin das verfallene Treppenhaus hinauf. Offenbar war das Haus schon lange verlassen. Die Wohnungstüren waren herausgerissen worden, und man konnte die verwüsteten Zimmer dahinter sehen.

Von oben hörte er leise Geräusche, wie das Murmeln von Stimmen im Gleichklang. Es klang wie eine Art Gebet.

Als er das oberste Stockwerk erreichte, wurde das Gemurmel lauter.

Vor einer verschlossenen Tür lagen einige verdorrte Kräuter und ein paar Tierknochen. Schutzzauber. Hier war er richtig.

Vorsichtig legte er sein Ohr an die Tür.

Immer wieder ertönte die Stimme eines Mannes, der im Ton eines Priesters eine Litanei vortrug, die dann von dem Gebetsmurmeln wiederholt wurde. Er konnte die lateinischen Worte verstehen.

„Lucifer, Dominus noster, libera nos."

Quentin kannte die Worte. Lucifer, unser Herr, erlöse uns. *Das war das Teufelsgebet, das oft vor einer Opferung gesprochen wurde.*

Den Stimmen nach konnten nicht allzu viele Menschen hinter der Tür sein.

Er griff nach seiner Pistole. Eigentlich hatte er keinen direkten Zugriff riskieren wollen, aber die Sache schien dringend zu sein.

Vorsichtig drückte er die Klinke hinunter. Mit einem leisen Klacken öffnete sich die Tür. Sie war nicht verschlossen.

Er atmete tief durch und stieß die Tür auf.

Der Raum dahinter war nur von einer einzelnen Glühbirne an der

Decke erhellt, sodass er im ersten Augenblick Mühe hatte, in dem dämmrigen Licht etwas zu erkennen.

Eine Handvoll Menschen stand um ein schäbiges Bettgestell herum. Darauf lag mit gefesselten Händen ein junges Mädchen, das ihn weinend mit aufgerissenen Augen ansah.

Quentin hob die Waffe.

„Manos arriba. Sin movimiento."

Alle fuhren herum und sahen ihn erschrocken an.

„Nadie se mueve. Arrodillarse!"

Der Mann neben dem Bett hob langsam die Hände und kam auf ihn zu. Er war nicht so ärmlich gekleidet wie die anderen und hatte grau melierte Schläfen.

„¿Qué es lo que quieres hacer? ¿Y disparar a todos?"

Plötzlich ging das Licht aus.

Stimmen in Spanisch schrien durcheinander. Jemand schlug ihm ins Gesicht und versuchte, ihm die Waffe zu entwinden. Dann löste sich ein Schuss.

„Pater Quentin? Mrs. Cowerton kann Sie nun empfangen."

Quentin verscheuchte die Alptraumbilder und sah auf. Eine junge schwarze Frau im eleganten Business-Kostüm stand vor ihm.

Quentin nickte, erhob sich und folgte ihr. Heute trug er eine Soutane.

Die Geschichte in Brasília verfolgte ihn.

Das gefesselte Mädchen war von einer Kugel getroffen worden und kurz darauf im Krankenhaus gestorben. Quentin hatte nie erfahren, ob sie von der Waffe des Anführers getötet worden war oder ob ein Schuss aus seiner eigenen Pistole sie getroffen hatte.

„Pater Quentin. Wie schön, nehmen Sie Platz."

Mrs. Cowerton empfing Quentin in ihrem luxuriösen Büro. Ihre Frisur saß perfekt und ihr Make-up war vollkommen. Sie lächelte ihm entgegen mit der Müdigkeit einer Frau, die es gewohnt war, dass alle sie begehrten. Als wäre sie gelangweilt von den unentwegt um Aufmerksamkeit heischenden Blicken, von all dem Angehimmeltwerden. Noch war sie eine Schönheit, doch das Alter warf schon seine Schatten voraus. Ihr Gesicht hatte bereits das leicht Fratzenhafte der ersten Schönheitsoperationen, ihre Lippen waren etwas zu voll, ihre Stirn glänzte ein wenig zu künstlich. In ein paar Jahren würde sie sich zu einer Karikatur ihrer selbst verwandelt haben.

Quentin nahm vor Mrs. Cowertons edlem Schreibtisch Platz. Es war nicht schwer gewesen, Madeleine Cowerton aufzuspüren. In Mexiko war sie eine regelrechte Berühmtheit. Bei ihrer Scheidung hatte sie von ihrem Ex-Gatten eine riesige Abfindung erhalten. Seitdem war sie als Philanthropin bekannt, sie unterstützte verschiedene wohltätige Organisationen, veranstaltete Spendengalas und war in den Hochglanzzeitschriften zu finden.

„Das Büro des Erzbischofs hat mich gebeten, Ihnen behilflich zu sein, Pater. Ich habe Erkundigungen über Sie eingezogen. Stimmt es, dass Sie bei der Befreiung dieser armen Mädchen damals in Manila dabei waren?"

Quentin lief es kalt über den Rücken. Sie musste wirklich gute Kontakte haben. Er dachte nur schaudernd an Manila zurück. Manchmal sah er noch die nackte, gekreuzigte Frau vor sich.

„Ich weiß nicht, was Sie darüber gehört haben, aber wahrscheinlich stimmt nicht einmal die Hälfte." Er schaffte es, seine Stimme ganz kühl klingen zu lassen.

„Sie sind zu bescheiden. Dort sind ja wohl − bizarre Dinge vor sich gegangen."

Sie betrachtete ihn auf die Art, wie Frauen ihn manchmal betrachteten. Quentin senkte kurz den Blick.

„Was kann ich für Sie tun?", fragte sie dann sachlich.

„Es geht um die Bruderschaft", antwortete Quentin und blickte sie direkt an.

Ihr Lächeln veränderte sich nur um eine winzige Nuance. Es wurde eine Spur kälter.

Auch Quentin hatte Erkundigungen eingezogen. Es war ein wohlgehütetes Geheimnis, dass die große Philanthropin Madeleine Cowerton in jungen Jahren in Satanistenkreisen verkehrt hatte. Bei einem Journalisten, der an einer Story darüber gearbeitet hatte, hatte man merkwürdigerweise eine Riesenmenge Kokain im Schlafzimmer gefunden, und er saß nun eine zwölfjährige Haftstrafe ab. Der Artikel war nie erschienen.

Bedächtig griff sie nach der Tasse Tee, die vor ihr auf dem Schreibtisch stand. Sie rührte mit solcher Konzentration in der Tasse, als wäre darin die Antwort auf alle Fragen des Universums zu finden. Erst jetzt fiel Quentin auf, dass sie ihm nichts angeboten hatte.

„Früher habe ich in solchen Kreisen verkehrt. In jungen Jahren war ich − sehr experimentierfreudig. Verurteilen Sie mich dafür, Pater? Brechen Sie den Stab über mich?"

Sie schlug elegant die Beine übereinander und strich sich leise lächelnd die Haare aus dem Gesicht. Der Gedanke, dass jemand sie verurteilen könnte, schien sie zu amüsieren.

„Ich bin ausschließlich an meinen Ermittlungen interessiert. Das Urteil der Kirche kennen Sie. Ich persönlich urteile nicht."

Irritierenderweise wirkte sie fast ein wenig enttäuscht. Behutsam stellte sie ihre Tasse ab.

„Ich ermittle in einem Vermisstenfall. Eine junge Frau wird, so vermutet ihre Mutter, gegen ihren Willen von der Bruderschaft festgehalten."

„Gegen ihren Willen?"

Sie verzog den Mund in einer ganz exquisit dargestellten Angewidertheit.

„In der Presse wird oft sehr verzerrt über solche Organisationen berichtet. Aber das wissen Sie ja sicherlich selbst am besten. Das wenigste geschieht gegen den Willen der Beteiligten. Oh nein, die allermeisten sind ganz versessen darauf, ihre Freiheit wegzuwerfen, sich unterdrücken und sich zwingen zu lassen."

Sie redete in einem gestelzten Ton, als würde sie ein Interview für eine Zeitschrift geben.

„Der freie Wille ist ein sonderbares Ding. Man kann den Menschen recht einfach vorschreiben, was sie zu wollen haben. Die meisten haben nicht einmal die leiseste Ahnung von ihren eigenen Begierden und Bedürfnissen. Wie Schlafwandler rennen sie der allgemeinen Meinung hinterher. Man träumt die kleinen Träume von der Stange, man lässt sich brav befehlen, wonach man sich zu sehnen hat. Wer sich dagegen befreit aus diesen Ketten, wer seinen eigenen Wegen folgt, seine eigenen Pfade beschreitet, den verurteilt die Gesellschaft."

Sie betrachtete ihn prüfend.

„Was ist mit Ihrem freien Willen, Pater? Tun Sie das, was Sie tun, wirklich aus freiem Willen? Oder sind Sie in den Ketten der kirchlichen Moral gefangen?"

„Wir haben Hinweise, dass sie nach Mexico City ge-

bracht wurde", sagte Quentin, ohne auf ihre Frage einzugehen. „Ich brauche jemanden, der mir einen Kontakt zu der
örtlichen Vertretung der Bruderschaft besorgt. Ich hatte gehofft, dass Sie noch Verbindungen haben."

Einen Augenblick lang saß sie da wie erstarrt. Dann begann sie, etwas wehmütig zu lächeln, als würde sie sich an
eine lang vergangene Liebschaft erinnern.

„Oh, mein Engagement in diesen Kreisen ist schon sehr,
sehr lange her."

„Die Kirche wäre Ihnen für Ihre Kooperation sehr verbunden."

Sie lehnte sich langsam zurück und ihr Gesicht wurde
eine Spur kühler.

„Ich bedauere. Ich bin der Kirche immer gern behilflich,
doch hier sind mir leider die Hände gebunden."

Quentin war sich nicht sicher, ob er die Karte spielen
sollte. Doch er hatte wohl keine Wahl. Er straffte sich etwas
in seinem Stuhl. „Am 3. Januar hat die Polizei auf einem
Abrissgelände die Leiche von Juanita Gonzales gefunden."

Quentin beobachtete sie ganz genau. Ihr Lächeln veränderte sich nicht. Es blieb sanft und doch distanziert, als
wäre es ein Schutzschild gegen alle Belästigungen durch die
Wirklichkeit.

„Ich habe davon gehört. Ein bedauerlicher Vorfall."

„Ja, sehr bedauerlich. Sie wissen sicherlich auch, dass
DNA-Spuren von drei Personen am Tatort gefunden wurden. Diese Ergebnisse haben die Behörden nie veröffentlicht.
Die Kirche hat hier ihren Einfluss geltend gemacht. Selbstverständlich würden wir die Sache gern weiter unter Verschluss halten. Doch hierzu wäre auch ein Entgegenkommen
von Ihrer Seite hilfreich." Er blickte sie forschend an.

Einen Augenblick lang war Stille. Es war nicht ungefähr-
lich, was er hier unternahm. Ihr Einfluss war gewaltig.

Sie schien nachzudenken. Mit halb geschlossenen Lidern
betrachtete sie ihn.

„Sie gefallen mir. Vielleicht wäre ich in der Lage, Ihnen
zu helfen. Aber dafür wünsche ich mir eine Gegenleistung."

Quentin schwieg.

„Ich bin Sammlerin. Ich sammele das Exotische, das Ab-
artige, das Abgründige. Die Normalität langweilt mich so
unsäglich. Sehen Sie, meine finanzielle Lage ermöglicht es
mir, alle Launen und Wünsche zu erfüllen, die sich auf nor-
malem Wege verwirklichen lassen. Doch dies sind nicht die
wahren Bedürfnisse, die ich habe."

Quentin glaubte zu ahnen, worauf sie hinauswollte. Er
hatte schon oft solche Angebote bekommen.

„Ich frage mich immer, wie die ganzen normalen Exis-
tenzen die unglaubliche Ödnis ihres Daseins überhaupt ertragen können. Wie schaffen sie es, jeden Morgen aufzuste-
hen, um ihre gänzlich sinnlosen Tätigkeiten auszuführen?
Woher nehmen sie alle die Energie, von ihren völlig unbedeutenden Angelegenheiten zu erzählen, ihren lächerlichen
Freuden nachzugehen, ihre winzigen Träume zu träumen?
Wie kann man leben, ohne jemals etwas Außergewöhnliches
erlebt zu haben, ohne die Pforte des Besonderen durch-
schritten zu haben? Sind es nicht die exotischen Erfahrungen, die uns zu dem machen, was wir sind! Haben Sie jemals einen Menschen sterben sehen?"

Quentin nickte unbestimmt. „Ja, das habe ich."

„Es ist etwas ganz Besonderes, finden Sie nicht? Im Augenblick des Todes scheinen sie irgendetwas zu begreifen,
das große Rätsel zu lösen. Im Moment des Sterbens leuchtet

eine Erkenntnis in ihren Augen auf. Sie werden befreit aus dem jämmerlichen Kerker ihrer Existenz, sie fliegen auf in den goldenen Himmel der Freiheit. Manchmal sehne ich mich danach, es ihnen gleichzutun."

Ihre Lippen waren leicht geöffnet. Ihr Gesichtsausdruck hatte etwas Obszönes.

„Ich darf doch offen reden mit Ihnen? Es fällt mir schwer, einen Orgasmus zu bekommen. Ich unterstütze ein Sterbehospiz hier mit einer bedeutenden Summe jährlich. Dafür lässt man mich zu den Sterbenden. Wenn ich danach das Hospiz verlasse, bin ich endlich wieder erregbar. Der Anblick des Todes gibt mir das Gefühl, zu leben. Lust empfinden zu können, ist ein Geschenk. Die Sinnesfreuden sind die höchste Gabe des Lebens an uns. Es ist Ihnen doch nicht unangenehm, wenn ich so offen darüber spreche?"

„Ehrlich gesagt doch. Es ist mir unangenehm."

Sie nickte, als wäre sie mit dieser Antwort sehr zufrieden.

„Ich leite auch eine Hilfsorganisation für krebskranke Kinder. Dem Tod geweihte Kinder sind eine besondere Spezies. Es handelt sich meist um ganz ungewöhnliche Juwelen. Ihnen beim langsamen Prozess des Sterbens zusehen zu dürfen, betrachte ich als ein besonderes Privileg. Auch der Anblick der Eltern verschafft mir ein gewisses exquisites Vergnügen."

Ihre Augen glänzten seltsam und ihre Lippen waren zu einem Lächeln verzogen.

Quentin lehnte sich zurück, als miede er einen unangenehmen Geruch. Plötzlich erschien ihm die Frau hinter dem Schreibtisch bedeutend weniger attraktiv, fast abstoßend.

„Es ist ein tiefgreifendes Erlebnis, wenn Eltern am Krankenbett ihrer sterbenden Kinder sitzen. Die Agonie in ihren Augen. Die Qual in ihrem Blick. Das Liebste zu verlieren, was man hat. Und nichts dagegen tun zu können. Ich genieße es, ihnen dabei zuzusehen, wenn ihre Kinder Schmerzen leiden. Diese kosmische Hilflosigkeit. Dieses namenlose Entsetzen. Terminlich bin ich in meinen verschiedenen Organisationen sehr eingebunden, aber manchmal schaffe ich es, im Augenblick des Todes dabei zu sein. Die Eltern halten die Hand ihrer Kleinen, und es gibt nichts, was sie tun können."

Quentin spannte sich an. Am liebsten wäre er wortlos aufgestanden und gegangen, doch er brauchte ihre Hilfe, ihren Einfluss.

„Ich bin immer auf der Suche nach dem Besonderen. Dem Ungewöhnlichen. Nach dem großen Erdbeben in der Türkei bin ich mit meiner Hilfsorganisation dort hingereist. Ich habe Gespräche mit den Angehörigen der Opfer geführt. Es war ein tiefgreifendes Erlebnis. Ich war bei vielen Beerdigungen von Kindern dabei. Diese Tiefe des Gefühls! Diese Reinheit der Empfindungen!"

Sie rutschte ein Stück vor auf ihrem Stuhl und sah ihn eindringlich an.

„Habe ich damit Schuld auf mich geladen? Sind meine Vorlieben eine Sünde, Pater? Werfen Sie den ersten Stein?"

„Natürlich sind das schwere Sünden. Das wissen Sie selbst. Aber ich verstehe nicht, was das alles mit der Angelegenheit zu tun hat", sagte er mühsam beherrscht.

Sie lehnte sich wieder zurück.

„Nun, es ist schwer, solche *Projekte* zu realisieren. Die Gesellschaft steht meinen Neigungen ablehnend gegenüber. Sie könnten mir behilflich sein. Im Gegenzug für meine Unterstützung würde ich mir *Entgegenkommen* von Ihnen wünschen."

Was meinte sie? Worauf wollte sie hinaus? Sollte er jemanden vor ihren Augen töten?

„Meine Informanten haben mir einiges berichtet über Sie. Es ist überraschend, wie viele Geistliche ihrem Gelübde untreu werden, weil sie schwach sind. Bei Ihnen scheint das anders zu sein. Das hat mich gleich fasziniert. Was ist Ihnen das Leben eines Menschen wert? Sind Sie bereit, für Ihre Mission über Grenzen zu gehen? Sind Sie bereit, Ihre Schwüre zu brechen, um der Sache zu dienen? Sich zu verlieren im Rausch der Lust? Ich würde gern Ihre Augen sehen dabei, Ihr Engelsgesicht. Ich würde gern sehen, wie Sie sich an Gott und an sich selbst versündigen."

Quentin atmete tief ein und wollte gerade ansetzen zu sprechen, als sie plötzlich zu lächeln begann.

„Oh, Sie irren sich. Ich meinte nicht mich."

Sie drückte auf den Schalter der Sprechanlage. „Schicken Sie sie herein."

Einen Augenblick lang war Stille. Mrs. Cowerton lächelte ihn an, wie nur Frauen lächeln konnten.

„Wenn Sie mir diesen kleinen Gefallen tun, verschaffe ich Ihnen Zugang zur Bruderschaft. Eine gute Freundin von mir hat Kontakte zu dieser Gruppierung. Dort ist man sehr – exzentrisch."

Hinter ihnen ging die Tür auf. Leise Schritte waren zu hören. Dann trat ein Mädchen neben Mrs. Cowerton. Sie war ihr wie aus dem Gesicht geschnitten, eine jüngere Ausgabe von ihr, das Gesicht noch nicht verzerrt von künstlichen Eingriffen.

„Das ist Valerie, meine Tochter. Sie ist 14. Ich liebe sie über alles."

Zärtlich strich sie dem Mädchen über die Wange. Man konnte bereits ahnen, welche Schönheit sie in ein paar Jahren sein würde.

Das Kind sah ihn ganz ruhig und ausdruckslos an.

„Nun, Pater? Sind Sie bereit?", sagte die Mutter.

Kapitel 11

Quentin fuhr an der Küste entlang.

Er hatte immer davon geträumt, direkt am Meer zu leben. Wenn man mit dem Geräusch der Brandung einschlief, träumte man weniger. Die Seele wurde einem leichter hier.

Angesichts der blauen Unendlichkeit verschwanden die Qualen seines Ichs ein wenig, er wurde ruhiger, atmete mit den Fluten, pulsierte mit den Wellen.

Der Weg führte durch ein paar kleine Ortschaften. Man sah Felder, auf denen Bauern mit alten Traktoren den Boden bestellten, bewaldete Hügel verschwanden in der Ferne im Nebel. Irgendwo brannte es, der rauchige Dunst hing wie ein müder Schleier zwischen den Hügeln, und es roch nach verkohltem Holz. Einige Lastwagen waren unterwegs, aber meistens war die Straße leer.

Dann ging es hinein in den Dschungel. Die Luft wurde feuchter, man atmete den Dunst des Urwalds. Das Licht blitzte immer wieder kurz durch das Blätterdach.

Er fuhr vorbei an dem verwitterten Holzschild „Aztlacotl Temple Complex". Hier sollte er die Informantin treffen, die Mrs. Cowerton ihm genannt hatte. Eine Frau, die ihn in die Bruderschaft einführen konnte.

Er versuchte, nicht an den gestrigen Tag zu denken. An das lächelnde Gesicht von Mrs. Cowerton. An das Weinen ihrer Tochter. Die Mutter hatte das geschmacklose Spiel fast bis zum Ende getrieben. Sie hatte seine Erektion sehen wollen, und die Angst in den Augen ihres schutzlosen Kindes. Was für ein perverses Dreckstück.

Agnus Dei, qui tollis peccata mundi, miserere nobis …

Der Parkplatz war riesig und beinahe völlig leer, nur ein einziger dunkler Chevrolet stand ganz hinten.

Die nackte Erde dünstete unter der Sonne, das Gebüsch war halb verdorrt.

Der Wächter am Eingang in einer Holzhütte nickte ihm schläfrig zu. Er hatte ein Sturmgewehr, wie beinahe alle Wachen hier in Mexiko, aber es war nicht geladen. Das Magazin war nicht richtig eingerastet, das sah er sofort.

Es waren nur wenige Touristen hier, die drittklassige Anlage lag viel zu weit ab, mitten im Dschungel.

Er ging den kurzen Weg zu den Ruinen entlang. Die Grillen zirpten unglaublich laut. Manchmal brüllte ein Affe hinter der grünen Wand oder bunte Vögel flogen auf. Es roch nach dampfendem Dschungel und nach verbranntem Holz.

Quentin liebte den Anblick von heidnischen Tempeln.

Kirchen verabscheute er, doch diese Bauwerke gaben ihm Kraft und Hoffnung. Kirchen erinnerten ihn zu sehr an Lügen, an Schmerz und an Blut.

Diese Tempel dagegen waren wie aus der Welt gefallen, vergessen von der Wirklichkeit. Überbleibsel aus anderen Jahrtausenden, als das Dasein noch unmittelbarer gewesen war als heute.

Nach wenigen Schritten lagen die verfallenen Maya-Pyramiden vor ihm. Die schwarzen Steinbauten prangten im Dschungel – fremd, göttlich, unnahbar.

Es war beinahe menschenleer. Zwei Touristen standen hinten an dem kleineren Ruinenfeld und machten Fotos.

Ein Mann in einem gelben Hemd war auf der anderen Seite und betrachtete die Anlage, die Hand beschirmend über die Augen gelegt.

Weiter hinten spielten zwei mexikanische Jungs Fußball. Es war das etwas lustlose Gekicke zweier Halbwüchsiger. Der Ball holperte über den Untergrund und wurde dann ungelenk zurückgeschossen.

Die Informantin war noch nicht da. Vermutlich würde er etwas warten müssen.

Sein Blick fiel wieder auf die Ruinen. Solche Anlagen überwältigten ihn jedes Mal. Der Dschungel hatte sie sich teilweise zurückerobert, die uralten Steine waren von Wurzeln überwachsen, Gras wucherte überall aus den Ritzen.

Er trat an eine der Tempelwände und betrachtete die verwitterten Fresken. Sie waren nur noch schwer zu erkennen, aber er liebte ihre Fremdartigkeit, ihre uralte, rätselhafte Schönheit.

Er mochte auch den zweiten Satz der Thermodynamik. Vollständig verstanden hatte er ihn zwar nie, aber irgendwie besagte er, dass alles die Neigung hatte, immer chaotischer zu werden. Alles entwickelte sich in Richtung Unordnung, nie andersherum.

Ein zerbrochenes Whiskeyglas fügte sich nie mehr zusammen. Die Kabel von Kopfhörern verwickelten sich immer in der Hosentasche, niemals entwirrten sie sich von selbst. Waren die Gedärme nach einem Bauchschuss erst einmal herausgequollen, kehrten sie nicht von allein an ihren ursprünglichen Platz zurück. Und am Ende aller Zeiten würde das Universum in einem gigantischen Chaos untergehen.

Das hatte etwas Beruhigendes.

Er liebte den Gedanken, dass die Sonne irgendwann explodieren und dass alles Leben auf der Erde vernichtet werden würde. In ein paar Milliarden Jahren wäre alles hier vorbei, kein Leid mehr und kein Schmerz.

Er liebte Dokumentationen darüber, wie die Welt einmal ohne Menschen aussehen würde. Der Anblick von verfallenen Wolkenkratzern, von menschenleeren Städten beruhigte ihn.

Ebenso wie diese Tempelanlagen.

Einige schlichte Holztafeln mit Erklärungen in Spanisch und Englisch standen da. Die Steine waren vom wuchernden Grün überwachsen, Wege waren mit zwischen Holzpflöcken gespannten Seilen abgetrennt.

Langsam ging er auf die Hauptpyramide zu. Eine Eidechse huschte vor ihm über den Weg, blieb unvermittelt stehen und verharrte mit erhobenem Kopf.

Als er in den Schatten trat, spürte er sofort, wie die Gluthitze etwas nachließ.

Der Tourist in dem weiten gelben Hemd kam näher. Es sah aus wie ein Russe, hart und markant. Er hatte einen Bürstenhaarschnitt und er war sehr muskulös. Er besah sich die uralten Steine so eindringlich, als suchte er Streit mit ihnen.

„Das ist beeindruckend, nicht wahr?", sagte jetzt der Mann neben ihm. Er hatte einen leichten Akzent, wohl tatsächlich ein Russe. „Sie haben Leben geopfert, um das Universum am Laufen zu halten. Das Aufgehen der Sonne musste man mit vergossenem Blut erkaufen. Die Götter wollten Tod und Untergang."

Einen Augenblick lang war Stille. Beinahe glaubte Quentin, spüren zu können, wie sich die Steine mit Erinnerungen aufgeladen hatten. Sie waren getränkt mit der jahrhundertealten Angst, mit Blut, mit den Schmerzen von unendlich vielen Leben, aber auch mit der Hoffnung auf Erlösung.

Dann sprach der Russe weiter: „Ich stelle mir oft vor, wie es hier vor Jahrhunderten war. Wie sie zu ihren Göttern gebetet haben."

Er wies auf die Spitze der Pyramide, die über ihnen im grellen Sonnenlicht glänzte.

„Dort oben standen die Priester. Unten wartete das Volk und sah hinauf zu den Göttern. Sie gierten nach dem Tod der Menschenopfer."

Jetzt zeigte er auf die Stufen, die von der Spitze des Tempels bis hier unten zu ihnen führte.

„Wenn die abgeschlagenen Köpfe dann die Stufen hinuntergeworfen wurden, streckten sie alle ihnen die Hände entgegen, wollten von dem Blut besudelt werden.

Die Welt war damals noch eine andere, nicht so hell und von Vernunft regiert wie heute. Damals war die Welt noch ein Dschungel voller Mord und Geheimnis, der Himmel voller Blut und Rache."

Einen Augenblick lang standen sie wieder schweigend vor den Fresken. Dann drehte sich der Mann weg und ging langsam davon.

Irgendetwas am Klang der Stimme des Mannes hatte Quentin irritiert.

Langsam wandte er sich um.

Die beiden Jungs spielten immer noch Fußball. Der eine Junge schoss den Ball in den Urwald und der andere rief ihm etwas zu. Ein derbes Schimpfwort.

Der Mann im gelben Hemd war 20 Meter entfernt stehengeblieben und hatte die Hand über die Augen gelegt, um in der grellen Sonne die Spitze der Pyramide zu betrachten. Als ein leichter Wind aufkam und das verschwitzte Hemd gegen den Oberkörper des Mannes wehte, war der dunkle Abdruck unter dem Stoff zu erkennen.

Quentin wurde kalt.

Der Kerl trug eine Waffe.

Die zwei anderen, die er für Touristen gehalten hatte und die Fotos gemacht hatten, taten so, als studierten sie die Schautafeln. Dann kamen sie langsam näher.

Jetzt betrachtete Quentin sie mit anderen Augen. Sie hatten feste Stiefel an, mit denen man sich im Dschungel bewegen konnte, keine Sandalen, keine Flip-Flops. Beide trugen leichte Sommerjacken, die weit genug waren, dass man darunter ein Holster verbergen konnte.

Auf dem Parkplatz hatte nur ein einziger Wagen gestanden. Die drei waren zusammen gekommen, taten aber so, als würden sie sich nicht kennen.

Das Treffen war eine Falle. Er sollte hier gar keine Frau aus der Bruderschaft treffen. Mrs. Cowerton wollte ihn loswerden. Sie wollte keine Mitwisser ihrer bizarren Vergangenheit, ihrer perversen Neigungen. Sie wollte ein Menschenopfer.

Nur die zwei mexikanischen Jungs waren nicht Teil des Spiels. Die waren zufällig hier.

Verdammt! Hier in Mexiko waren die Killer fest angestellt, das Morden war eine Arbeit wie am Fließband. Das waren abgebrühte Kerle.

Sie hängten hier schon einmal 30 oder 40 Mitglieder einer rivalisierenden Gang nackt und tot unter einer Autobahnbrücke auf, oder sie erschossen ganze Familien, und die Nachbarn, und danach gingen sie alle gemeinsam zum Taco-Imbiss als Abschluss eines normalen Arbeitstags.

Der Ball der beiden Fußballspieler rollte genau zwischen ihn und die Killer.

Die Jungs rannten hinterher, um ihn sich zurückzuholen, und versuchten lachend, irgendwelche Kunststücke mit dem Ball zu machen. Sie rangelten sich um den Ball, dann packte ihn der eine, und sie liefen weg.

Quentin blickte zu dem Typen in dem gelben Hemd und sah ihm in die Augen. Plötzlich war es ganz still. Die Geräusche im Dschungel waren verstummt.

Selbst der leichte Wind wehte nicht mehr.

Die Wildnis wusste, was jetzt geschehen würde.

Dann ertönten Stimmen in der Ferne. Erst nur ein leises Gemurmel, aber es schwoll rasch an.

Es war eine Gruppe Chinesen, die nun vom Parkplatz heraufkam. Eine Reiseführerin mit einem riesigen Sonnenhut ging voraus, dahinter watschelten die Touristen in grellbunten Hemden und mit billigen Sonnenbrillen. Lauter ältere Menschen, wohl Rentner, mit Sonnenschirmen und in Trekkingsandalen.

Das war seine Chance. Er lief direkt auf die Gruppe zu. Vor so vielen Zeugen würden sie nicht das Feuer eröffnen. Keiner würde das. Quentin behielt die drei im Blick. Die Chinesen sahen ihn erstaunt an, wie er so entschlossen auf sie zulief.

Die Killer waren unschlüssig, was sie tun sollten. Die beiden blickten zu dem Typen im gelben Hemd. Das war der Boss, den würde er zuerst erledigen müssen.

Er war noch zehn Meter entfernt, als der Typ plötzlich

an seinen Hosenbund griff. Die beiden anderen taten es ihm gleich.

Sofort schlug Quentin einen Haken und begann zu rennen. Die Schüsse peitschten an ihm vorbei. Hastig zog er seine eigene Waffe.

Die Touristen schrien auf und drängten Richtung Ausgang. Eine alte Frau wurde umgerannt und blieb wimmernd am Boden liegen. Ein Schuss traf eine ältliche Chinesin mit Strohhut mitten in die Brust. Die anderen kreischten auf und begannen ungelenk zu rennen.

Quentin warf sich hinter die Mauer der kleinen Tempelruine. Er kannte das Geräusch der Schüsse. Die eine Waffe war eine Remington, auf Dauerfeuer eingestellt, die andere wahrscheinlich eine Glock. Der dritte hatte eine Sig Sauer oder eine Mauser, die verwechselte er immer.

Die Schüsse trafen den Stein, kleine Splitter rieselten herab. Der Tempel stand bereits seit über 700 Jahren und nun zerschossen diese Idioten die Fresken.

Allein schon deshalb musste er sie töten.

Die alte Frau lag wenige Meter von ihm entfernt.

Sie hatte sich wohl den Fuß gebrochen und kam allein nicht mehr hoch. Sie sah ihn an, ihre Blicke trafen sich.

Die drei verteilten sich, um ihn in die Zange zu nehmen.

Er musste hier weg. Schnell schoss er dreimal, dann sprang er auf und rannte im Zickzack zu einer Mauer wenige Meter entfernt. Er sprang darüber und duckte sich.

Ein Schuss zischte genau an seinem linken Ohr vorbei.

Das würde knapp werden.

Kapitel 12

Als Quentin zwei Tage später ins Hotel zurückkam, blickte ihn der Portier seltsam an.

„Eine Dame wartet auf Ihrem Zimmer, Sir. Sie hat gesagt, ich soll Ihnen *Code 23* ausrichten. Ich habe sie eingelassen, ich hoffe, das war in Ihrem Sinne."

Eine Dame neben ihm blickte ihn missbilligend von der Seite an. So etwas klang nach einer teuren Prostituierten, die man auf die Suite bestellt hatte. Doch nichts konnte weiter entfernt sein von der Wahrheit.

Ohne eine Miene zu verziehen, nahm Quentin die Schlüsselkarte entgegen.

„Ja, das war absolut in meinem Sinne. Danke, dass Sie sie hineingelassen haben. Bitte stören Sie uns in der nächsten Stunde nicht. Oder besser, in den nächsten zwei Stunden. Falls es laut wird, machen Sie sich keine Sorgen, es ist alles in Ordnung."

Schwester Margret stand am Fenster, als er das Zimmer betrat. Wie üblich war sie in ihr Nonnenhabit gekleidet. So ungern Quentin seine Soutane trug, so selten legte sie ihr Ordensgewand ab.

An ihr sah das Nonnenhabit aus wie eine Kostümierung. Nichts an ihr entsprach dem, wie man sich eine Nonne vorstellte. Sie hatte etwas Elfenhaftes an sich, mit ihren schmalen Gliedern und den weißblonden Haaren, die unter dem

Habit zu erahnen waren. Obwohl sie viel älter war, wirkte sie immer noch, als wäre sie kaum zwanzig. Die Männer wurden meist nervös in ihrer Gegenwart. Quentin schämte sich ein wenig, doch bei ihm war es genauso.

Als sie ihn hereinkommen hörte, wandte sie sich langsam um.

„Pater Quentin. Es ist schon eine Weile her. Ich bringe Ihnen die angeforderte Ausrüstung."

Sie wies auf das Bett. Dort lagen mehrere Koffer aus edlem Leder.

„Sie haben wieder ein interessantes Sortiment bestellt. Man fragt sich in der Kurie, was Sie anstellen damit. Oder besser, man versucht, sich dies nicht zu fragen."

„Es wird gefährlich", sagte Quentin leise. „Ich muss aufrüsten. Wie war der Einsatz in Buenos Aires?"

Schwester Margret verzog schmerzlich den Mund.

„Sie haben sicher davon gehört", sagte sie leise. „Es gab viele Tote. Zu viele. Ich musste eine Untersuchung über mich ergehen lassen. Sie haben mich wieder in den Dienst aufgenommen, aber ein Makel bleibt. Die Kurie will gern Ergebnisse, doch sie will nicht mit dem Schmutz der Ermittlungen behelligt werden. Sie wissen ja nur zu gut, wovon ich rede. Haben Sie das von Pater Franklin gehört?"

„Ja, wir waren einmal zusammen im Einsatz. Ein guter Mann."

Quentin ging zum Bett. Behutsam öffnete er den ersten Koffer. Die Waffen lagen vor ihm wie kostbare Reliquien. Vorsichtig nahm er eine nach der anderen heraus und prüfte die Funktion.

Schwester Margret war eine der wenigen Frauen, die es in seinem Job gab. Wenn sie ihr Nonnengewand ablegte, konnte sie mühelos als Edelprostituierte durchgehen oder als die Geliebte eines Drogenbosses. Es war unglaublich, wie sie sich verwandeln konnte. Fast so, als hätte sie keine eigene Seele.

„Ich soll Ihnen vom Monsignore ausrichten, dass Sie die ganze Angelegenheit mit Mrs. Cowerton vertraulich behandeln sollen. Sie ist eine große Gönnerin der Kirche."

„Dass sie versucht hat, mich umbringen zu lassen, spielt wohl keine Rolle?"

Schwester Margret lächelte, wie nur sie es konnte.

„Sie wissen doch, wie das läuft. Die Schießerei in dem Tempelkomplex wurde als Kampf von rivalisierenden Gangs dargestellt."

„Ja, ich habe die Artikel gelesen. Und ich habe fast das Gefühl, der Monsignore wäre froh gewesen, wenn ich mir eine Kugel eingefangen hätte."

Die Sache war übel ausgegangen. Eine der Touristinnen und zwei der Killer waren tödlich getroffen worden, ehe Quentin flüchten konnte. Er sah immer noch den überraschten Blick der Frau vor sich, als sie das Blut an ihrer Hand betrachtete.

Die Kirche hatte alles vertuscht, aber viele solcher Aktionen würde er sich nicht mehr leisten können.

Langsam trat sie auf ihn zu und legte ihre Hand behutsam auf seine Brust.

„Du siehst müde aus."

Sie war einer der wenigen Menschen, die verstehen konnten, was er durchmachte. Vielleicht hatte sie sogar noch mehr erlebt als er selbst.

Sie versuchten, niemals von den Geschehnissen in Rio zu sprechen.

Quentin schloss die Augen. Manchmal kamen die Bilder von damals wieder hoch. Der gefesselte Junge, der ihn flehentlich ansah. Schwester Margret, wie sie mit blutigen Händen dem Kind die Fesseln löste. Der irr lachende alte Mann, der, das Messer über den Kopf gehoben, auf sie zustürmte. Sein verwunderter Blick, als ihn die Kugeln in die Brust trafen.

„Quentin?"

Er öffnete die Augen wieder. Schwester Margret sah ihn nachdenklich an. „Ist alles in Ordnung?"

„Ich muss manchmal noch daran denken. Wir hätten den Jungen retten können."

„Es hat keinen Sinn, darüber nachzudenken. Es ist vorbei."

Quentin nickte. „Ja. Es ist vorbei."

„Ich soll auch ausrichten, dass man bald Ergebnisse in dieser Vermisstensache erwartet. Die Angelegenheit ist von höchster Dringlichkeit."

„Was ist so wichtig daran?"

„Susans Mutter hat beste Beziehungen zum Büro der Bischofskonferenz in Washington. Es geht nicht nur um die gewaltigen Spenden, es geht auch um politischen Einfluss. Aber da steckt wohl noch mehr dahinter."

Als Schwester Margret zwei Stunden später wieder gegangen war, setzte sich Quentin an seinen Laptop. Er öffnete den Text, in dem er alle Beweise gegen Mrs. Cowerton zusammengefasst hatte. Er hängte einige Dokumente an, wie die Zeugenaussagen, die sie belasteten, und ihre DNA-Ergebnisse vom Tatort. Er hatte einen Verteiler mit allen großen Zeitungen und Nachrichtenagenturen in Mexiko, an die er das ganze Material anonym schicken konnte.

Der Cursor blinkte.

Quentin dachte lange nach. Dann drückte er auf „Senden".

Danach betrachtete er zum hundertsten Mal die Fotos von Susan, die er von ihrer Mutter per Mail bekommen hatte. Er klickte sich durch die Bilder.

Susan am Strand.

Susan mit Freundinnen in einem Restaurant.

Susan auf dem Sportplatz.

Wie oft hatte er sie sich in den letzten Wochen angesehen. Er war regelrecht süchtig danach geworden. Immer wenn er ein paar Minuten Ruhe hatte, sah er sie sich an.

Er hatte sich ein wenig verliebt in ihr Gesicht. Auf jedem Foto lächelte sie, als ob es kein Böses in der Welt gäbe. Sie wirkte so unbekümmert. So vertrauensselig.

Der Gedanke, dass diesem Mädchen das Schlimmste zustoßen könnte, was man sich nur vorstellen konnte, erschien ihm unerträglich. Er hatte schon viele Opfer von Verbrechen gesehen. Schon so oft hatte er in verweinte Augen geblickt, hatte ihre verzweifelten Schilderungen anhören müssen, ihre Hoffnungslosigkeit gespürt.

Wenn er sie retten könnte, so erschien es ihm, könnte er damit auch seine eigene Seele retten. Aber wenn auch sie verloren wäre, dann ginge die ganze Welt mit ihr unter. Dann gäbe es keine Hoffnung mehr. Keinen Ausweg. Wenn er jetzt scheitern würde, wäre alles, sein ganzes Tun, vergeblich gewesen. Alles umsonst.

Später durchforschte er die Tiefen des Darknets, ob er dort eine Spur von Susan finden könnte. Hier, in den verbotenen Zonen des Netzes, war alles zu bekommen. Drogen und

Waffen konnte man sich einfach per DHL schicken lassen, man konnte Auftragskiller anheuern oder nicht nachweisbare Gifte bestellen.

Und natürlich wurden auch Menschen verkauft. Man konnte zwölfjährige Jungfrauen zur Defloration ersteigern oder eine Lieferung osteuropäischer Prostituierter ordern.

Viele der Angebote waren Fälschungen, um den Leuten das Geld aus der Tasche zu ziehen, aber Quentin verfügte über Informationen und spezielle Software, sodass er die echten Seiten mit hoher Wahrscheinlichkeit herausfinden konnte.

Doch nirgendwo konnte er Susan finden.

Viele Seiten waren im Stil von normalen Verkaufsplattformen gestaltet, man konnte Sterne verteilen und Bewertungen abgeben: „Das Scharfschützengewehr wurde pünktlich geliefert und das Zielfernrohr war im fairen Preis bereits inbegriffen!"

„Die kleine Judith war ein echter Genuss, der Service und die Kundenbetreuung waren exzellent! Sie hat lange und tapfer durchgehalten, das Preis-Leistungs-Verhältnis war also ausgezeichnet."

Seit 14 Uhr amerikanischer Ostküsten-Zeit wurde ein Snuff-Movie als Livestream angeboten. Quentin sah sich die Fotos der Vorschau an. Das war sie nicht. Zu alt.

Er klickte sich in die Übertragung des gerade laufenden Films. Man musste meist in Bitcoins bezahlen und die Preise waren exorbitant. Ein Mädchen wurde von zwei Typen in Ledermasken missbraucht. An der hinteren Wand hing deutlich im Bild eine Kettensäge. Die Frau sah Susan überhaupt nicht ähnlich.

Seine Software meldete sich mit einem Warnfenster. Das

Video war eine Fälschung. Mit KI bearbeitete Bilder. Das gab es in letzter Zeit immer öfter. Quentin war ein wenig erleichtert; wenigstens kam hier niemand zu Schaden.

Die allermeisten der Snuff-Movies, die angeboten wurden, waren Betrug. Teilweise waren sie täuschend echt gemacht, mit Kunstblut und digitalen Effekten. Viele der Spezialeffekte-Spezialisten aus Hollywood verdienten sich damit ihre Ferienvillen auf Barbados.

Aber einige waren auch echt.

Als er dort nichts finden konnte, sah er sich auf verschiedenen Auktionsplattformen um.

Ein sechsjähriger Junge wurde angeboten. Im Video war zu sehen, wie das Kind von drei Männern missbraucht wurde. Quentin zog scharf die Luft ein und klickte schnell weiter.

Auf einer anderen Seite konnte man jede Menge junger Frauen kaufen. Die Art der möglichen Verwendung war immer angegeben: „Arbeiten aller Art, Haushaltshilfe, sexuelle Dienstleistungen" oder „Latina ohne Papiere, aber bei guter Gesundheit und robuster Natur aus erster Hand zum Quälen zu verkaufen".

Manchmal stand da auch STK. Sell to kill. Zum Töten freigegeben.

Quentin glich die Adresse der Seite mit seinen Aufzeichnungen ab. Wieder eine Fakeseite. Die Bilder waren einfach aus dem Internet gezogen worden. Wenn man das Geld überwies, bekam man gar nichts dafür. Eine recht plumpe Fälschung; andere Seiten waren viel schwerer als Fake zu identifizieren.

Er klickte weiter.

Ein 78-jähriger Mann wurde angeboten. Quentin runzelte die Stirn. Das war ungewöhnlich. Er speicherte die Adresse; das würde er sich später einmal genauer ansehen, wenn er Zeit hatte. Ältere Menschen waren so gut wie nie im Sortiment; da stimmte irgendetwas nicht.

Quentin hasste das Netz. Hier war das Leid so abstrakt. Sterile Bestialität. In Nullen und Einsen verkleidete Qualen. Binäre Grausamkeit. Hier konnte man nicht das Blut und den Angstschweiß riechen, die Schmerzen waren digital bearbeitet, das Elend schien nur aus Bytes und Bits zu bestehen.

In der Wirklichkeit war alles viel näher und direkter, aber damit konnte er irgendwie besser umgehen als mit dieser kühlen Entsetzlichkeit im Internet.

Die Texte waren Übelkeit erregend.

„Siebenjähriger Junge zum allgemeinen Spaß zu haben, gut gewachsen, Anwesenheit der Eltern gegen Aufpreis möglich."

„Kleine Lolita wartet auf dich, leichte Qualen bis Stufe 3. Tötung verhandelbar. Bei Fragen einfach melden."

„Vertrauenswürdiges Bestattungsunternehmen von der Westküste vermittelt frische Leichen zur Verwendung jeglicher Art. Alle Alters- und Gewichtsklassen, zuverlässiger Service, Lieferung gekühlt oder ungekühlt frei Haus. Sichere Entsorgung im Preis inbegriffen."

„Hi, ich bin Jacob, experimentierfreudiger Zwölfjähriger aus dem Raum Boston. Gern bin ich für Spiele aller Art zu haben. Wehtun ist okay, aber bitte nicht töten! Freue mich auf eure Fragen."

Zu Anfang hatte er solche Angebote an die Behörden übermittelt, aber die Kirche hatte es ihm untersagt. Außerdem war Strafverfolgung in diesen Fällen ohnehin extrem

selten. Es war fast unmöglich, die Urheber im Internet aufzuspüren, und verdeckte Ermittler hatte die Polizei viel zu
wenige. Also ging der Handel mit Menschen und Verbrechen aller Art im Netz ungehindert weiter. In allzu grau-
samen Fällen war Quentin in seiner Freizeit selbst aktiv geworden, aber ohne Rückendeckung der Kirche war das ein
schwieriges Unterfangen.

Quentin loggte sich in verschiedene Chatplattformen
ein, um zu sehen, ob er dort irgendwo Hinweise finden
könnte. Es gab Foren für alle Themen, die sich kranke Geister nur ausdenken konnten: Kannibalismusforen, Vergewaltigungen, Sex mit Tieren, Liebhaber von Amputationen
und noch Unzähliges mehr.

Sie teilten die Fotos ihrer Taten, tauschten ihre Erfahrungen aus, als wäre es das Normalste der Welt. Ausführlich
erzählten sie von ihrer letzten Schändung und stellten Vi-
deos und Fotos ins Netz, die sie bei ihren Verbrechen zeigten.

Unauffällig erkundigte er sich in einigen Foren, ob irgendwo eine junge Amerikanerin mit Upper-Class-Akzent
aufgetaucht war. Doch er konnte nichts Konkretes finden.

Es gab viele Angebote zum Festpreis, aber auch einige
Auktionen, wo man Kandidaten ersteigern konnte.

Um 15 Uhr endete eine Versteigerung. Die Seite war
ziemlich sicher authentisch.

Quentin sah sich die Angebote an.

Magdalena, 19, eurasischer Typ, gute Zähne und geimpft.

Nein, das war sie nicht. Zu üppig, andere Gesichtsform.

Juanita, 21, Latina, nicht als vermisst gemeldet.

Nein, zu alt.

Kathrin, 17.

Quentin beugte sich vor. Das konnte sie sein. Das Gesicht war verpixelt. Um die Bilder unverfälscht sehen zu können, musste man Bitcoin überweisen.

Er zögerte keine Sekunde. Die Kirche verfügte über unbegrenzte Mittel. Nach einem Augenblick wurde das Bild freigeschaltet. Es war ein Handyfoto, von recht weit oben aufgenommen. Das Mädchen hockte in einer Ecke und starrte verängstigt in die Kamera.

Sie war nicht deutlich zu erkennen, die Haare hingen ihr ins Gesicht. Quentin vergrößerte das Bild. Er ließ eine Bildbearbeitungssoftware darüber laufen, um das Foto schärfer zu machen.

Das konnte sie sein. Sie wirkte etwas älter, aber das war durchaus möglich, bei dem, was sie vielleicht hinter sich hatte.

Das Gebot stand bei 3 Millionen US-Dollar.

Quentin griff zu seinem Telefon. Ausgaben von über einer Million musste er sich von der Kirche genehmigen lassen. Meist reine Formsache, aber dieser Verwendungszweck war etwas speziell.

Er aktivierte die Verschlüsselungssoftware auf seinem Mobiltelefon und wählte die Dringlichkeitsnummer. Sofort wurde abgenommen.

„Glaubenskongregation, Notfallnummer. Was kann ich für Sie tun?"

Die kühle Stimme einer jungen Frau. Eine Nonne wahrscheinlich.

„Autorisierungscode Alpha Alpha 27. Ich erbitte Freigabe für eine Ausgabe von 3,2 Millionen."

„Zweck der Aufwendung?"

„Eine Internetauktion zur Ersteigerung eines jungen

Mädchens zur Folterung oder Tötung. Im Rahmen einer Ermittlung muss ich unbedingt mitbieten."

„Prioritätsstufe?"

In ihrer Stimme war keinerlei Irritation zu erkennen.

„Stufe Sieben."

„Sicherheitsstandards der Zahlung?"

„Nicht zurückverfolgbare Kryptoüberweisung, doppelblinde Sicherheitssperre."

Die Kirche war sehr daran interessiert, dass solche exotischen Ausgaben nicht öffentlich wurden. Das hätte sich auf einem Kirchentag nicht sonderlich gut gemacht.

„Ich muss die Autorisierung der diensthabenden Stelle vorlegen, da erreiche ich jetzt niemanden mehr. Sie bekommen morgen früh Bescheid."

In Rom war es jetzt mitten in der Nacht, aber er hatte keine Wahl.

„Die Auktion endet in wenigen Minuten. Ich erbitte Notfallprotokoll."

Einen Augenblick war Stille. Dass es um die Tötung eines Menschen ging, hatte sie nicht sonderlich erschüttert, aber die Vorstellung, einen Kardinal auf der Notfallnummer aus dem Schlaf zu holen, schien sie zu beunruhigen.

„Einen Moment bitte."

Quentin wurde in eine Warteschleife gelegt. Gregorianische Gesänge erklangen.

Er schloss die Augen.

Wie hatte er diese Musik früher geliebt! In seiner Jugend war sie für ihn ein Ausdruck von Hoffnung und Jenseitigkeit gewesen. Wie ein Spalt in eine friedlichere, bessere Welt, wie ein gleißendes Licht, das durch düstere Wolken schien. Sie versprach, dass es einen Kosmos ohne Schmerzen gäbe, ohne Leid und ohne Qualen. Er hatte sich immer gewünscht, er könnte sich in dieser Musik verlieren, sich in ihr auflösen. Wäre die Welt ein wenig so, wie es diese Engelsklänge hoffen ließen, dann wäre es wert, in ihr zu leben.

Heute hasste er diese Musik. Sie war ihm Ausdruck all der Lügen und all der Heuchelei. Sie betrog die Menschen, sie gaukelte ihnen Hoffnung vor, wo nur Leid und Qual war.

Es klickte, dann war die Nonne wieder in der Leitung.

„Die Zahlung ist genehmigt bis 4 Millionen. Streng zweckgebunden zur Ersteigerung einer Frau zwecks Folterung oder Tötung. Eine Umwidmung nachträglich ist nicht möglich. Ihre Freigabe für physische Gewalt wird auf Stufe 4 heraufgesetzt. Ich soll ausrichten, dass das eine Ausnahme ist und dass Sie sich in Zukunft an die Bürozeiten zu halten haben. Gott sei mit Ihnen."

Sie hatte einfach aufgelegt.

Quentin gab die Summe ein. 3,4 Millionen.

Oben links lief eine Uhr. Noch drei Minuten.

Sein Gebot leuchtete in grüner Farbe. Er war der Meistbietende.

Stufe 4. Das war selten. Er durfte auch den Tod Unbeteiligter in Kauf nehmen. Die Kirche hatte ein echtes Interesse daran, Susan zu finden.

Die Zahl färbte sich rot.

Jemand hatte 3,6 Millionen geboten. Verdammt!

Quentin seufzte und gab sofort sein Gebot ein. Er war etwas hektisch, sodass er sich vertippte und 39 Millionen eingab. Er korrigierte die Zahl und drückte auf Enter.

39 Millionen. Das hätte ein unangenehmes Gespräch mit dem Monsignore bedeutet. Mit leichtem Unbehagen nahm er wahr, dass er den Gedanken an ein Gespräch mit

dem Monsignore befremdlicher empfand als die Vorstellung, an einer Auktion zur Ersteigerung eines Menschen teilzunehmen.

3,9 Millionen.

Seine Zahl leuchtete grün.

Wenn jetzt jemand 4 Millionen bieten würde, müsste er wieder nachfragen. Und noch einmal würde er die Autorisierung nicht so schnell erhalten. Der Nachtschlaf eines Kardinals im Notdienst war wichtiger als das Leben des Mädchens.

Noch eine Minute.

Es war seltsam.

Hinter der glänzenden Kulisse dieser scheinbar so friedfertigen Welt lag ein schwarzes Chaos aus Sadismus und Schmerzen, ein schnatternder Irrsinn, ein Malstrom des rasenden Wahnwitzes, der mit dem Verstand kaum zu fassen war. Wenn man einmal hinter den Schleier geblickt hatte, wenn man die Wahrheit hinter der Lüge von Sanftmut und Barmherzigkeit erkannt hatte, konnte man keine Schwüre mehr glauben.

Bei jedem Kind, das er auf der Straße spielen sah, musste er an die Bilder von aufgerissenen Mündern und verängstigten Augen denken, bei jedem jungen Mädchen, das ihm zulächelte, hörte er die Schreie und das verzweifelte Winseln.

Wie froh konnten all die zufriedenen Bürger sein, dass sie nichts wissen mussten von dem Abgrund unter ihren Füßen, dass sie glücklich und unbeschwert vor sich hinleben durften, ohne dem Grauen ins Gesicht sehen zu müssen.

Ein leises Geräusch ertönte, und eine Schrift erschien auf dem Bildschirm.

„Gratuliere, User Gen98798z! Ihr Angebot war das höchste. Wegen der Liefermodalitäten werden wir uns mit Ihnen in Verbindung setzen."

Quentin verspürte ein leises Gefühl der Angst.

Kapitel 13

Drei Tage später saß Quentin in der letzten Reihe der kleinen Klosterkapelle. Vorn am Altar stand der Priester und betete, die Arme ausgebreitet.

„Unser Herr Jesus Christus gebiete dir, Satan, und allen deinen Dämonen, dorthin zu gehen, wo er euch einen Platz zugedacht hat. Weicht von mir, denn ich bin das Kind des Vaters. Deshalb hast du, Satan, keine Rechte über mich!"

Die wenigen Sitzreihen waren nur mit einer Handvoll Menschen besetzt. Einige Nonnen im Habit, ein dicklicher Padre und zwei weltlich gekleidete ältere Männer, vermutlich von der Klosterverwaltung.

Um das im Darknet gekaufte Mädchen zu treffen, hatte man ihn per Mail hier nach Phoenix, Arizona, beordert. Die Waffen und den ganzen Rest hatte er problemlos in seinem Wagen über die Grenze bringen können.

Heute Abend sollte er zu einer abgelegenen Adresse kommen. Er war hier im Kloster untergebracht und hatte eine kleine Zelle zugewiesen bekommen, mit Waschbecken und mit Toilette auf dem Gang. Das ganze Gelände war von der Außenwelt abgeschottet, hier war er sicherer als in einem Hotel.

Das Gebet war beendet. Einen Augenblick lang herrschte die Art von Stille, wie es sie nur in Kirchen gab. Jemand räusperte sich leise, was in dem allgemeinen Schweigen nachhallte. Am Altar begann der Priester zu predigen.

„Liebe Brüder und Schwestern, heute möchte ich mit euch über eine der ältesten und doch immer noch wirksamsten Täuschungen des Teufels sprechen – nämlich die Kunst der Verkleidung. Das Böse tritt uns in vielfältiger Kostümierung gegenüber. Der Teufel verkleidet sich unter tausend Masken, er täuscht und belügt uns. Satan mag sich sogar als Engel tarnen, in strahlender Glorie, und oft fallen wir herein auf sein Blendwerk und seine Lügen. Der Teufel, bekannt für seine listigen und hinterhältigen Wege, versucht oft, uns vom rechten Pfad abzubringen, indem er sich als Freund, Helfer oder Wohltäter tarnt. Denn die ärgste Verkleidung des Teufels ist die als Kämpfer für die Gerechtigkeit."

Quentin rutschte unbehaglich auf seinem Sitz hin und her. Beinahe schien es ihm, als würde der Geistliche dort vorn direkt zu ihm sprechen.

„Mancher, der vorgibt, gegen das Böse zu kämpfen, hat in Wahrheit seine Seele längst an das Dunkle verloren. Wir müssen achtgeben, dass wir bei der Schlacht gegen Satan nicht uns selbst verlieren. Wer gegen Ungeheuer kämpft, muss achtgeben, dass er nicht selbst zu einem Ungeheuer wird. Wer zu lange in einen Abgrund blickt, auf den blickt der Abgrund irgendwann zurück." Quentin hatte fast das Gefühl, als würde der Priester ihn meinen, als blickte er eindringlich zu ihm. „In diesem Sinne lasset uns beten: Himmlischer Vater, wir bitten dich um deine Führung und deine Stärke, um den Versuchungen des Teufels zu widerstehen. Hilf uns, die Täuschungen des Bösen zu erkennen und standhaft in unserem Glauben zu bleiben. Segne uns mit deiner Gnade und führe uns auf den Weg der Wahrheit und des Lichts. Es segne euch der allmächtige Gott, der Vater, der Sohn und der Heilige Geist. Amen."

Als die Messe beendet war, blieb Quentin in der sich leerenden Kapelle sitzen. Die Worte des Priesters hatten ihn seltsam berührt. Er hatte Angst vor dem, was heute Abend geschehen würde. Zugleich fühlte er aber auch eine bange Erwartung, die ihn erschreckte. Eine Weile lang versuchte er, zu beten. Immer wieder formte er tonlos die Worte: „Ich glaube an Gott, den Vater, den Allmächtigen, den Schöpfer des Himmels und der Erde." Doch sie erschienen ihm so leer und bedeutungslos, dass er es aufgab.

Er erhob sich und trat hinaus in den kleinen Klostergarten. Zu seinen Studienzeiten hatte Quentin manchmal hier im Kloster gewohnt und kannte deshalb jeden Baum und jeden Strauch. Er fand den Gedanken beruhigend, dass dieser Garten sich wahrscheinlich in den letzten Jahrhunderten kaum verändert hatte. An einer Stelle blühte schon immer ein Rosenstrauch und würde noch blühen, wenn sie alle längst zu Staub verfallen wären.

Die Sonne schien und alles wirkte so friedlich. Die Vögel zwitscherten, als gäbe es kein Leid auf dieser Welt, und einige Schmetterlinge umflatterten die Bäumchen.

Zwei ältere Nonnen waren gerade dabei, die Sträucher zu beschneiden. Sie nickten ihm lächelnd zu, ohne ihre Arbeit zu unterbrechen.

Quentin betrachtete die beiden Frauen. Sie gingen so auf in ihrer Arbeit, als wäre diese Aufgabe die wichtigste im Kosmos. Ihre Mienen waren so konzentriert, so ausgeglichen. Ihre Gesichter hatten eine ganz eigene Schönheit und Reinheit. Wie schön war es, wenn man eine Aufgabe gefunden hatte, die einen erfüllte!

„Pater Quentin."

Als er sich umdrehte, kam Pater Daniel lächelnd auf ihn

zu. Er trug eine verschlissene schwarze Soutane und schien seit ihrem letzten Treffen um Jahre gealtert zu sein. Jetzt wirkte er fast wie ein Greis, mit einem schneeweißen Haarkranz. Aber er hatte immer noch dieses brennende Feuer in seinem Blick. Die Falten um seine Augen ließen ihn beinahe asiatisch wirken.

Lange schüttelten sie sich lächelnd die Hand, dann umarmten sie sich etwas unbeholfen. Quentin bemerkte, dass Pater Daniel sich unauffällig über die Augen wischte, was ihn rührte. Pater Daniel war sonst nicht gerade sehr gefühlsselig. Dann lösten sie sich wieder voneinander.

Lange Jahre war er für Quentin eine Art Lehrmeister gewesen. Er hatte ihn in die Kunst der Teufelsaustreibung eingeführt. Quentin hatte damals Vorlesungen bei ihm besucht und dann als sein Assistent gearbeitet.

„Wie lange haben wir uns nicht gesehen, Quentin? Vier Jahre?"

„Wohl eher fünf."

„Was treibt Sie hier her?"

„Ich bin im Auftrag der Kurie unterwegs. Diplomatische Mission."

Pater Daniel sah ihn nachdenklich an.

„Diplomatische Mission. Ich verstehe", sagte er dann, und in seiner Stimme schwangen Zweifel mit.

Quentin fühlte sich unbehaglich dabei, ihn anzulügen. Pater Daniel war einer der intelligentesten Menschen, die er je kennengelernt hatte, und er schien ihn mühelos zu durchschauen. Schon früher hatte er jede kleine Lüge sofort bemerkt.

„Ich habe Ihre Laufbahn verfolgt, Quentin. Eine Zeit lang war ich sehr stolz auf Sie. Heute scheinen Sie ja der

Mann für besondere Aufgaben zu sein. Für *ganz besondere* Aufgaben."

Quentin war es, als würde Daniel ihm mit seinen kühlen blauen Augen bis auf den Grund der Seele schauen.

„Sie sind dem Monsignore direkt unterstellt, so hört man. Ein unangenehmer Mensch. Zu ehrgeizig. Es gibt die wildesten Gerüchte über Sie und Ihre ganze Abteilung. Über unchristliche Machenschaften. Über gottloses Tun. Aber ich glaube es nicht. Ich weigere mich, es zu glauben."

Rasch versuchte Quentin, das Thema zu wechseln.

„Sie sind immer noch aktiv, hört man. Erstaunlich. In Ihrem Alter."

Pater Daniel lächelte milde und zuckte mit den Schultern.

„Man wird als Exorzist geboren. Unser Kampf ist nie zu Ende."

Pater Daniel war eine Legende in der Kirche. Er galt als einer der dienstältesten Exorzisten und hatte Tausende Rituale durchgeführt. Noch immer lehrte er die Dämonenaustreibung an der päpstlichen Universität Regina Apostolorum.

„Es gibt zu viel Böses in der Welt, als dass ich mich zur Ruhe setzen könnte. In den letzten Jahren nehmen die Fälle ständig zu. Es ist, als würde die ganze Welt im Chaos versinken. Als würde das Dunkle immer mehr Raum gewinnen. Letzte Woche hatte ich einen achtjährigen Jungen, der besessen war. Sie werden immer jünger. Und die Fälle werden immer schwerer. Manchmal denke ich, die Endzeit steht bevor. Dass Satan auf die Erde zurückkehrt und seine Truppen sammelt. Der Teufel wird jeden Tag mächtiger in dieser Welt."

Quentin schwieg. Daniels Mystizismus und sein ewiges

Gerede vom Ende der Welt waren ihm schon damals zuwider gewesen.

„Sie sind ein hervorragender Exorzist geworden, Quentin. Einer der Besten."

„Wenn das stimmen sollte, dann wegen Ihrer Ausbildung, Pater."

Pater Daniel lächelte müde und winkte ab.

„Oh nein. Trotz meiner Ausbildung. Sie gehen einen völlig anderen Weg als ich. Einen völlig anderen! Sie wenden bei Ihrer Arbeit … erstaunliche Methoden an. Ich habe Ihren letzten Artikel gelesen. Sie schreiben davon, dass die vermeintlichen Dämonen nichts anderes seien als die Abspaltung verschiedener Persönlichkeitsteile. Sie reden viel von Psychologie. Von Projektion. Von Übertragung – von Gott habe ich kein Wort gelesen."

Quentin wusste, dass Pater Daniel seine Sicht nicht teilte. Er war ein Anhänger der alten Schule. Er sympathisierte mit den Traditionalisten, die jede Neuerung ablehnten. Jede Liberalisierung in der Kirche, egal, ob es um den Ablauf der Messe ging oder um den Umgang mit Homosexuellen.

„Ich glaube, dass solche Methoden uns helfen können. Psychische Erkrankungen wie Schizophrenie oder dissoziative Störungen verursachen oft Symptome, die wie Besessenheit wirken. Oft genügt es auch, einfach nur zuzuhören. Mit dem Menschen zu sprechen. Ihm Halt zu geben."

„Ja, ich habe gehört von Ihren Theorien. Sehr – modern."

So wie Pater Daniel es aussprach, klang das Wort *modern* wie ein Schimpfwort.

„Stimmt es, dass Sie manchmal mit *Frauen* zusammenarbeiten?"

„Das ist richtig. Ich habe die Erfahrung gemacht, dass Frauen bei Exorzismen sehr hilfreich sein können. Die Mehrheit der vermeintlich Besessenen ist weiblich, und Frauen finden oft einen besseren Zugang zu ihnen. Sie erzielen ebenso gute Ergebnisse wie Männer. Mindestens."

Pater Daniel verzog das Gesicht, als hätte er einen schlechten Geschmack im Mund. Solche Punkte waren schon damals immer ein Streitthema gewesen zwischen ihnen.

„Stimmt es, dass Sie oft auch weltliche Personen hinzuziehen? Ärzte? Psychologen?"

„Ja. Nicht nur Geistliche können solchen Menschen helfen."

„Weiß das Bistum davon? Hat die Kongregation das genehmigt?"

„Ich habe nicht nachgefragt."

„Sie beschuldigen oft die Eltern, Ursache der Besessenheit zu sein."

„Ich beschuldige sie nicht. Aber es ist wichtig, das Umfeld zu beobachten. Ich habe die Erfahrung gemacht, dass es in einigen Fällen zu sexuellem Missbrauch gekommen ist. Die vermeintliche Besessenheit ist dann nichts anderes als eine Reaktion darauf."

„Sie brechen den Exorzismus manchmal ab und schicken die Betroffenen in eine Klinik."

„In einigen Fällen schadet die Austreibung mehr, als sie nützt. Unsere Arbeit kann dazu führen, dass sich Wahnideen verfestigen und wir sie tiefer in eine Psychose hineintreiben, statt sie daraus zu befreien."

„Und was ist mit dem Teufel? Wo bleibt der dabei?"

„Ist es wichtig, mit welchem Namen wir es benennen?

Manchmal bin ich mir nicht sicher, ob es wirklich Dämonen sind, gegen die wir kämpfen. Wir wollen den Menschen helfen. Ist es nicht gleichgültig, welcher Mittel wir uns hierfür bedienen?"

„Oh nein. Die Mittel müssen gottgefällig sein. Wir dürfen nicht werden wie der Feind. Manchmal befürchte ich, dass Sie dabei sind, Ihren Glauben zu verlieren. Vielleicht dienen Sie einem fremden Götzen."

Quentin wusste nicht recht, was er ihm antworten sollte. Eine Weile lang standen sie schweigend voreinander.

Dann wies Pater Daniel auf den schattigen Gang, der vom Garten ins Innere des Klosters führte.

„Genau hier haben Sie damals einen Ihrer ersten Exorzismen durchgeführt. Sie erinnern sich noch daran?"

Quentin verzog schmerzlich das Gesicht. Kurz sah er das Gesicht des Mädchens vor sich. Ein Engelsantlitz verzerrt zur Teufelsfratze.

„Natürlich. Ich hatte furchtbare Angst damals. Ich war völlig überfordert. Ohne Sie hätte ich das nicht durchgestanden."

„Ja, es war ein schwerer Fall. Ein sehr schwerer Fall."

„Wissen Sie, was mit dem Mädchen geschehen ist? Was sie heute macht?"

Pater Daniel schwieg einen Augenblick lang.

„Leider hat sie sich das Leben genommen. Sie hat nie wieder richtig in die Normalität zurückgefunden. Sie hat versucht, Nonne zu werden, doch ihr Glaube war nicht stark genug. Später war sie jahrelang in einer weltlichen Anstalt. Sie hat mehrere Selbstmordversuche unternommen, bis es ihr schließlich gelungen ist."

Pater Daniel schien regelrecht wütend zu sein. Quentin

war sich nicht sicher, ob auf sich selbst oder auf das Mädchen.

„Manchmal dringt der Teufel so tief in unsere Seele ein, dass wir uns nie ganz davon befreien können. Manchmal besitzt Satan uns so vollkommen, dass wir nie wieder zu uns selbst finden. Manchmal gewinnt er die Schlacht. Aber am Ende siegt immer Gott."

Quentin sah auf seine Uhr. Obwohl er eigentlich noch etwas Zeit hatte, sagte er: „Leider muss ich los."

„Natürlich. Sie sind sehr beschäftigt, so hört man. Zu welcher Mission auch immer Sie unterwegs sein mögen, ich wünsche Ihnen Gottes Kraft."

Quentin schien es, als würde Daniel mehr über seine Arbeit wissen, als er eigentlich sollte.

„Es war schön, Sie wiederzusehen, Pater Daniel."

Pater Daniel antwortete nicht und schüttelte ihm ernst die Hand. Dann wandte er sich ab und ging.

Als Quentin wieder allein war, schritt er den langen Gang hinunter. Vor einer unscheinbaren Tür blieb er stehen. Er streckte die Hand aus und berührte das uralte Holz.

Hier war es damals gewesen.

„Sind Sie bereit, Pater Quentin?"

Pater Daniel stand vor ihm und blickte ihn ernst an.

Sie standen im Klostergang vor einer schmucklosen Holztür. Von drinnen hörte man leise Geräusche. Es klang, als würde sich dahinter jemand in schweren Träumen wälzen und dabei wirr vor sich hinreden.

Quentin nickte etwas zu eifrig.

Pater Daniel trat näher, legte ihm die Hände auf die Schultern und sah ihn eindringlich an.

„Haben Sie keine Angst. Gott wird Sie leiten."

Quentin nickte wieder, obwohl er sich nicht so sicher war, ob Gott ihm heute helfen würde.

„Blicken Sie ihr nicht in die Augen. Hören Sie nicht zu viel auf das, was der Dämon sagt. Er wird versuchen, uns zu verunsichern. Denken Sie daran, dass sie nicht sie selbst ist. Vielleicht wird sie von Dingen wissen, die sie nicht wissen kann. Vielleicht wird sie von Angelegenheiten sprechen, die Ihnen merkwürdig oder verstörend erscheinen. Sie ist manchmal extrem sexualisiert in ihrem Verhalten. Das kann sehr unbehaglich wirken. Wenn sie Sie etwas fragt, antworten Sie nicht. Gehen Sie gar nicht darauf ein."

„Ist es ein schwerer Fall?"

Pater Daniel nickte. „Ein ziemlich schwerer Fall, ja. Dies ist bereits meine vierte Sitzung mit ihr, und bis jetzt geht es kein Stück voran. Der Dämon verfestigt sich immer mehr in ihr. Er hat vollständige Macht über sie."

In diesem Augenblick ertönte von jenseits der Tür ein leises Lachen, so als hätte man ihre Worte gehört.

„Lassen Sie sich nichts anmerken. Der Dämon spürt sonst Ihre Angst. Er nährt sich davon. Bleiben Sie immer kühl und unnahbar. Ich werde ihr zuerst eine kleine Dosis Midazolam geben. Ein harmloses Beruhigungsmittel. Zu ihrem eigenen Schutz. Das letzte Mal hat sie sich selbst verletzt. Sie müssen sie festhalten, damit ich ihr die Injektion verabreichen kann. Passen Sie auf, sie hat Riesenkräfte. Es kann sein, dass sie versuchen wird, Sie zu verletzen. Geben Sie acht auf Ihre Augen, sie sticht mit den Fingern nach ihnen. Sind Sie bereit?"

Als Quentin verbissen nickte, klopfte Pater Daniel ihm beruhigend auf die Schulter. Dann wandte er sich um und öffnete die Tür.

Dahinter lag eine einfache Klosterzelle. Ein Holzschrank, ein kleiner Tisch mit einem Stuhl davor, ein Bett.

Das Mädchen lag auf dem Bett und warf sich hin und her. Sie wirkte älter als ihre zwölf Jahre. Halb schrie sie, halb war es ein Wimmern. Ihr ganzes Gesicht war blutig gekratzt. Ihr Nachthemd war verschwitzt und schmutzig. Sie hatte die Zähne gefletscht, und manchmal schoss ihre seltsam schwarze Zunge hervor.

Pater Daniel ging ruhig zu dem Tischchen und legte seine Tasche darauf. Sorgfältig packte er seine Utensilien aus. Die Heilige Schrift. Kruzifixe in verschiedenen Größen. Ein kleines Fläschchen mit Weihwasser, einige Rosenkränze. Und eine aufgezogene Spritze mit dem Beruhigungsmittel.

Er legte sich eine Priesterstola um.

Quentin blieb unbeholfen neben der Tür stehen und konnte seine Augen nicht von dem Mädchen abwenden, das sich auf dem Bett wie unter Schmerzen wand.

„Pater Quentin."

Quentin erschrak und blickte zur Seite. Pater Daniel hielt ihm ein kleines Kreuz an einer Halskette entgegen.

„Legen Sie das um. Das wird sie etwas auf Abstand halten."

Als Quentin sich die Kette umlegen wollte, verfing sie sich in seinen schönen, etwas zu langen Haaren. Er brauchte eine ganze Weile, um das Kreuz anzulegen, und merkte, wie er rot wurde vor Scham.

Als er es endlich geschafft hatte, lächelte Pater Daniel ihm milde zu.

„Fangen wir an."

Er entfernte die Plastikkappe von der Injektionsnadel und ging auf das Mädchen zu.

Seltsam lächelnd blickte sie ihnen entgegen. Sie atmete schwer und leckte sich über die aufgesprungenen Lippen.

Als Quentin das Mädchen an den Schultern festhielt, begann sie auf einmal wie wild zu schreien. Mit ihren kleinen Händen schlug sie gegen seine Brust. Er merkte, wie dünn und zerbrechlich ihre Arme waren. Pater Daniel versuchte, die Injektion zu setzen, doch Quentin gelang es nicht, das Mädchen ruhigzuhalten.

„Halten Sie sie fest. Sie ist zu unruhig."

Quentin drückte sie an den Armen so fest hinunter, wie er nur konnte. Er hatte Angst, dass ihre dünnen Knochen unter seinen Händen brechen könnten. Endlich gelang es Pater Daniel, ihr die Dosis in die Armvene zu spritzen. Ein wenig Blut lief ihren Arm hinunter.

„Sie wird gleich ruhiger werden. Wir werden schon einmal beginnen. Geben Sie mir das Fläschchen."

Quentin ging zu dem Tischchen und holte die kleine Phiole. Als er sie Pater Daniel reichte, zitterten seine Hände. Pater Daniel schraubte den Verschluss ab und hob die Flasche mit beiden Händen in die Höhe.

„Gott Vater im Himmel, erbarme dich unser. Gott Sohn, Erlöser der Welt, erbarme dich unser. Gott Heiliger Geist, erbarme dich unser."

Dann besprenkelte er das Mädchen mit dem Weihwasser aus dem Fläschchen.

Als die Spritzer sie trafen, verzog sie angeekelt das Gesicht und warf sich wieder im Bett hin und her. Es wirkte, als wäre das Wasser kochend heiß, als würde es ihr Schmerzen bereiten.

„Gegrüßet seist du, Maria, voll der Gnade, der Herr ist mit dir. Du bist gebenedeit unter den Frauen, und gebenedeit ist die Frucht deines Leibes, Jesus. Heilige Maria, Mutter Gottes, bitte für uns Sünder. Jetzt und in der Stunde unseres Todes. Amen."

Pater Daniel schlug das Kreuzzeichen. Dann zog er den Stuhl ans Bett und setzte sich neben das Mädchen.

„Ich werde jetzt das Handauflegen praktizieren. Halten Sie sie fest, damit sie mich und sich selbst nicht verletzt."

Doch das Mädchen lag auf einmal ganz ruhig da, nur ihr Brustkorb hob und senkte sich heftig.

Pater Daniel legte ihr die Hand auf und begann zu deklamieren:

„Heiliger Michael, Erzengel, verteidige uns im Kampf. Gegen die Bosheit und die Nachstellungen des Teufels sei unser Schutz. Gott gebiete ihm, so bitten wir flehentlich; du aber, Fürst der himmlischen Heerscharen, stoße den Satan und die anderen bösen Geister, die zum Verderben der Seelen in der Welt umhergehen, kraft Gottes in die Hölle."

Jetzt wand sich das Mädchen wieder auf dem Bett. Sie warf den Kopf hin und her, als ob sie furchtbare Schmerzen hätte. Ihre Augen waren verdreht, sodass nur das Weiße zu sehen war. Ihre Hände waren seltsam verkrampft, sodass sie aussahen wie Klauen.

Pater Daniel blickte hoch zu Quentin.

„Pater Quentin! Halten Sie sie fest."

Quentin schreckte auf, beugte sich hinunter zu dem Mädchen und drückte sie in die Kissen. Er konnte ihren fast animalischen Schweißgeruch riechen.

Pater Daniel erhob sich.

„Wir unterbrechen kurz. Sie ist noch zu aufgeregt. Wir warten ein wenig ab, bis das Mittel wirkt."

Draußen auf dem Gang ließ Quentin sich an der Wand herabsinken und vergrub den Kopf in den Händen. Von drinnen war immer noch das Schreien und Wimmern zu hören.

„Sie haben es sich leichter vorgestellt, nicht wahr?"

Quentin hob den Kopf und sah zu Pater Daniel auf, der ruhig auf ihn herunterblickte.

„Ich weiß nicht, ob das das Richtige für mich ist."

„Die ersten Male sind immer schwer. Aber wir müssen uns dem Feind entgegenstellen. Diese Schlacht tobt schon seit Jahrtausenden und wir sind Soldaten in diesem Krieg gegen die Dunkelheit."

„Sie machen das schon seit dreißig Jahren. Wie halten Sie das aus?"

„Nicht alle Fälle sind so schwer wie dieser hier. Bei vielen tritt *schon nach ein paar Minuten eine Besserung ein. Die bloße Anwesenheit eines Priesters scheint oft eine beruhigende Wirkung zu haben. Dieses Mädchen dagegen zeigt eine ganz besonders tiefgreifende Form von Besessenheit. Die meisten Fälle sind deutlich harmloser."*

Quentin lachte bitter.

"Ich habe Sie bekniet, dass ich endlich bei einer Austreibung dabei sein darf. Und jetzt verhalte ich mich wie ein kleines Kind. Ich lasse Sie im Stich."

"Sie lassen mich nicht im Stich. Sie tun, was Sie können."

Pater Daniel setzte sich erstaunlich geschmeidig neben ihn auf den Boden.

"Soll ich Ihnen etwas erzählen? Aber nur, wenn Sie versprechen, es für sich zu behalten."

Als Quentin nickte, fuhr Pater Daniel mit gesenkter Stimme fort: "Bei einem meiner ersten Fälle habe ich zu weinen angefangen. Ich habe geheult wie ein kleines Kind und bin davongelaufen. Ich wurde von meinem Mentor heruntergeputzt und zur Strafe in die Klosterküche versetzt. Sie haben mich alle den Jammerlappen Gottes genannt und hinter meinem Rücken über mich gelacht. Erst Jahre später hat man mich wieder für einen Exorzismus zugelassen. Im Vergleich zu mir stellen Sie sich ganz ordentlich an."

Quentin versuchte zu lächeln.

"Muss ich jetzt auch in die Klosterküche?"

"Keine Sorge, das werde ich den Brüdern nicht antun. Ich weiß nicht, was Gott mit Ihnen vorhat, aber Koch ist ganz sicher nicht Ihre Mission."

Pater Daniels leiser Spott tat Quentin gut. Beide lächelten etwas verloren vor sich hin.

"Sie sind einer meiner besten Studenten. Sie kennen jede Abhandlung. Sie studieren die Akten. Sie kennen jeden Fall auswendig. Warum wollen Sie unbedingt Exorzist werden?"

Quentin hob die Hände, als wollte er nach etwas Unbestimmtem greifen.

„Wenn ich all das Böse sehe auf der Welt, will ich dagegen kämpfen. Nicht nur durch Glauben, sondern durch Taten. Ich will nicht einfach nur danebenstehen."

„Manchmal wollen Sie zu viel. Sie verbeißen sich in jede Aufgabe, als würde Ihr Seelenheil davon abhängen."

„Manchmal bin ich mir nicht sicher, ob dies hier wahrhaftig meine Aufgabe ist."

„Gott wird Ihnen den Weg weisen. Er wird Sie an den Platz stellen, an dem Sie ihm am besten dienen können. Wer weiß schon, in welcher Mission wir ihm dienen sollen, welchen Dienst er wählt für uns. Vertrauen Sie sich ihm an. Glauben Sie mir, es wird besser werden. Sie werden sich daran gewöhnen. Sie werden härter werden. Sie werden verstehen, dass wir es nicht mit Menschen, sondern mit dem Teufel zu tun haben. Sie werden Kraft finden durch Ihren Hass auf Satan. Wir dürfen nie vergessen, dass er es ist, gegen den wir kämpfen. Eines Tages werden Sie den Teufel genauso sehr hassen und verachten wie ich. Dann werden Sie die Kraft haben, ihn zu be- kämpfen."

Pater Daniel legte ihm die Hand auf die Schulter und drückte sie.

„Kommen Sie. Machen wir weiter."

Pater Daniel erhob sich und ging langsam zur Tür, hinter der wieder die seltsamen Laute, das Wimmern, das Schreien, ertönten. Er sah sich nicht um, öffnete die Tür und trat ein.

Quentin schloss einen Augenblick lang die Augen. Dann atmete er tief durch und folgte ihm.

Kapitel 14

Die Fabrikhalle ragte in den sternenleeren Himmel.

Sie lag am Ende einer Straße, die ins Nirgendwo führte. Es war eine Sackgasse, bei der man sich fragte, warum sie überhaupt je gebaut worden war. Die ganze Gegend sah aus wie aus der Zeit gefallen, als hätte die Welt sie schon längst vergessen.

Quentin verlangsamte seinen Wagen und fuhr auf den riesigen Parkplatz vor der Halle. Der war beinahe leer, nur weiter hinten parkten einige teure dunkle Limousinen. Fahrer lehnten an den Fahrzeugen und rauchten.

Als Quentin den Motor ausschaltete, war es plötzlich unwirklich still.

Die Fabrik lag vor ihm wie ein Palast der Finsternis. Nirgendwo war Licht zu sehen.

Am Eingang standen mehrere Typen in schwarzen Anzügen, die ihm ausdruckslos entgegensahen. Er blieb stehen und sagte: „Unendliche Schmerzen." Sie nickten und begannen, ihn zu durchsuchen.

Das Passwort hatte also gestimmt. Quentin hatte per Mail alle Informationen für die „Transaktion", wie sie es nannten, erhalten.

Es waren echte Profis. Sie tasteten ihn nicht einfach ab, sondern sie suchten genau an den richtigen Stellen. In den Schuhen, zwischen den Schulterblättern und im Schritt.

Dann nickten sie ihm zu und öffneten die Tür.

Dahinter lag ein langer Gang, der mit flackernden Teelichtern erleuchtet war.

Es war ganz still.

Quentin trat ein, die Tür fiel krachend hinter ihm ins Schloss.

Am anderen Ende des Ganges wartete eine weitere Tür.

Dahinter lag ein Raum mit Wänden, von denen der Putz abblätterte, und mit verrosteten Rohren. An den Seiten hingen einige Kleidungsstücke: Metzgerschürzen, Operationskittel, Latexoveralls. Auf einem Regal daneben lagen wie abgeschlagene Köpfe verschiedene Masken aufgereiht: Taucherbrillen, Schweinemasken, Gasmasken, Ledermasken.

Über der Tür auf der anderen Seite des Raumes leuchtete ein rotes Licht.

Quentin nahm eine der Metzgerschürzen vom Haken. Er spürte einen Widerwillen, das schwere Teil anzufassen, obwohl es gründlich gesäubert worden war. Langsam band er es sich um.

Dann nahm er eine der Schweinemasken. Er ekelte sich, sie anzulegen. Sie roch muffig nach altem Leder. Wie viele Dreckskerle hatten ihre schmutzige Lust hier schon hineingeatmet.

Als er fertig angekleidet war, hatte er das dringende Bedürfnis, sich die Hände zu waschen. Er stellte sich vor die Tür und wartete.

Es war ungewohnt, unter der Maske zu atmen. Ihm war, als müsste er ersticken. Die Lederschürze hing schwer an ihm.

Plötzlich ertönte ein tiefes Summen und das Licht über der Tür sprang auf Grün. Das Klacken eines automatischen Schlosses war zu hören.

Quentin öffnete die Tür und ging den Gang hinunter.

Am Ende des Ganges kam er an das Schiebegitter eines altmodischen Fabrikaufzugs. Er drückte auf den Knopf. Ganz tief unter sich glaubte er, ein leises Brummen zu hören.

Quentin war schon an vielen verlorenen Orten gewesen. Orten, in die selbst Gott nicht hineinsehen konnte, verborgen vor dem hellen Licht der Wirklichkeit. Er glaubte, das namenlose Grauen spüren zu können, das sich in den Wänden festgesetzt hatte. Er glaubte, das leise Keuchen von Lust und Qual hören zu können, glaubte, die Schreie spüren zu können, mit denen sich die Mauern hier vollgesogen hatten. Die Luft war schwer von all dem Leid hinter den schalldichten Türen, in den hermetisch abgeschlossenen Kammern.

An solchen Orten fühlte er sich immer, als wäre er aus der Welt gefallen. Hier galten die Naturgesetze nicht mehr, hier gab es keine Schuld und keine Reue. Die Welt nahm keine Kenntnis von solchen Häusern der Hölle.

Quentin hörte Schritte hinter sich. Er erstarrte. Als er sich umdrehte, kam ein dicker Mann in einem enganliegenden Latexanzug mit Ledermaske auf ihn zu und trat neben ihn.

Schweigend standen die beiden dann nebeneinander, während sie auf den Aufzug warteten.

Der Mann atmete ganz ruhig. Er schien nicht sonderlich aufgeregt oder ängstlich zu sein. Quentin fühlte eine unbändige Wut in sich aufsteigen. Der Mann neben ihm war auf dem Weg zu dem Abscheulichsten und Verworfensten, was nur denkbar war, und es schien ihn nicht weiter zu kümmern.

Der Kopf mit der Ledermaske drehte sich langsam zu

ihm. Erst starrte Quentin unverwandt ins Leere, dann erwiderte er den Blick. Er sah eine Teufelsmaske mit zwei langen, kunstvoll gedrehten Hörnern. Das Gesicht dahinter war nicht zu erkennen. Die Augenhöhlen waren schwarz.

„Sind Sie das erste Mal hier?", fragte die Teufelsmaske. Er hatte eine seltsam hohe Stimme und einen leichten Upper-class-Akzent.

„Ich selbst bin das dritte Mal hier, obwohl ich eigentlich nicht sehr zufrieden bin. Die Leitung hat gewechselt und seitdem hat der Service schwer nachgelassen. Die Kandidatinnen sind oft schon halb tot, da genügt die kleinste Anstrengung und, schwupps, sind sie hin!"

Das ratternde Geräusch des Fahrstuhls ertönte.

„Letzten Monat habe ich eine Session in Moskau gebucht. Die liefern da eine verdammt gute Qualität. Erstklassiges Material, und die Sicherheitsvorkehrungen sind exzellent. Und auch preislich fair. Das Preis-Leistungs-Verhältnis ist ohnehin im BRICS-Raum viel besser. In Europa haben die Kosten unverschämt angezogen."

Der Fahrstuhl hielt. Quentin packte den Griff und zog die schweren Eisengitter auf. Der Mann in der Teufelsmaske und er betraten den Fahrstuhl. Der andere wandte sich zu Quentin.

„Würden Sie Minus 4 für mich drücken? Ich habe eine Spezialität gebucht."

Ratternd fuhr der Fahrstuhl hinunter.

Wohin führte er sie? In welche Abgründe?

„Waren Sie einmal in der Filiale in Bangkok?"

Quentin reagierte zuerst nicht, dann schüttelte er kaum merklich den Kopf.

„Da müssen Sie hin! Erstklassig! Die Behörden vor Ort

sind sehr kooperativ und aufgeschlossen, da gibt es keine Schwierigkeiten zu befürchten. Hier ist das ja alles immer ein Riesenaufwand mit den ganzen Sicherheitsvorkehrungen. Unter falschem Namen die Flüge buchen, die kurzfristige Planung, die ständig wechselnden Locations und das alles. Das ist in Thailand alles deutlich entspannter. Eine andere Mentalität. Die Menschen dort sind einfach gelassener, da herrscht nicht so eine Hysterie wegen allem. Dort kann man sich freier entfalten. Einfach entspannter ausleben."

Es schien immer weiter in die Tiefe zu gehen.

„Sagen Sie, darf ich Sie etwas fragen?"

Quentin blickte starr geradeaus auf die Fahrstuhltür.

„Was suchen Sie hier? Was glauben Sie hier zu finden?", fragte der Mann mit der Teufelsmaske.

Quentin antwortete nicht.

„Die Empfindungen, die ich hier erleben durfte, waren so intensiv, so tiefgreifend, dass es mich zu einem neuen Menschen gemacht hat. In manchen Momenten hier fühle ich mich heilig. Als wäre ich Gott nahegekommen. Als könnte ich durch einen winzigen Spalt das Absolute sehen. Danach bin ich wie gereinigt. Wie von einem goldenen Licht der Klarheit durchflutet. Die Menschen da draußen können das nicht verstehen. Es ist etwas Heiliges, was wir hier tun."

Der Fahrstuhl hielt mit einem ächzenden Ruck. In der Stille danach hörte man das leise Summen der veralteten Elektrik.

Der Mann mit der Ledermaske öffnete schwungvoll das Gitter und blickte zu Quentin.

„Das ist Ihr Stockwerk. Also dann wünsche ich viel Vergnügen."

121

Quentin stieg aus und schloss die Fahrstuhltür hinter sich.

Er stand in einem großen Lagerraum. An den Seiten waren massive Regale aufgestellt. Darin lagen alle erdenklichen Utensilien: Kettensägen, Akkubohrer, Schleifgeräte, Zahnarztbesteck, Peitschen, Analplugs, Mundspreizer.

Er griff sich achtlos ein Messer und ging durch die Tür am anderen Ende des Raumes.

Wieder lag ein langer Gang vor ihm, von dem zu beiden Seiten schwere Eisentüren abgingen. Über allen Türen leuchtete ein rotes Licht.

Er lauschte, doch kein Laut drang heraus.

Er versuchte, nicht daran zu denken, was dahinter vor sich ging.

Ganz vorn, sah er, leuchtete an einer einzigen Tür ein grünes Licht.

Quentin ging dorthin, legte die Hand auf die Klinke und atmete tief durch.

Dann öffnete er die Tür.

Der Raum war gekachelt. In der Mitte stand ein massiver Stuhl, der am Boden verschraubt war.

Darauf saß eine zierliche Gestalt in einem weißen OP-Kittel. Über ihren Kopf war ein heller Leinensack gezogen worden. Man konnte sehen, wie sie panisch gegen den Leinenstoff atmete. Die Hand- und Fußgelenke waren mit dicken Lederriemen an den Stuhl gefesselt.

Quentin trat zu ihr und zog ihr den Leinensack vom Kopf. Das Mädchen wirkte sehr jung, kaum zwanzig. Ihr Gesicht war verquollen vom Weinen.

Es war nicht Susan. Eigentlich sah sie ihr nicht einmal ähnlich.

Er beugte sich in seiner Schweinemaske zu ihr herunter.

Sie hielt die Augen geschlossen, zitterte, drehte panisch den Kopf weg von ihm.

„Haben Sie keine Angst. Ich werde Ihnen nichts tun", flüsterte er.

Er versuchte, seine Stimme ruhig und vertrauenerweckend klingen zu lassen.

„In 45 Minuten wird die Polizei dieses Gebäude stürmen. Ich werde dann weg sein. Verlassen Sie diesen Raum nicht, sonst könnten Sie verletzt werden. Warten Sie auf die Einsatzkräfte. Sie und alle anderen Opfer hier werden befreit und von Psychologen betreut werden. Ich will Ihnen vorher nur ein paar Fragen stellen."

Langsam öffnete sie die Augen. Ihr Blick war verhangen, als stünde sie unter starken Medikamenten.

„Wo wurden Sie gefangen gehalten? Haben Sie dort dieses Mädchen gesehen?"

Er hielt ihr sein Mobiltelefon mit einem Foto von Susan entgegen.

Sie reagierte nicht. Dann hob sie langsam den Kopf.

Quentin merkte es sofort. Sie würde ihm nicht antworten.

Sie würde nie wieder jemandem antworten.

Kapitel 15

Der Verhörraum hinter dem Einwegspiegel war leer und kahl, bis auf den metallenen Tisch in der Mitte und die zwei fest am Boden verschraubten Stühle.

Neben Quentin stand Detective Billner, ein schmächtiger Mann mittleren Alters mit dem Schnauzbart eines Pornostars aus den 70ern. Sein schäbiger Anzug hing an seinem dürren Leib wie eine Fahne bei völliger Windstille.

„Es wurden einige Verhaftungen vorgenommen, aber das Gebäude war weitestgehend leer. In den Kellerräumen haben wir Leichenteile in einer Kühltruhe gefunden. Die genauen Laborergebnisse stehen noch aus, aber es scheint sich eindeutig um menschliche Körperteile zu handeln."

Beide betrachteten durch die Scheibe das junge Mädchen, das vor ein paar Stunden von der Polizei aus der Fabrik befreit worden war. Sie saß ganz still da. Nur ab und zu fuhr ein Schauer durch ihren Körper.

„In einem Nebentrakt wurden Zellenräume gefunden. Dort scheinen Menschen über Wochen hinweg gefangen gehalten worden zu sein. Es gab auch einen voll ausgestatteten Operationssaal. Wir wissen noch nicht, zu welchem Zweck. Dort haben wir auch Blutkonserven in großer Zahl gefunden. Keine Ahnung, was die da getrieben haben."

Das Gesicht des Mädchens zeigte keine Regung. Es war, als wäre sie in ihrer eigenen Wirklichkeit gefangen.

Billner schüttelte müde den Kopf.

„Schon seit Stunden sitzt sie so da und spricht kein Wort. Sie hat keine einzige unserer Fragen beantwortet. Insgesamt haben wir drei Mädchen befreien können. Die anderen waren körperlich übel zugerichtet, aber diese scheint psychisch die schlimmsten Folgen davongetragen zu haben. Die anderen beiden sind im Krankenhaus und auf absehbare Zeit nicht vernehmungsfähig."

Quentin versuchte, nicht daran zu denken, was sie wohl durchgemacht hatten.

Das Gesicht des Mädchens wirkte wie das Antlitz einer Wachspuppe. Sie sah noch aus wie ein Mensch, aber im Innern war sie keiner mehr.

„Wir wissen noch nicht einmal ihren Namen", sagte Billner hilflos. „Wir gleichen gerade die Vermisstenfälle ab. Sicher werden wir bald einen Treffer haben."

Der Detective drehte sich um und wies auf den weiteren großen Spiegel auf der anderen Seite des Raumes.

„Der hier ist gesprächiger. Das ist der einzige Kunde, den wir vor Ort festnehmen konnten. Die anderen müssen rechtzeitig Wind von dem Einsatz bekommen haben."

Quentin wandte sich ebenfalls um. Er und Billner waren im Überwachungsraum, von dem aus man die beiden Verhörzimmer durch Einwegspiegel beobachten konnte. Im Raum hinter der Glasscheibe saß allein ein älterer, pockennarbiger Mann. Er hatte schütteres Haar und wie zum Ausgleich hierfür extrem buschige Augenbrauen.

Der Mann hob jetzt den Kopf und schien Quentin durch die Scheibe hindurch anzublicken. Obwohl Quentin wusste, dass der andere nur sein eigenes Spiegelbild sehen konnte, war es ein seltsames Gefühl.

„Ihn konnten wir schnell identifizieren. Es handelt sich

um Edgar North. Kleinunternehmer aus Alabama. Er hat zwei Töchter im Alter des Mädchens, mit dem wir ihn erwischt haben. Das ist wohl der, mit dem Sie im Aufzug gesprochen haben. Er hat sich mit seinem Anwalt beraten. Dann aber war er bereit, mit uns zu sprechen ohne rechtlichen Beistand. Er hält sich für clever. Er denkt, wir hätten nichts gegen ihn in der Hand."

Quentin trat näher an die Scheibe heran. Der Mann sah aus wie Hunderte andere. Nichts an ihm ließ auf die Dinge schließen, die er getan hatte. Er wirkte, als wäre er völlig mit sich und der Welt im Reinen.

„Er ist Volleyballtrainer am College seiner Töchter. Er ist sogar in verschiedenen Wohltätigkeitsorganisationen aktiv, die bedürftige Familien in Afrika unterstützen. Eine echte Stütze der Gesellschaft."

„Ich würde ihn gern verhören."

Billner sah Quentin überrascht an.

„Hören Sie, wir wurden gebeten, vorerst mit Ihnen zusammenzuarbeiten, aber das geht ein bisschen zu weit. Mein Chef tobt, weil wir Sie überhaupt hereingelassen haben. Er telefoniert wie wild herum. Bald schon darf ich nicht einmal mehr reden mit Ihnen. Ich wusste gar nicht, dass der Vatikan eine eigene Ermittlungsbehörde hat. Wen jagen Sie normalerweise? Hostiendiebe? Nonnenschänder?"

Quentin lächelte pflichtschuldig über den Witz, den er in Variationen schon unzählige Male gehört hatte.

„Ich ermittele in einem Vermisstenfall. Vielleicht kann er mir weiterhelfen."

„Sie sollten das unsere Sorge sein lassen", erwiderte Billner ein wenig verstimmt. „Bislang wissen wir noch gar nichts."

„Die Untersuchungen stehen noch ganz am Anfang. Das braucht eben Zeit."

„Die habe ich nicht", sagte Quentin mühsam beherrscht. „Ich muss herausfinden, von wo die Mädchen hierher geliefert wurden."

„Wie kommen Sie darauf, dass er Ihnen etwas erzählen wird?"

„Sind Sie Katholik? Waren Sie je bei der Beichte?"

Billner lachte kurz auf.

„Zweimal Nein. Außerdem würde ich meine unbedeutenden Sünden keinem Geistlichen zumuten."

„Die Menschen haben den unbändigen Drang, von ihren Sünden zu reden. Sie wollen nicht allein bleiben damit. Ich sehe es in seinen Augen. Er will mit jemandem reden. Er will sich offenbaren."

Der Detective blickte zweifelnd zu ihm herüber.

„Sind Sie wirklich Priester?"

Quentin nickte und fühlte sich ein wenig merkwürdig dabei. So, als würde er selbst eine Sünde bekennen.

„Ist das nicht etwas merkwürdig, sich als Priester mit solchen Dingen zu beschäftigen? Mit solchen – Abartigkeiten?"

„Es gibt große und kleine Sünden. Und es gibt Todsünden. Bedenken Sie: Ein Arzt hat täglich mit Krankheiten zu tun. Manche Menschen sind todkrank. Das hier ist ganz ähnlich."

Der Detective überlegte eine Weile, dann zuckte er mit den Schultern.

„Also gut. Aber beeilen Sie sich. Spätestens morgen haben Sie wahrscheinlich keinerlei Zugang mehr zu unseren Ermittlungen. Wenn der Chef das mitkriegt, fahre ich ein paar Monate lang Streife."

Als Quentin den Verhörraum betrat, sah ihm der Mann völlig unbekümmert entgegen.

„Mein Name ist Quentin Damien. Ich möchte mich mit Ihnen unterhalten."

Quentin setzte sich auf den Stuhl ihm gegenüber. Das Gesicht des anderen verzog sich nach einem kurzen Augenblick der Irritation zu einem spöttischen Lächeln.

„Ich erkenne Sie. Ich erkenne Ihre Stimme. Sie sind der Mann aus dem Aufzug. Der andere Kunde. Sie haben die ganze Sache auffliegen lassen, nicht wahr?"

Auch Quentin erkannte die Stimme gleich wieder. Mit der Maske hatte er bedeutend eindrucksvoller gewirkt.

Der Mann zeigte einladend auf den leeren Stuhl auf der anderen Seite des Tisches, als wäre er der Gastgeber.

„Nehmen Sie Platz! Endlich treffe ich einen strahlenden Helden einmal persönlich."

Als Quentin sich setzte, beugte sich der andere mit einem breiten Grinsen vor.

„Warum haben Sie sich so beeilt? Sie hätten wenigstens ein bisschen Spaß haben können vorher. Warum haben Sie es nicht zu Ende gebracht, bevor Sie die Polizei gerufen haben?"

„Ich brauche Informationen von Ihnen", sagte Quentin ungerührt, ohne auf die Bemerkungen einzugehen. „Über die Verbrechen, die dort begangen wurden."

Der Mann lehnte sich zurück und winkte ab, als würde er eine lästige Fliege verscheuchen.

„Das sind nichts als Anschuldigungen. Alles, was ich sage, ist rein hypothetisch. Mein Anwalt sagt, Sie haben gar nichts in der Hand. Es wird sehr schwer werden, mir irgendetwas nachzuweisen. Ist es verboten, sich in leerstehenden

Fabriken aufzuhalten? Mit diesen Verbrechen, die dort anscheinend begangen wurden, habe ich nichts zu schaffen."

Er lächelte amüsiert bei seinen Worten und versuchte nicht einmal, überzeugend zu klingen.

Quentin zeigte ihm das Foto von Susan.

„Ich suche dieses Mädchen. Sie ist siebzehn. Schwanger im vierten Monat. Haben Sie sie gesehen? Haben Sie eine Ahnung, wo ich sie finden könnte?"

Der Mann betrachtete das Bild lange. Ein böses Lächeln zeigte sich auf seinen wulstigen Lippen. „Ein hübsches Kind. Die hätte mir auch gefallen. Schade."

„Wo kriegen diese Leute die Mädchen her? Haben Sie eine Ahnung?"

Sein Gesicht wurde plötzlich ernst.

„Sie verstehen das nicht. Ich habe es mir nicht ausgesucht. Gott hat mich so geschaffen. Mit meinen Leidenschaften. Mit meinen Träumen. So wie uns alle."

Quentin hatte es geahnt. Er wollte reden. Er wollte von irgendjemand Vergebung erhalten.

„Was kann ich dafür, dass meine Sehnsüchte anders sind als die der meisten? Bin ich deswegen weniger wert? Habe ich nicht die gleichen Rechte wie die anderen?"

Seine Unterlippe begann ganz leicht zu zittern.

„Die meisten wissen nicht einmal, wie einfach sie es haben. Andere Menschen dürfen ihre Sehnsüchte einfach ausleben, dürfen lieben und glücklich sein. Die ganze Welt darf ihr Glück sehen."

Plötzlich war nichts Spöttisches mehr in seinem Gesicht. Er sah nur noch aus wie ein resignierter älterer Mann, der sein Leben lang nur verloren hatte. Traurig sah er vor sich hin.

„Ich war immer so neidisch, wenn ich glückliche Paare auf der Straße gesehen habe. Hand in Hand schlendern sie dahin, protzen mit ihrer kleinen Seligkeit und sind stolz auf ihre durchschnittliche, lauwarme Gewöhnlichkeit. Sie müssen sich nicht verstecken, keiner hasst sie dafür. Sie dürfen einfach die sein, die sie sind. Ich dagegen musste meine Sehnsucht mein Leben lang geheim halten, musste mich verstellen."

Quentin sagte nichts, nickte nur. Er wollte ihn einfach reden lassen.

„Mein Leben lang habe ich versucht, nicht ich selbst zu sein. Nicht davon zu träumen. Nicht mehr vor den Schulen stehen zu bleiben. Mich den Mädchen im Sport nicht zu nähern. Nicht mehr davon zu träumen, was ich ihnen antun könnte."

Er blickte mit einem versonnenen Lächeln vor sich hin.

„Vor ein paar Jahren habe ich gedacht, ich hätte es überwunden. Ich habe nicht mehr nachts davon geträumt. Ich glaubte, es wäre vorbei. Scheinbar war ich erlöst von meinen Leidenschaften. Ich war frei. Dann hat meine Firma durch den Verkauf von Lizenzen plötzlich Abermillionen abgeworfen. Mit einem Mal waren da Möglichkeiten, von denen ich vorher nie zu träumen gewagt hatte. Jetzt konnte ich mir Dinge leisten, die ich mir früher gar nicht vorstellen konnte. Wäre es vielleicht doch möglich? Gab es doch noch Erfüllung für mich?"

Das Gesicht des Mannes wirkte plötzlich weich. Mit leerem Blick starrte er vor sich hin, als versuchte er, sich an irgendetwas zu erinnern.

„Wussten Sie, dass ich den Familien anonym Geld gespendet habe? Im Namen einer Hilfsorganisation? Die

Mädchen kamen meist aus Afrika oder Mexiko. Mit dem Geld konnten sie ihre anderen Kinder zur Schule schicken, ihnen eine Ausbildung ermöglichen. Sie medizinisch behandeln lassen. Vielleicht habe ich sogar Leben damit gerettet. Vielleicht waren die Eltern mir sogar ein wenig dankbar. Vielleicht habe ich mehr Gutes getan, als ich Böses anrichten konnte."

Er atmete tief durch und richtete sich auf seinem Stuhl auf, als würde er ein offizielles Statement von sich geben.

„Ich sage nicht, dass an den Vorwürfen gegen mich etwas dran ist. Ich streite alle Anschuldigungen ab. Aber selbst wenn es so wäre, selbst wenn ich in solche … Angelegenheiten verwickelt gewesen wäre, so hätte es sich um eine rein geschäftliche Transaktion gehandelt. Man erhält gegen Bezahlung eine gewisse Dienstleistung. Man bucht einen bestimmten Service. Nicht mehr und nicht weniger. Ich habe schon lange aufgehört, mich selbst zu verurteilen. Ich habe meinen Frieden mit mir selbst gemacht."

Es herrschte ein langes Schweigen. Der andere saß nur noch kerzengerade da und starrte vor sich hin.

Quentin wollte das etwas einseitige Gespräch jetzt nicht verebben lassen.

„Sie hatten die Wahl. Sie sind nicht verantwortlich für das, als was Sie geboren wurden. Aber für Ihre Taten. Viele dürfen ihre Leidenschaften nicht ausleben. Es gibt mehrere Millionen Pädophile auf der Welt. Manche werden geboren mit dieser Veranlagung. Auch sie dürfen ihre Träume niemals wahr werden lassen."

Der andere lachte höhnisch.

„Sie haben leicht reden. Sie dürfen einfach der sein, der Sie sind."

„Woher wissen Sie das? Wer sagt Ihnen, dass ich nicht ähnlich bin wie Sie?" Quentins Stimme klang plötzlich kalt. „Glauben Sie, Sie sind der Einzige, der nicht glücklich sein darf? Vielleicht habe ich ganz ähnliche Träume wie Sie. Vielleicht kann ich Sie besser verstehen, als Sie sich überhaupt vorstellen können. Doch ich versage es mir. Ich lasse es nicht zu."

Der andere sah ihn verblüfft an. Damit hatte er nicht gerechnet.

Quentin wusste, dass Billner hinter der Scheibe jedes Wort hörte, doch es war ihm egal.

„Helfen Sie mir. Bald habe ich keinen Zugang mehr zu diesen Ermittlungen. Bis zum Prozess wird es Monate dauern. Bis dahin ist das Mädchen wahrscheinlich längst verloren. Ich habe nur diese Chance. Wenn ich dieses Mädchen rette, rette ich damit mich selbst."

Der Mann blickte ihn mit geweiteten Augen an.

„Tatsächlich. Ich kann es sehen. Sie sind einer von uns!"

Ein zufriedenes Lächeln zeigte sich auf seinem pockennarbigen Gesicht.

„Sie wissen, wovon ich rede. Sie können mich verstehen."

Mit einem lauernden Gesichtsausdruck beugte er sich vor.

„Was ist Ihr Geheimnis? Wovon träumen Sie? Welches ist Ihre verborgene Leidenschaft?"

Quentin antwortete nicht.

Der Mann kaute auf seinen fleischigen Lippen. Er dachte nach. Er rang mit sich. Dann schien er einen Entschluss gefasst zu haben.

„Die Arian Stars. In Alabama. Sehen Sie sich die einmal an."

„Die Arian Stars? Was meinen Sie damit?"

Das Gesicht seines Gegenübers hatte sich verschlossen.

„Mehr kann ich nicht sagen. Ich möchte keine Fragen mehr beantworten ohne meinen Anwalt."

Der Mann blickte Quentin nicht mehr in die Augen und stierte nur noch vor sich hin.

Die Tür ging auf und Detective Billner steckte den Kopf herein.

„Mein Chef hat angerufen. Ich soll Sie bitten zu gehen. Er wird jeden Augenblick selbst hier sein. Es tut mir leid."

Quentin nickte, erhob sich und ging langsam zur Tür. Hier hätte er ohnehin nichts mehr erfahren.

Er hielt noch einmal inne und wandte sich um. Der andere sah ihm ausdruckslos entgegen.

„Sie wissen nichts über mich. Ich hoffe, dass Gott Ihnen vergibt. Ich kann es nicht."

Dann ging er hinaus und schloss die Tür hinter sich.

Kapitel 16

„Schockierend! Es ist wirklich schockierend!"

Der Monsignore war ein Idealbild angemessene Fassungslosigkeit.

„Diese Einrichtung, die Sie da in Arizona vorfinden mussten, ist wirklich schockierend. Es war richtig, dass Sie die Behörden eingeschaltet haben, Pater Quentin. Völlig richtig. Was den jungen Menschen dort angetan worden zu sein scheint, ist unerträglich."

Er fasste sich mit Daumen und Zeigefinger an die Nasenwurzel und massierte sie leicht. Dann ließ er die Hand wieder sinken. Quentin sah ihn regungslos an und schwieg. Die Wimpern des Monsignore waren sehr schwarz und sehr dicht, so als wären sie getuscht.

Sie saßen wieder im Büro des Monsignore im Bischöflichen Ordinariat. Drei Tage waren vergangen, seit die Polizei das verlassene Fabrikgebäude gestürmt hatte.

„Wie gesagt, es war völlig richtig, dass Sie einen Polizeieinsatz veranlasst haben. Dennoch muss ich darum bitten, dass Sie mich in Zukunft vorher konsultieren, bevor Sie derartige Schritte unternehmen. Dies liegt außerhalb Ihrer Kompetenz. Die Folgen solch heikler Angelegenheiten sind manchmal unwägbar. Unabsehbar! Allein der Verdacht, dass Mrs. Cowerton in irgendeiner Art und Weise an dieser Einrichtung beteiligt gewesen sein könnte, kann in der Öffentlichkeit einen verheerenden Eindruck hinterlassen. Sie hatte die besten Kontakte zur örtlichen Kirche. Was die Presse da über ihre Verbindungen zu kriminellen Kreisen herausgefunden hat, ist schockierend. Schockierend! Ich habe keine Ahnung, wie das Ganze an die Öffentlichkeit gelangen konnte."

Quentin sagte nichts.

Die ganze Angelegenheit hatte in Mexiko hohe Wellen geschlagen. Inzwischen saß Mrs. Cowerton in Untersuchungshaft. Die Indizien waren einfach zu erdrückend geworden, als dass man sie länger hätte ignorieren können.

„Man kann den Menschen nicht hinter die Stirn schauen. Man kann nicht wissen, ob man einen Heiligen vor sich hat oder einen Teufel. Wir alle bedürfen der Gnade und der Vergebung."

Einen Augenblick lang herrschte Stille. Die Kirche versuchte, alle Verbindungen zwischen sich und Mrs. Cowerton zu kappen. Spenden wurden zurückgezahlt, ihr Name von den Webseiten der wohltätigen Stiftungen entfernt, alle Fotos von ihr mit Kirchenoberen gelöscht.

Mit einem resignierten Kopfschütteln kehrte der Monsignore zurück in die Wirklichkeit.

„Was ist mit dem Vermisstenfall? Gibt es dort neue Erkenntnisse?", fragte er dann.

„Das lokale Ordenskapitel hier ist nur eine unbedeutende Nebenstelle. Aber ich habe Informationen sammeln können. Ich konnte einen der Verhafteten kurz verhören. Er hat mir einen Hinweis gegeben: die ‚Arian Stars'. Das ist eine ultrarechte Bikergruppe in den Südstaaten. Eine Art satanistische Rockergang, die scheinbar auch an Menschenhandel beteiligt ist. Vielleicht finde ich Susan bei ihnen. Ich würde vorschlagen, dass ich meine Untersuchungen dort fortsetze. Ich werde mich unter meiner Tarnidentität dort einschleusen. Dieser Andrew wird mir helfen."

Der Monsignore nickte zufrieden. „Besteht Grund zur Besorgnis?"

„Das kann ich noch nicht sagen. Aber Susan scheint in der Gewalt einer Gruppierung zu sein, die Satanismus in seiner schlimmsten Form betreibt. Sie ist bekannt unter dem Namen ‚Die Bruderschaft'. Sie scheinen durchaus gewaltbereit zu sein."

„Gewaltbereit?"

„Ich wurde Zeuge von Ritualen, die sexuelle und gewalttätige Handlungen beinhalteten."

„In beiderseitigem Einvernehmen?"

„Das ist schwer zu sagen." Quentin bemerkte, dass seine Hände sich im Schoß ineinander verkrampft hatten. „Es sind oft Drogen im Spiel."

„Sie wissen, dass Sie im Rahmen Ihrer Tätigkeit keine Straftaten begehen oder solchen auch nur beiwohnen dürfen."

„Selbstverständlich." Er schaffte es, keine Miene zu verziehen. „Es gibt Hinweise, dass diese Gruppierung auch in schwere Gewalttaten verwickelt sein könnte. Mädchenhandel. Verbindung zu rechtsradikalen Kreisen. Und dass sie manchmal das *Große Ritual* vollziehen würden."

Der Monsignore hob die Augenbrauen. „Das Große Ritual? Ich dachte, das sei nur ein Ammenmärchen."

„Meistens ist es das. Aber hier bin ich mir nicht sicher."

„Ihre Dienstreise ist genehmigt. Ich bewillige unbegrenztes Spesenbudget. Ihretwegen muss in Zukunft kein Kardinal mehr aus dem Bett geklingelt werden. Tun Sie alles, was notwendig ist, um die Angelegenheit aufzuklären."

Der Monsignore sah ihn prüfend an. Er beugte sich in seinem Stuhl vor und legte die Fingerspitzen aneinander. „Ich weiß, dass wir viel von Ihnen verlangen. Sie haben der Kirche erneut große Dienste erwiesen. Ich wünsche Ihnen die Kraft, diesen Fall zum Ende zu bringen."

„Ich habe keine Kraft mehr, Monsignore."

Der Monsignore nickte verständnisvoll. „Wäre es nicht so eine äußerst wichtige Aufgabe, würde ich jemand anderen damit betrauen. Jemand muss sich um diese Kreise kümmern. Jemand muss hinuntersteigen in diesen schwarzen Schlund. Sie stehen an vorderster Front in diesem ewigen Krieg. Sie sind unser Soldat in diesem Kampf gegen das Dunkel."

Quentin nickte teilnahmslos, erhob sich, ohne ein Wort zu sagen, und wandte sich zum Gehen. Da ertönte die Stimme des Monsignore hinter ihm. „Noch einen Augenblick, Pater. Ich muss zum Schluss noch einmal einen unangenehmen Punkt ansprechen."

Quentin wartete, ohne sich umzudrehen.

„Es gibt immer wieder … Berichte über Sie, die, nun, recht verstörend klingen. Dass Sie manchmal extreme Mittel anwenden würden. Dass Sie hin und wieder mehr *Beteiligung* zu zeigen scheinen, als angemessen wäre. Dass Sie sich auf Handlungen eingelassen hätten, die gegen jede Dienstvorschrift verstoßen. Verstehen Sie mich nicht falsch – es gibt Dinge, die getan werden müssen, um dem heiligen Auftrag zu dienen. Und man kann nicht monatelang innerhalb einer solchen Vereinigung operieren, ohne sich – ich sage einmal – in einem Graubereich zu bewegen." Die Stimme des Monsignore klang seltsam kühl in Quentins Rücken. „Aber manchmal habe ich das Gefühl, dass Sie selbst nicht

137

mehr wissen, auf welcher Seite Sie stehen. Dass Sie sich mit-
reißen lassen von dem ganzen Wahnsinn. Dass Sie zu versinken beginnen in diesem Sumpf. In diesem Meer aus
Sünde. Pater Quentin, treiben Sie es nicht zu weit. Überschreiten Sie nicht die Grenze."

Kapitel 17

Überall vor dem Gelände standen Polizeiwagen und Ambulanzen. Einige Leute von der Presse warteten vor der Absperrung und versuchten, ein Interview zu bekommen.

Das Flackern der Blaulichter in der Dunkelheit gab der ganzen Szene etwas Surreales. In einem kompliziert choreografierten Rhythmus blinkten die Lichter durcheinander, wie ein Ballett des Unheils.

Quentin musste eine Weile warten, bis er eingelassen wurde. Ein Polizist in Uniform telefonierte hektisch, bevor er ihn endlich durchwinkte.

Drinnen liefen alle aufgeregt umher. Man hatte alles so belassen, wie sie es vorgefunden hatten, da die Spurensicherung noch nicht fertig war.

Der Raum sah ein wenig aus wie eine Kirche – bemalte Glasfenster, vorn ein kleiner Altarbereich. Erst wenn man genauer hinsah, bemerkte man seltsame Motive auf den Glasfenstern: Adam und Eva standen nackt auf einer grünen Wiese, über ihnen schwebte jedoch nicht Gott oder der Heilige Geist, sondern eine Art Raumschiff mit blinkenden Lichtern. Das Kreuz auf dem Altar sah ein wenig aus wie das ägyptische Ankh-Zeichen, das Symbol des ewigen Lebens.

In der Mitte des Raumes lagen die Leichen. Es waren ungefähr zwanzig, Frauen, Männer und einige Kinder. Die Körper waren sternförmig mit dem Kopf zur Mitte angeordnet. Sie lagen auf dem Rücken, die Hände über dem Bauch gefaltet. Alle waren in ein weißes Ordensgewand gekleidet, bestickt mit einem roten Tatzenkreuz.

Der Chief kam ihm entgegen. „Sie sind Quentin Damien, der

Experte von der Kirche? Danke, dass Sie gekommen sind, das Kommissariat wollte Sie dabeihaben." Der Chief war sichtlich angegriffen. So etwas sah selbst ein Cop selten. „Man hat mir gesagt, dass Sie diese Sekte kennen."

Quentin blickte unverwandt auf die Toten. Man hatte ihre Gesichter nicht abgedeckt. Einige hatten die Augen geschlossen, andere starrten hinauf an die Decke, als könnten sie dort oben irgendein Geheimnis erblicken.

„Mister Damien?"

Er riss sich los vom Anblick der erstarrten Gesichter. „Ja, ich kenne die Gruppierung. Recht gut sogar."

„Man hat mir gesagt, Sie hätten ein paar Monate unter ihnen gelebt. Undercover."

„Fast ein halbes Jahr. Die Kirche vermutete einen kriminellen Hintergrund, man glaubte, dass hier Gewalttaten begangen würden. Aber ich habe nichts finden können. Außer dem Üblichen. Manipulation. Gehirnwäsche. Aber das ist nicht strafbar." Er ließ den Blick über die Gesichter der Toten wandern. Er sah zwei, drei neue Gesichter, aber die allermeisten kannte er.

Mit gefurchter Stirn blickte der Chief auf die Leichen. „Was haben die da an?"

„Das ist die Tracht des Ordens. Sie halten sich für wiedergeborene Tempelritter, die gegen das kosmische Unheil kämpfen. Zu ihren Ritualen haben sie immer diese Gewänder angelegt."

„Diese hier haben es wohl freiwillig getan. In den Trinkgefäßen dort scheinen Rückstände von Gift zu sein." Er wies auf den Altar, auf dem mehrere verzierte silberne Pokale standen. „Aber dahinten sind einige mit Schusswunden; da bin ich mir nicht so sicher. Es sind auch ein paar Kinder dabei."

Weiter hinten lagen noch mehr Leichen. Die sahen nicht ganz so friedlich aus, nur einige trugen das Ordensgewand, einigen waren

140

die Hände gefesselt. Man konnte riesige dunkle Blutlachen sehen.

„Anscheinend wurden diese dort zuerst erschossen, danach haben die anderen freiwillig das Gift getrunken. Sie kannten die Leute, hätten Sie mit so etwas gerechnet?"

Der Chief sah fassungslos umher. Er hatte ein Durchschnittsgesicht: Schnauzbart, dünne Haare, Hängebacken von zu vielen Big Macs, geplatzte Äderchen auf den Wangen und auf der Nase von zu viel Lager-Bier.

„Sie haben immer wieder davon geredet, aber ich hielt es für sehr unwahrscheinlich, dass sie es wirklich tun würden."

„Warum haben Sie die Gefahr nicht gemeldet?"

„Das habe ich. Ich habe an die örtliche Kirchenvertretung berichtet, aber auch an das FBI und die staatliche Polizeibehörde. Ich war sogar in Ihrem Dezernat."

„Entschuldigung, das wusste ich nicht. Keiner hat das wohl sonderlich ernst genommen."

„Nein, mit so etwas rechnet keiner."

Außerdem, was konnte man da schon tun? Wenn jemand wirklich zum Selbstmord entschlossen war, wie sollte man ihn aufhalten, ohne ihn einzusperren? Wer zum Sterben entschlossen war, der war nicht davon abzubringen.

„Können Sie mir das erklären?" Mit einer hilflosen Geste wies der Chief auf all die leblosen Gestalten. „Was hat sie dazu gebracht, so etwas zu tun?" Er deutete auf einen kleinen Körper, der neben der Leiche einer Frau lag. „Das dort ist wohl die eigene Tochter, vielleicht sieben oder acht Jahre alt. Beide haben das Gift freiwillig genommen." Das Mädchen hatte sich an ihre Mutter geschmiegt. Ihre Hand hatte sich in das Gewand der Frau gekrallt.

Quentin kannte die Kleine. Sie hieß Carol. Wie groß sie geworden war inzwischen. „Man kann das schwer erklären. Sie brechen auf zum Sirius. Oder in eine andere Dimension. Sie glauben, sie

141

seien Erwählte, dass in ihnen höhere Wesen wiedergeboren wurden, die den Auftrag hätten, die Menschheit zu retten."

Ein weiterer Polizist trat zu ihnen und wandte sich an den Chief. „Die Presse wartet auf ein Statement. Was sollen wir ihnen sagen? Massenmord? Massenselbstmord?"

Der Chief blickte zu Quentin, der zuckte mit den Achseln. „Sagen Sie Massenmord. Das trifft die Wahrheit eher. Aber die Presse wird sowieso von Massenselbstmord sprechen. Das tun sie immer."

„Sollen wir schon Namen bekanntgeben?", fragte der Polizist.

„Noch nicht. Wir wollen die Angehörigen erst selbst benachrichtigen. Mister Damien hier kann uns wohl helfen, die Leichen zu identifizieren."

Der Polizist blickte Quentin seltsam fragend an, dann ging er zurück zu den anderen.

Der Chief wandte sich wieder Quentin zu. „Das stimmt doch, oder? Sie kennen einige von ihnen?"

„Ja, die meisten. Ein paar sind neu dazugekommen."

„Sie sind so ruhig. Haben Sie so etwas schon öfter gesehen?"

Quentin betrachtete die Gesichter. Bei einigen hatte er es für möglich gehalten, aber bei den meisten war er sich sicher gewesen, dass sie so etwas niemals tun würden. Jetzt waren sie also wirklich aufgebrochen.

Nach einer Weile nickte er. „Ja. Die Zahl der Toten hier ist sehr hoch, das ist ungewöhnlich. Aber in kleinerem Rahmen passiert so etwas öfter."

„Was bewegt Menschen zu so etwas?" Mit einer hilflosen Geste zeigte der Chief auf die Leichen. „Sie haben ihre eigenen Kinder mitgebracht. Sie wussten doch, was passieren würde."

„Die Menschen tun alles, wenn man ihnen einen Sinn gibt. Einen Sinn in ihrem Leben. Dann folgen sie einem überallhin. Sogar in den Tod."

Quentin dachte bei sich, dass in der Kirche eigentlich genau das Gleiche geschah.

Er zeigte auf eine unscheinbare Tür hinter dem Altar. „Dort hinten ist der Sphärenraum. So haben sie ihn genannt. Dort wurden immer wieder einige Auserwählte hineingelassen, wenn Jo, der Leiter des Ordens, wieder eines seiner Rituale veranstaltete. Vorher wurden ihnen schwach dosierte Halluzinogene ins Essen gegeben. Dann beschwor Jo übernatürliche Erscheinungen. Ein Schwert schwebte plötzlich mitten im Raum oder eine gewaltige Stimme sprach zu ihnen. Der heilige Gral erschien hinter einem Trickspiegel. Das Gesicht eines Wesens aus einer höheren Dimension als eine Art Projektion auf dünner Gaze. Billige Spezialeffekte. Sie werden die Ausrüstung dort immer noch finden. Nebelmaschinen, Scheinwerfer, Bildprojektoren."

„Und auf solchen Hokuspokus sind sie reingefallen?", fragte der Chief ungläubig und schüttelte den Kopf, sodass seine Hängebacken bebten. „Was waren denn das für Idioten?"

Ganz vorn lag Dorothy. Die Augen waren geschlossen, ihr Gesicht sah aus wie eine Kopie, wie ein gut gemachter Wachsabdruck mit aufgemalter Wangenröte. Irgendwie sah sie aus wie eine Fälschung ihrer selbst. Sie waren beinahe befreundet gewesen. Als Jo sie damals zur Hohepriesterin erklärt hatte, wäre sie fast geplatzt vor Stolz. Eigentlich war sie eine stille, ruhige Person, die kaum beachtet wurde. Hier im Orden hatte sie zum ersten Mal eine Bedeutung bekommen. Als Quentin damals die Gruppe verließ, hatte sie sogar die Channeling-Gruppe geleitet.

„Oh, das sind keine Idioten. Die meisten sind hochgebildet, viele Akademiker, einige Künstler. Die meisten waren vorher sehr erfolgreich in ihrem Beruf." Quentin zeigte auf einen jungen Mann, dessen Mund seltsam weit offenstand. „Der dort heißt James Ivory. Er war aus Wisconsin, glaube ich."

143

Der Chief warf einen kurzen Blick auf den Toten und machte sich Notizen.

„Er war überzeugt, er sei der wiedergeborene Graf von Saint Germain. Bevor er in den Orden kam, war er im Management einer Handelsfirma. Außerdem war er Bratschist, ein ziemlich guter sogar. Hier war er zuständig für die gesamte Nahost-Region. Er hat furchtbar gelitten, weil er dachte, dass er den zweiten Irakkrieg ausgelöst hätte durch eine kleine Unachtsamkeit."

Quentin trat etwas näher heran. Da war Gerrit. Kathy, seine Frau, lag nicht neben ihm, sondern einige Meter entfernt. „Das da ist Gerrit Sanderson", erklärte Quentin und deutete auf ihn, „und das da drüben ist seine Frau, Kathy Sanderson. Ich glaube, ihr ursprünglicher Name war Raffles oder so ähnlich."

Die beiden waren damals gemeinsam in den Orden eingetreten. Zu Anfang hatte sie das alles gar nicht gewollt, Gerrit hatte sie erst überzeugen müssen. Sie hatte immer spöttisch auf alles geblickt, hatte sich ein wenig abseits gehalten, sich immer wieder lustig gemacht.

Aber nach einiger Zeit war sie tiefer eingestiegen. Jo hatte erkannt, dass in ihr Potenzial schlummerte, und er hatte sie gefördert. Er hatte sie zur reinkarnierten Jeanne d'Arc erklärt und sie zur Wächterin der Heiligen Stätten ernannt. Vorher hatte sie in einer Unternehmensberatung gearbeitet und war es gewohnt, Leute zu führen, harte Entscheidungen zu treffen, Menschen herunterzumachen und zu demütigen. Nach einer Weile hatte sie dann hier im Orden einfach damit weitergemacht. Sie wurde Jos rechte Hand, leitete den ganzen Einkauf, die Logistikabteilung und verwaltete die Immobilien des Ordens. Bald schien sie es zu genießen, alle zu tyrannisieren. Sie wurde die Glaubensstärkste und Fanatischste von allen. Ihrem Ehemann warf sie immer wieder vor allen Mitgliedern vor, dass er wankelmütig in seinem Glauben sei, dass er sich nicht genug einbringe in die Gemeinschaft.

Dann war sie Jos Geliebte geworden. Der hatte stolz vor der ganzen Gemeinde verkündet, der Hohe Rat des Sirius habe den Beschluss gefasst, dass die beiden nun auf einer höheren Ebene verbunden seien.

Gerrit hatte das alles still leidend hingenommen. Er war immer mehr an den Rand gedrängt worden.

Dann wurde er für einige Monate in ein halb verfallenes Haus in Kanada abgeschoben.

Jo hatte ihm erklärt, dass er einen wichtigen Auftrag für ihn habe. Die Väter hätten angewiesen, die hängenden Gärten von Babylon neu anzulegen. Dafür hatte der Orden dieses verfallene Anwesen gekauft und man hätte ihn erwählt, diese Aufgabe umzusetzen. Er könne stolz darauf sein. Wenn es ihm gelänge, dann könnte er die Zustände in Afrika durch transsphärische Wechselwirkung zum Besseren wenden.

Wochenlang renovierte er dann mutterseelenallein das ganze Haus, strich die Wände, verputzte, richtete den ganzen Garten her, weil er glaubte, einen heiligen Auftrag zu erfüllen, während der Sektenführer mit seiner Frau schlief.

Ein halbes Jahr später wurde das Haus dann gewinnbringend verkauft. Jo erklärte, Gerrit habe durch eine Verunreinigung seines Geistes die Gärten unbrauchbar gemacht, die Väter seien sehr unzufrieden mit ihm. Gerrit schluckte diese Erklärung ohne jedes Murren.

Sie glaubten Jo alles. Die gesamte Weltgeschichte ergab auf einmal einen Sinn.

Jo war der wiedergeborene Jesus Christus. Er erzählte, wie es damals mit Maria Magdalena wirklich gewesen war. Und dass Jesus damals in Wahrheit nicht am Kreuz gestorben war, sondern nach Indien geflüchtet sei.

Es war immer faszinierend zu sehen, wie sehr er selber an seine Geschichten zu glauben schien. Quentin kam manchmal beinahe selbst ins Zweifeln.

Neben Gerrit lag ein bulliger Typ mit Bürstenschnitt. Seine Augen waren weit aufgerissen, gerade so, als hätte er genau im Augenblick des Todes die Wahrheit erkannt.

„Und dieser hier heißt Henry. Der Nachname ist Willerton oder Wilderton; kam ursprünglich aus Arkansas, glaube ich. Er war früher bei der Polizei."

Henry war der Leiter der internen Wachtruppe gewesen. Er hatte alle bespitzelt, ihre Telefonate überprüft, sie manchmal beschattet, wenn sie zum Einkaufen in den Ort gefahren waren. Sie mussten sich von allem trennen, von ihrer Familie, von ihren alten Freunden, sollten nur noch für den Orden da sein. Ein Drittel ihres Vermögens und ihres Einkommens war stets an den Orden zu spenden.

Quentin war sich immer sicher gewesen, dass Henry sich nicht an so etwas wie dem hier beteiligen würde. Irgendwie hatte es immer den Eindruck gemacht, als würde Henry das alles durchschauen, als würde er nur mitmachen, weil er Spaß daran hatte, andere zu gängeln und zu überwachen.

Jetzt lag auch er da. Seine Hände waren nicht gefesselt. Er sah irgendwie glücklich aus.

„Er war bei der Polizei?" Der Chef schüttelte den Kopf. Sein Gesicht mit den roten Äderchen schien blasser geworden zu sein. „Die sind ja alle komplett durchgedreht."

„Ja, am Anfang denkt man, das sind alles Irre. Aber nach einer Weile fängt man an, sie zu verstehen. Sie wollen dieser öden Welt entfliehen, sie glauben, dass sie an etwas Höherem teilhaben könnten. Jo hat ihnen das Gefühl gegeben, dass sie etwas Wichtiges tun. Es ist wie in einer Familie. Man hat nur noch sie."

Nach einer Weile hatte sich Quentin in dem Orden eigentlich ganz wohlgefühlt. Alle waren meist freundlich zueinander, es war oft recht harmonisch. Jos Autorität wurde nicht hinterfragt, alle fügten sich zufrieden in ihr Schicksal. Jede Nachricht, die im Fernsehen

146

kam, wurde von Jo erklärt. Wenn die Amerikaner wieder irgendwo einmarschierten, erläuterte er ihnen die wahren Hintergründe, dass dies der Ausdruck eines kosmischen Ungleichgewichts war, das sie durch Rituale und Meditation auszugleichen versuchten. Wenn ein Erdbeben in Indonesien Tausende tötete, so erklärte ihnen Jo, dass dies eine Erschütterung der kosmischen Ordnung war. Die Überschwemmungen in Bangladesch waren eine Folge des Konflikts mit Aldebaran.

Durch ihre gemeinsamen Meditationen war es ihnen sogar gelungen, einige Kriege zu beenden. Waren sie dagegen ungehorsam, so konnte dies furchtbare Folgen haben: ein Erdbeben, eine Flutkatastrophe, einen Amoklauf. Alles hing mit allem zusammen.

Als Kathy einmal Streit mit Dorothy angefangen hatte wegen irgendeiner Kleinigkeit, prophezeite Jo: „Das bedeutet Unglück!"

Am nächsten Tag waren die Zeitungen voll mit Berichten über einen Flugzeugabsturz über dem Indischen Ozean. Kathy war am Boden zerstört. Alle schnitten sie, keiner redete mehr mit ihr. Sie konnte ihre eigene Schuld kaum ertragen.

„Jo, das Oberhaupt des Ordens, hat ihnen das Gefühl vermittelt, dass sie etwas bewegen würden. Dass sie die Welt verbessern könnten."

„Dieses Schwein sitzt jetzt sicher irgendwo am Strand und verjubelt die Kohle dieser armen Idioten." Der Chief schien sich nur mühsam zu beherrschen.

Quentin lächelte müde, dann zeigte er auf einen beleibten Mann mit ergrauten Haaren, der an der oberen Seite des Sterns aus Leichen lag. „Eher nicht. Das da ist er."

Jos Gewand, das sich über dem runden Bauch wölbte, war ein wenig dunkler als das der anderen, und das Tatzenkreuz auf seiner Brust war etwas größer, sonst unterschied es sich in nichts. Er sah irgendwie zufrieden aus, wie er da lag. Fett und glücklich. „Jo di

*Ambro. Wahrscheinlich nicht sein richtiger Name; er stammt ur-
sprünglich aus der Schweiz."*

*Der Chief schüttelte den Kopf. „Er hat sich ebenfalls umge-
bracht? Warum? Er hat doch gewusst, dass das alles nur eine Lüge
ist."*

*„Vielleicht hat er seine Jünger ebenso gebraucht wie sie ihn. Was
hätte er tun sollen ohne sie? Sie waren auch seine Familie. Er hat
sie ebenso geliebt wie sie ihn." Quentin betrachtete die Leichen. Sie
sahen so ruhig aus.*

Ein wenig beneidete er sie.

Quentin wachte auf. Einen Augenblick lang wusste er nicht,
wo er war. Panik stieg in ihm auf. Dann sah er vor sich den
Bildschirm mit der Flugroute und beruhigte sich.

Schon lange hatte er nicht mehr von dem Massenselbstmord geträumt. Aber er konnte die Gesichter einfach nicht
vergessen.

Gleich würden sie landen. Nach der Besprechung mit
dem Monsignore gestern war er in die Südstaaten aufgebrochen, um sich die Bikertruppe anzuschauen, bei welcher die
Mädchen verschwunden waren.

Im Flugzeug trug Quentin ausnahmsweise einmal sein
schwarzes Priestergewand. Er fühlte sich immer unwohl darin, wie verkleidet. Als würde er eine Rolle spielen. Aber bei
Flügen hatte das doch Vorteile. Alle behandelten einen so
fürsorglich, als ob man eine schwere Krankheit hätte. Kinder fragten ihre Eltern, was das für ein seltsamer Mann sei,
und man wurde in jeder Warteschlange vorgelassen. Die
Stewardessen waren immer bemüht, ihm einen Extradrink
zu bringen, und manchmal bekam er sogar ein Upgrade für
die Erste Klasse.

Der junge Geistliche wartete auf ihn direkt am Gate und hielt ein großes Pappschild mit seinem Namen darauf hoch. Als er Quentin sah, weiteten sich seine Augen, und er begrüßte ihn ein wenig zu herzlich.

Er war noch jung, er hatte noch das Feuer des Enthusiasmus in seinem Blick.

Ein wenig erinnerte er Quentin an sich selbst vor vielen Jahren.

Dann bestand der junge Priester darauf, ihm den Koffer zu tragen.

Als sich die gläsernen Schiebetüren des Terminals vor ihnen öffneten, traf die schwüle Hitze Quentin im Gesicht wie ein nasses Handtuch.

Der junge Priester hielt ihm die Autotür auf, fragte ihn dreimal, ob er einen guten Flug gehabt habe. Immer wieder blickte er zu Quentin herüber, so als ob er aus dessen Gesicht etwas herauszulesen versuchte. Beinahe glaubte Quentin, dass er ihn gleich um ein Autogramm bitten würde. Beim Anfahren würgte er den Motor ab, so aufgeregt war er. Darüber, dass man dem jungen Mann ein Auto mit Schaltgetriebe anvertraut hatte, wunderte er sich nur kurz.

Als sie auf dem Highway waren, schaute der junge Pastor herüber zu Quentin. Er platze beinahe vor Neugier. Quentin wusste genau, was gleich passieren würde. „Stimmt es, was man über Sie erzählt?"

„Wahrscheinlich nicht, nein." Er schämte sich ein wenig dafür, dass diese schaudernde Bewunderung ihm tatsächlich schmeichelte. Eigentlich sollte er über solche Kindereien hinaus sein.

„Sie haben über 3000 Exorzismen durchgeführt?"

„Bei weitem nicht so viele. Und es waren viele zweifel-

hafte Fälle dabei. Menschen mit psychischen Störungen ...
Schizophrenie, Tourette-Syndrom. Man hat den Eindruck,
dass sie besessen sind. Aber ein Psychiater würde sie in kli-
nische Behandlung überweisen. Immerhin ist es auch einem
Priester möglich, den Menschen zu helfen, ihre Wahnvor-
stellungen zurückzudrängen. Das ist schon eine Genugtu-
ung."

„Und haben Sie auch echte Fälle gesehen? Haben Sie je
den Teufel gesehen?", fragte der junge Priester und warf einen kurzen Seitenblick zu Quentin auf dem Beifahrersitz,
während er den Wagen durch den dichten Verkehr lenkte.

Quentin schwieg einen Augenblick lang. „Ich bin mir
nicht sicher. Ich habe das Böse gesehen, die Sünde, den
Wahnsinn, ... aber den Teufel?"

„Und davor waren Sie jahrelang als verdeckter Ermittler
tätig. Sie haben bestimmt merkwürdige Dinge erlebt. Sie
waren damals in Kanada dabei, nicht wahr?"

Quentin sagte nichts.

Die ganze Angelegenheit war damals übel ausgegangen.
Manchmal sah er die gefesselten Frauen noch vor sich.

Der junge Pater steuerte das Auto so vorsichtig wie ein
Fahrschüler. Er beachtete jeden Blick über die Schulter,
setzte den Blinker vorschriftsmäßig. Er fuhr immer mindestens einen Gang zu niedrig; an Steigungen ruckelte der Wagen und kam kaum voran.

„Haben Sie die Ausrüstung, um die ich gebeten habe?"

„Ja, im Kofferraum. In meinem Büro haben sie ganz
schön merkwürdig geschaut, als ich ihnen die Liste vorgelegt
habe. Sie tragen im Einsatz eine Pistole?"

„Manchmal ist das hilfreich, ja." Mit einem schiefen Lächeln sah Quentin zu dem jungen Pater hinüber. „Was ha-

ben Sie erwartet? Weihwasser? Silberkugeln? – Das ist nur die Standardausrüstung. Die anderen Waffen werden in den nächsten Tagen per Kurier geliefert."

Der junge Priester machte große Augen. Dann griff er umständlich hinter sich, nahm ein großes Kuvert vom Rücksitz und reichte es ihm. Dabei verriss er das Lenkrad und der Wagen fuhr beinahe in den Gegenverkehr. Hastig packte er das Lenkrad wieder mit beiden Händen und steuerte den Wagen zurück auf die Mitte des Fahrstreifens.

„Hier sind die Unterlagen, wie angefordert. Erstklassige Arbeit, unsere ganze Abteilung hat daran gesessen. Ich habe mir Ihre Tarnidentität einmal im Internet angeschaut. Das hat alles die Kirche gemacht? Beeindruckend."

Der Pater verschaltete sich, der Motor heulte kurz auf, und der Wagen bremste abrupt ab. Er schaltete herunter und gab Gas, das Auto beschleunigte plötzlich und sie wurden in die Sitze gedrückt. „Und Sie wollen wirklich zu den Arischen Brüdern? Das sind verdammt unangenehme Kerle."

„Ja, das habe ich auch gehört. Aber meine Hinweise sind eindeutig."

„Sie kommen da vielleicht … nicht mehr heraus."

„Ich werde die örtlichen Behörden auf dem Laufenden halten. Die werden wissen, wo ich bin."

„Ich werde für Sie beten. Gott wird Sie schützen."

Quentin nickte lächelnd.

Sie kamen in die Außenbezirke der Stadt und der Verkehr wurde ruhiger.

Der Glaube war etwas Seltsames. Es gab südamerikanische Drogenbosse, die dreimal am Tag beteten, die für Arme spendeten und dennoch ohne jedes Zögern nach der

Messe einen Mord an einer achtköpfigen Familie anordneten.

Es gab katholische Priester, die jahrzehntelang in südamerikanischen Slums ihr Leben aufs Spiel setzten, um Jungs vor den örtlichen Gangs zu retten – und diese dann sexuell missbrauchten.

Es gab Kirchenobere, die so fest in ihrem Glauben zu sein schienen und die dennoch diese Priester deckten und versuchten, alles zu vertuschen.

Manchmal hasste er die Kirche. Es gab gar nicht so wenige Priester, denen es so ging wie ihm. Er fühlte sich immer wie ein untreuer Ehemann. Doch er hatte ewigen Gehorsam geschworen, und er gedachte, sich daran zu halten.

Der Wagen hielt ruckelnd vor dem Hotel. Dem hochtrabenden Namen „Palace Inn" zum Hohn sah es von außen aus wie eine heruntergekommene Bruchbude. Die Kirche buchte ihm oft die merkwürdigsten Unterkünfte.

Als der Pater ihm die Tür geöffnet und den Koffer auf den Bürgersteig gestellt hatte, sagte er zögernd: „Ich – ich würde gern mitkommen."

„Mitkommen?"

„Ich glaube, ich könnte hilfreich sein. Vor dem Priesterseminar war ich Mitglied bei einer Miliz. Ich kann schießen. Ich war im Boxclub an der Universität."

„Ich fürchte, diese Aufgabe muss ich allein erledigen. Aber vielen Dank."

Der junge Priester sah so enttäuscht aus, dass Quentin beinahe schmunzeln musste. Zum Abschied schüttelte Quentin ihm die Hand, was er sonst selten tat.

„Vielen Dank noch einmal. Wenn ich Unterstützung brauche, sage ich Ihnen Bescheid."

Ein wenig genoss Quentin die Bewunderung. Für diesen jungen Priester war er eine Art Held, der in eiserner Rüstung gegen die Finsternis kämpfte. Der glaubte noch an ein Happy End und an eine goldene Morgenröte.

Quentin wünschte sich, er würde recht behalten.

Kapitel 18

Auf der anderen Straßenseite parkten unzählige Motorräder in einer langen Reihe, alles Chopper mit endlos langen Vordergabeln, chromverzierten Tanks, Sitzpolstern mit Fransen und Nieten. Einige Typen in Lederwesten über dem nackten, fetten Oberkörper standen davor und tranken Bier aus der Flasche. Von drinnen drang ein düsteres Brüllen und Dröhnen heraus.

Über dem Eingang stand in grellen Neonbuchstaben „Arian Star". Der Buchstabe S flackerte ab und zu und warf seinen Schein in die Pfützen auf dem Asphalt.

Quentin stand an der Ecke und betrachtete die Kneipe auf der anderen Seite der Straße. Um Mitternacht sollte er dort den Duke treffen, den Großmeister dieses Ordens. Andrew hatte ihm den Kontakt vermittelt. In Kürze würde es so weit sein.

Der Laden lag in einer einsamen Gegend in der Vorstadt, wo es sonst nur lang gestreckte Fabrikhallen und endlose, hell erleuchtete Parkplätze gab. Weiter die Straße entlang parkten einige Pick-ups mit dicken Reifen.

Von links ertönte ein dunkles, blubberndes Motorengeräusch. Ein weiterer Biker kam angefahren. Er saß nach hinten gelehnt, die Arme weit oben an dem hohen Lenker, die Füße in den Cowboystiefeln vorgestreckt. Über dem Vorderrad prangte ein silberner Totenkopf, und auf dem Tank glitzerte ein Hakenkreuz aus Strass. Sein Motorradhelm sah aus wie ein deutscher Wehrmachtshelm; zwei verchromte Hörner waren darauf angebracht. Er rollte auf seiner Harley heran, die tuckerte wie ein alter Traktor, hielt an und steuerte sein Bike dann mühsam rückwärts zwischen die anderen Maschinen. Dann quälte er sich vom Sattel und zog den Helm vom Kopf.

Er hatte eine Glatze und einen fransigen Bart, der ihm bis auf die schwabbelige Brust unter seiner Lederweste reichte. Die anderen Biker begrüßten ihn, indem sie die hochgereckte Rechte mit ihm ineinander schlugen.

Quentin sah an sich selbst hinunter. Auch er trug eine Nietenweste, Bikerboots und speckige Jeans mit Nieten. Das war ein Teil der Ausrüstung, die der junge Priester beschafft hatte.

Er würde nicht sonderlich auffallen. Er hatte die Fähigkeit, auszusehen, als würde er dazugehören. Egal ob auf einer Party von Milliardären oder in einer Vorstadtsiedlung, ob auf einer Aktionärsversammlung oder beim Treffen einer Drogengang, er fiel niemals auf. Sie hielten ihn immer für einen der ihren. Und sie ahnten nicht, wie unrecht sie hatten.

Langsam löste er sich aus dem Schatten und ging breitbeinig und mit schleppenden Schritten hinüber.

Die Typen hoben den Kopf, als sie ihn sahen, einige nickten ihm kurz zu.

Drinnen war der Lärm ohrenbetäubend. Eine Band stand auf der Bühne, dürre Gestalten, die mit dem Kopf im stampfenden Rhythmus der Musik auf und nieder ruckten. Es roch nach Schweiß und verschüttetem Bier. Davor wogte die Menge wie ein Meer aus Fleisch. Die meisten hatten einen nackten Oberkörper, einige muskulös, andere fett und aufgedunsen. Ein paar dürre Skinheads in weißem Unterhemd, einige tätowierte Fettwänste mit Bart, viele Rednecks, ein paar schwammige Frauen im Minirock, in Netzstrümpfen und mit zerzauster, toupierter Dolly-Parton-Frisur. Viele hatten Tattoos: Hakenkreuze, Adler mit ausgebreiteten Schwingen, irgendwelche Sprüche in Fraktur-Schrift.

Der Sänger brüllte mit geschwollener Halsader in sein Mikrofon, die Stimme war völlig verzerrt. Er trug ein enganliegendes T-Shirt über seinem Schmerbauch, darauf war die amerikanische Flagge mit einem Hakenkreuz zu sehen. Daneben stand breitbeinig ein dürrer Typ in weißem Unterhemd, der seinen Bass tief bei den Knien hängen hatte und der den Kopf vor- und zurückwarf, als versuchte er, mit der Stirn einen Nagel in die Luft vor sich zu rammen.

Die Leute unten vor der Bühne sprangen in stampfendem Rhythmus auf und ab. Es sah ein bisschen aus wie eine Massenschlägerei, sie warfen sich gegeneinander, schleuderten die Köpfe hin und her, brüllten den Text mit in den Nacken gelegtem Kopf mit. Er verstand kaum etwas, nur Worte wie „Jude" und „Endsieg".

Ein Typ mit Glatze und langem Bart, bis zum Hals hinauf tätowiert, knallte gegen Quentin, der stieß ihn weg und ging weiter.

Hinter der Theke hingen Büffelschädel; eine dürre Blondine mit knochigen Knien tanzte ungelenk auf dem Tresen.

Vor dem Eingang zum Büro standen zwei stämmige Skinheads. Sie sahen fast aus wie Zwillinge, trugen unglaublich enge Jeans und glänzende Springerstiefel mit weißen Schnürsenkeln. Erst wenn man näherkam, konnte man sehen, wie jung sie waren. „Mein Name ist Frank Lemond. Ich habe einen Termin beim Duke."

Quentin versuchte, möglichst martialisch zu klingen.

Sie nickten ihm zu und ließen ihn hinein.

In dem Hinterzimmer saß der Duke. Quentin erkannte ihn sofort. Er hatte vom FBI die spärlichen Akten über diese Truppe bekommen. Die Kirche hatte gute Kontakte.

Er hatte lange fettige Haare, einen dichten Schnauzbart und die wuchtige Figur eines in die Jahre gekommenen Schwergewichtsboxers. Der Duke war das Oberhaupt des Ordens. An der Wand hinter ihm hingen Bilder von Typen in weißen Kutten mit Kapuzen. Ein umgedrehtes Kreuz hing an der Wand und ein Poster von Adolf Hitler vor einem blutroten Pentagramm. In einer Vitrine lagen polierte Colts und Ritualdolche auf dunklem Samt.

Vor seinem Schreibtisch saß eine Gruppe junger Gefolgsleute. Einige von ihnen sahen aus wie auf alten Fotografien von Versammlungen der Hitlerjugend. Sie hatten die Haare an den Seiten abrasiert, trugen braune Hemden, bis oben zugeknöpft, und einen scharfen Seitenscheitel.

Der Duke redete im Stil eines Predigers zu seinen Jüngern. „Sollen wir uns weiterhin von Migranten überfluten lassen? Unser Herr Satan hat die weiße Rasse als seine Gefolgschaft erwählt. Niggern, Reisfressern und Latinos werden wir den Weg zeigen, sobald wir einmal die Herrschaft übernommen haben. Es dauert nicht mehr lange. Unser Reich ist nah, das Reich des Antichristen wird anbrechen."

Die Typen hingen an seinen Lippen, sie nickten eifrig mit offenem Mund.

Grinsend sah der Duke zu ihm auf, sodass man seine grau verfärbten Zähne sah. Sein an den Mundwinkeln herunterhängender Walross-Schnauzbart verlieh seinem Gesicht einen Ausdruck von Verdrossenheit.

Er hatte schon einmal zehn Jahre im Knast gesessen, weil er einen Schwarzen mit dem Baseballschläger totgeprügelt hatte.

Neben dem Duke stand ein Typ mit der dürren Figur eines Junkies und mit Tattoos im Gesicht. Das war Francis – Quentin hatte in der Akte über ihn gelesen. Er war die Nummer zwei in dem Laden hier und würde gern alles übernehmen. Ein anderer Typ mit Pferdeschwanz stand auf der anderen Seite und sah ihm aggressiv ins Gesicht, aber sein Blick war verschwommen wie von zu vielen Drinks und unstet, als hätte er Schwierigkeiten, ihn zu fixieren. Seine Haare waren so dünn, dass man die Kopfhaut darunter sehen konnte.

Der Duke lächelte ihm böse von hinter seinem Schreibtisch entgegen.

„So, das ist also dieses Wunderkind von den Brüdern im Westen. Bruder Andrew hat für dich gebürgt; der ist ja regelrecht begeistert von dir! Er sagt, du würdest gern in die Bruderschaft einsteigen. Stimmt das?"

Quentin nickte. „Das wäre was für mich, glaube ich", sagte er mit tiefer Stimme.

„Ach, glaubst du? Unser Schönling hier ist ein harter Kerl, hm?" Der Duke blickte spöttisch in die Runde. Alle grinsten zurück. Der mit dem Pferdeschwanz lächelte jetzt breit und zeigte dabei einen funkelnden Brillanten auf einem Schneidezahn. „Wir sollten erst mal sehen, aus welchem Holz er geschnitzt ist", sagte er mit schwerer Zunge.

Der Duke nickte nachdenklich. „Wir haben morgen Abend ein Treffen. Komm um Mitternacht vorbei. Dann sehen wir weiter."

Das riesige Autobahnkreuz lag mitten im Nichts. Drumherum war Weideland, in der Ferne konnte man einige Lagerhäuser erkennen. Ein Umspannwerk eine halbe Meile entfernt lag grell erleuchtet da.

Hier trafen sich zwei Interstates mitten im Nichts. Dort hinten ging es nach Huntsville, in zwei Stunden erreichte man die Berge. Links ging es nach Hoover. Es war ein Gewirr von Brücken und Auf- und Abfahrten. Die Trucks donnerten vorbei; in einer langen Linie aus roten Rücklichtern schlängelte sich der Strom bis hinauf in die Hügel.

Auf einer Rasenfläche im Dunkeln standen einige Motorräder, viele Pick-ups und SUVs.

Langsam fuhr er auf den Grünstreifen, parkte und machte den Motor aus.

Er stieg aus. Die Luft war kühl, es roch nach Gras und nach Abgas.

Ein Typ kam auf ihn zu. Seine Schritte knirschten auf dem Kies. Mit einer Taschenlampe leuchtete er ihm ins Gesicht. Der andere war schlecht zu erkennen im Gegenlicht, aber man konnte sehen, dass er ein halbautomatisches Gewehr über der Schulter trug. Wortlos zeigte er auf die Brücke einige Hundert Meter entfernt. Quentin nickte ihm zu und ging weiter.

Immer wieder donnerten riesige Trucks vorbei. Die Scheinwerfer blendeten ihn kurz, und der Windstoß warf ihn jedes Mal beinahe um.

Ein Truck Stop glitzerte mit seinen Lichtern weiter hinten an der Interstate. Wie ein gelandetes Raumschiff stand da ein riesiges Schnellrestaurant, eine Spielhalle mit blinkender Reklame, eine Tankstelle und das rote Neonherz eines trostlosen Bordells.

Unter einer der Brücken war eine riesige betonierte Fläche. Vielleicht zwanzig Menschen waren dort versammelt. In ihrer Mitte stand der Duke. Über ihnen rumpelte der endlose Strom an Trucks und Autos. Wenn einer der Lastwagen oben über die Brücke fuhr, konnte man spüren, wie der Betonboden leicht bebte unter ihnen.

Alle sahen ihn an, als er näherkam.

Es waren ähnliche Typen wie gestern in der Bar, aber jetzt etwas unauffälliger gekleidet. Keine Lederwesten mehr auf nackter Haut, sondern Jeans und T-Shirts.

Einige trugen halbautomatische Gewehre. Das offene Tragen von Waffen war in diesem Bundesstaat erlaubt, aber dennoch war das ein ganz schön massiver Aufmarsch.

Der Duke lächelte ihm irgendwie undurchdringlich entgegen. „Heho, er ist gekommen, Leute. Heute ist seine Feuertaufe." Beifälliges Murmeln. Alle sahen ihn grinsend an.

Die Kerle nickten ihm zu.

Feuertaufe. Das klang nicht gut.

Fünf Minuten später gingen sie durch das niedrige Gras auf die Lichter der Stadt zu.

Vor ihnen tauchten Baracken auf, leere Straßen und Maschendrahtzäune. Die ganze Gegend sah so lustlos aus wie eine Straßennutte, alles wirkte wie sinnlos hingeworfen.

In einiger Entfernung, an der Kreuzung vor ihnen, standen drei Schwarze. Sie waren hell erleuchtet von den Straßenlaternen, redeten laut und heftig gestikulierend miteinander. Der Duke bedeutete seiner Gruppe, stehen zu bleiben, und sah dann leise lächelnd zu ihm. „Das sind die Schweine. Sie verkaufen Drogen an unsere Kinder. Sie schänden unsere Frauen. Doch heute Nacht schlagen wir

160

zurück. Bist du bereit? Bist du bereit, deinem Herrn Satan zu dienen?"

Quentin nickte, doch in seinem Hirn arbeitete es fieberhaft. Allmählich ahnte er, worauf es hinauslief.

Der Duke sah in die Runde. „Heute wird unser Bruder in den Kreis aufgenommen. Heute soll er unseren Bund mit Blut besiegeln. Er soll vor den Altar des Antichristen treten und sich mit Satan vermählen." Die Stimme des Duke klang so rau, als hätte er gerade eine Schachtel Filterlose geraucht.

Der Typ mit dem Pferdeschwanz, der ihn schon die ganze Zeit so aggressiv angeschaut hatte, kam auf ihn zu. „Ich finde, er sieht aus wie ein Weichei."

Die drei Schwarzen vor ihnen unterhielten sich und hatten offenbar keine Ahnung, dass sich eine Horde Nazi-Satanisten im Dunkeln um sie zusammenrottete.

Quentins Hirn arbeitete weiter fieberhaft. Er sah sich um. Es war eine einsame Gegend, hier war nachts nichts los. Wenn Schüsse ertönten, würde es wohl niemand mitbekommen.

Er konnte spüren, wie die Typen neben ihm sich strafften und ihre Waffen fester packten. Man konnte es regelrecht spüren, wie sie sich mit Hass aufluden.

Der Duke gab ein Zeichen und alle setzten sich in Bewegung. Sie gingen durch das Gras, das spärlich neben der Straße wuchs. Dann traten sie aus dem Dunkel.

Die drei Schwarzen hörten auf zu reden und starrten zu ihnen. Sofort wandten sie sich um, doch von der anderen Seite kamen nun weitere von Dukes Leuten.

Sie bildeten einen Kreis um die drei Schwarzen. Diese hoben die Arme, um zu zeigen, dass sie unbewaffnet waren. Sie hatten den üblichen resignierten Ausdruck im Gesicht.

Schon so oft waren sie von Cops angehalten, an der Theke nicht beachtet worden, man hatte sie schon so oft schräg angeschaut und mies behandelt. Sie wussten nur zu gut, was nun geschehen würde.

Der Duke sah sie mit einem kalten Lächeln an. „Los, hinknien." Seine Stimme war bedrohlich leise.

Der Wortführer der drei Schwarzen war ein hochgewachsener Mann mit Afrofrisur und in Lederjacke. „Okay, Leute, wir wollen keinen Ärger."

„Den habt ihr schon. Hinknien, Nigger. He, Frank, komm her."

Einen Augenblick lang begriff Quentin gar nicht, dass er gemeint war. Der Duke hielt ihm eine 45er entgegen. „Bist du bereit, Satan zu dienen?"

Er nahm die Waffe und wog sie in der Hand. Sie war geladen, das spürte er. Sie meinten es ernst.

Der Typ mit dem Pferdeschwanz kam auf ihn zu. „Was ist los, Niggerfreund?" Er tippte ihm respektlos an die Schulter, so wie das jemand machte, wenn er Streit suchte.

„He, fass mich nicht noch einmal an." Jede Art von Ablenkung war ihm jetzt recht.

„Ach ja?" Der andere streckte wieder die Hand aus, wie um ihm einen Stoß zu versetzen, doch kaum hatte er Quentin berührt, schoss dessen Hand nach oben, er packte den anderen am rechten Handgelenk und verdrehte es mit einem Ruck, sodass es knackend brach.

Der Pferdeschwanz war einen Augenblick erstarrt vor Schmerz, dann wimmerte er leise, umfasste seinen Arm mit der anderen Hand und sank auf die Knie.

Die anderen Typen lachten.

Der Duke schlug Quentin anerkennend auf die Schulter.

„Ich nehm's dir nicht übel. Er ist wirklich eine Nervensäge."

Der Schwarze in der Lederjacke kniete jetzt vor ihm und sah ihm direkt in die Augen. Die anderen beiden Schwarzen standen mit halb erhobenen Händen und angespannter Miene hinter ihm.

Quentin überlegte fieberhaft. Wie kam er hier wieder heraus?

Der Duke sah ihn von der Seite an. „Was ist los?"

Es musste einen Ausweg geben. Es gab immer einen.

Alles auf eine Karte. Scheiß drauf.

Er drehte sich um und schoss dem Duke ins Gesicht.

Alle schrien auf und richteten ihre Gewehre auf ihn. Er ließ die Waffe fallen und hob die Hände. Jetzt war der gefährlichste Moment, jetzt konnte sofort einer schießen. Er versuchte, ruhig zu atmen und keine hektischen Bewegungen zu machen.

Der Kniende erhob sich langsam und nickte den anderen kurz zu. Dann nutzten sie
die Verwirrung und rannten weg.

Quentin kniete sich hin und verschränkte die Hände hinter dem Kopf. Der Typ mit der gebrochenen Hand fummelte mit der Linken seine Knarre aus dem Hosenbund.

Als eine kurze Pause in dem allgemeinen Geschrei entstand, rief Quentin: „Der Duke war ein Spitzel vom FBI. Er ist übergelaufen."

Der Typ mit dem Pferdeschwanz drückte ihm mit der linken Hand die Pistole in den Nacken. „Halt's Maul."

„Die Brüder aus Alabama haben mich hierhergeschickt, um ihn zu erledigen. Ich habe Beweise dabei, in meiner linken Jackentasche."

Er hatte gefälschte Zeugenaussagen, manipulierte Fotos,

die den Duke mit Agenten des FBI zeigten, sogar einen unterschriebenen Informantenvertrag. Die örtliche Kirchenvertretung hatte ihm das Material angefertigt. Er trug so etwas immer bei sich, als Versicherung im Notfall. „Überlegt doch mal. Warum sonst hätte ich das tun sollen?"

„Ich knall dich ab."

„Meinetwegen schieß. Aber tu mir einen Gefallen."

„Ach ja? Welchen denn?"

„Halt den Lauf ein bisschen höher und hör auf, so zu zittern. Du benimmst dich, als hättest du noch nie einen Menschen erschossen. So wie du die Knarre hältst, überlebe ich am Ende vielleicht noch. Schwer behindert. Das wäre auch nicht in deinem Sinne, dann könnte ich vielleicht noch aussagen gegen dich."

Die Leiche des Duke lag direkt neben ihnen. Langsam breitete sich eine Blutlache um seinen Kopf aus.

Francis, der Typ mit den Tattoos im Gesicht, ging vorsichtig um die Blutlache herum und hielt ihm jetzt ebenfalls die Knarre an den Kopf.

„Du redest zu viel." Er versuchte, schroff zu klingen, aber er konnte seinen Respekt nicht verbergen.

Einen Augenblick lang herrschte Stille.

Je länger es dauerte, desto mehr stiegen seine Chancen.

Er begann innerlich zu zählen. Wenn er bis fünf kommen würde, könnte er es schaffen.

Eins.

Zwei.

Als er bei sieben war, griff eine Hand in seine Jackentasche. Da war der Umschlag mit den gefälschten Beweisen. Er hörte das leise Rascheln von Papier. Nach einer Minute sagte Francis: „Nimm die Waffe runter."

„Aber ...“

„Halt's Maul. Nimm die Waffe runter, habe ich gesagt. Keiner wäre so verrückt, so eine Scheiße abzuziehen. Schaut euch das an. Der Duke wollte uns verarschen. Hier, er hat sich mit dem Bezirksdirektor des FBI getroffen. Los, steh auf.“

Alle hatten die Waffe gesenkt, nur der Pferdeschwanz zielte noch in Richtung seiner Knie. Francis ging zu ihm und nahm ihm die Pistole ab.

Er kam auf Quentin zu und drückte sie ihm in die Hand. „Aber deine Feuertaufe steht noch aus. Ich brauche einen Beweis, dass du auf unserer Seite stehst. Die Nigger sind ja leider weg.“

Francis zeigte auf den Typen mit dem Pferdeschwanz. „Los, leg ihn um.“

Quentin sah den Pferdeschwanz-Typen an. Dann hob er die Pistole und schoss.

Kapitel 19

„Die Apokalypse ist nah. Wenn Jerusalem fällt, wird es zur Schlacht am Ende aller Zeiten kommen, zum Armageddon. Die große Hure Babylon wird aus dem Meer aufsteigen und dann wird der Entscheidungskampf stattfinden zwischen den Heerscharen Gottes und den Schlachthaufen des Teufels."

Quentin saß mit einer Handvoll anderen in einem Bunkerraum mit niedriger Decke.

Über drei Stunden war er mit Francis durch die unendlichen Wälder von Wyoming gefahren, bis sie bei dem Bunker angekommen waren. Seit der Schießerei vor zwei Wochen war Quentin bei den „Arischen Brüdern" hoch angesehen, und Francis wollte ihm hier irgendetwas zeigen.

Es war eine ehemalige Anlage der amerikanischen Armee. Der Eingang lag tief in der Wildnis verborgen. Sie waren beinahe eine Stunde lang zu Fuß unterwegs gewesen. Dann hatte man sie durch endlose Gänge, von denen der Putz abbröckelte, hierher in den großen Versammlungsraum gebracht.

Hier hauste eine Art Satanisten-Prepper-Miliz, eine Handvoll Spinner, die sich auf den Weltuntergang vorbereiteten, auf einen Atomkrieg oder auf die Zombie-Apokalypse. Ein gewaltiges Areal von Tausenden unterirdischen Quadratmetern.

Der Typ vor ihnen sah aus wie der typische Hardcore-

Republikaner: Schirmmütze, Daunenweste, grobe Arbeitsstiefel und zauseliger Bart. Hinter ihm hing eine amerikanische Flagge.

Er hob die Arme und fuhr fort: „Die Endzeit hat schon begonnen. Überall kann man die Zeichen sehen. In Israel tobt bereits der große Krieg. Die Schwarzen rüsten auf. Es gibt immer mehr Nigger-Milizen, die sich bewaffnen. Migranten fluten unser Land. Nur Satan wird uns von diesem Abschaum befreien."

Quentin verzog keine Miene. Der Teufel war ihm schon in den seltsamsten Verkleidungen begegnet, und dies war keinesfalls besonders bemerkenswert.

Die meisten der Typen, die mit ihm in dem Raum saßen, sahen aus wie typische Rednecks. Sie trugen Baseballkappen, struppige Bärte, silberne Gürtelschnallen in Form von Adlern mit ausgebreiteten Schwingen und Cowboystiefel mit Metallbeschlägen. Sie hatten die hasserfüllten Augen von Männern, die sich immer benachteiligt fühlten, belogen und betrogen. Viele hatten Zahnlücken. Halb wegen der miserablen Gesundheitsvorsorge und halb, weil sie sich ständig in irgendwelchen schäbigen Diners die Scheiße aus dem Leib prügelten. Sie wohnten in Trailersiedlungen, auf dem Rücksitz ihrer Autos oder in den heruntergekommenen Vorstädten, wo Schlägereien am Wochenende das einzige Vergnügen waren. Ihr ganzer Kosmos bestand aus der örtlichen Kegelbahn, dem Truck Stop und der McDonald's-Filiale. Ihre Colts waren ihr Heiligtum, ihre Pick-ups ihr Tempel, der zweite Verfassungszusatz, keine Einschränkung des Rechts, eine Waffe zu tragen, war ihre Heilige Schrift.

Die wenigsten von ihnen waren je aus den USA herausgekommen. Viele nicht einmal aus ihrem Bundesstaat. Für sie war Europa so fern und so fremd wie der Mars. Sie glaubten, dass in Kambodscha noch Krieg herrschte, dass Vietnam immer noch in Trümmern lag, sie verwechselten Kasachstan und Kamerun, Ungarn und Uganda.

Sie hatten einmal Träume gehabt, die man ihnen genommen hatte, sie hatten geschuftet und geackert, bis man sie aus ihren Mindestlohnjobs hinausgeschmissen hatte, während Typen mit Schlips und im Anzug in Cadillacs an ihnen vorbeifuhren. Sie hatten so oft verloren, dass sie den Glauben an Gott und an sich selbst verloren hatten. Also hatten sie sich Satan zugewandt. Sie kümmerten sich nicht um religiöse Dinge, das war einfach ihre Art von Protest. Einige von ihnen hielten den Ku-Klux-Klan für eine Satanistengruppe und Marilyn Manson für den Propheten des Leibhaftigen.

„Die Edelsten von euch werden auserwählt, gemeinsam mit uns hier zu überleben. Die Auserwählten des Teufels! Wie Noah damals in der Arche werden wir den großen Feuersturm hier unten überstehen. Wenn der Strahlenregen niedergehen wird, wenn in der letzten Schlacht die Truppen Gottes und des Satans aufeinanderstoßen, werden wir uns hierher zurückziehen, in das letzte Refugium. Und wenn die Truppen Satans gesiegt haben, nach dem großen Sturm, dann werden wir die Urahnen sein einer neuen weißen Rasse, die diese Welt beherrschen wird. Einer Rasse ohne verseuchtes Blut. Ohne Schwarze, ohne Latinos, ohne Demokraten."

Nach einem Atomkrieg wäre alles auf Jahrzehnte verstrahlt und unbewohnbar. Diese Kleinigkeit vergaß er zu erwähnen.

„Die Endzeit hat längst begonnen. Erst wollen sie euch

das Bargeld abnehmen. Dann versuchen sie, euch Chips einzupflanzen. Mit der Höllenimpfung haben sie einen neuen Schritt getan. Die Elite der Juden, der Demokraten und der Heuchler aus Hollywood haben den Staat unter ihre Kontrolle gebracht. Die Puppenspieler im Hintergrund bereiten schon alles vor. Doch wir werden bereit sein. Es wird ein atomarer Sturm kommen, der die Welt reinigen wird mit seinem Feuer. Dreißig Tage wird der Fallout niedergehen. Drei Jahre lang werden wir uns hier in der Tiefe verbergen, bis die Vereinigten Staaten gereinigt sein werden von dem ganzen Müll und den vielen Fremden. Neugeboren aus diesem atomaren Feuersturm wird Amerika sich zu alter Größe erheben. Und wenn wir dann zurückkehren an die Oberfläche, werden wir das Land aufs Neue in Besitz nehmen. Eine Welt werden wir schaffen mit unseren Händen. Eine Welt, wo die weiße Rasse herrschen wird. Die Wälder werden wieder uns gehören, die Ruinen der Städte werden befreit sein von dem Pack und von den Minderwertigen. Dann wird Satans Reich anbrechen auf Erden und wir werden endlich frei sein."

Bevor man Quentin hierher zum Hauptquartier gebracht hatte, war er bei einem ihrer Treffen gewesen. Er hatte an ihren Schießübungen teilgenommen und sich bemüht, nicht allzu gut zu schießen, um nicht aufzufallen. Alle ballerten wie wild herum und trafen kaum die Zielscheibe.

Es gab auch Nahkampftraining. Sie alle kämpften mit der Verbissenheit von Pitbulls. Sie waren wüste Kneipenschläger, die mit der Wut eines verpfuschten Lebens zuschlugen. Quentin hatte sich auch hier zurückgehalten und sich bewusst ein wenig verprügeln lassen.

Einige waren tatsächlich Veteranen, aber die meisten

waren viel zu bequem und verweichlicht, als dass man sie bei der Armee hätte gebrauchen können.

Sie alle genossen es, martialisch aufzutreten. Hier in Wyoming durfte man Waffen offen tragen, und so liefen sie mit ihren halbautomatischen Gewehren durch die Gegend, in schusssicheren Westen und mit verspiegelten Splitterschutzbrillen.

Nach der Rede zeigte Francis ihm die Anlage.

Der Bunker war gewaltig. Endlose Gänge. Schlafräume mit Feldbetten. Räume mit riesigen Regalen voller Konserven und Trockennahrung.

„Wir haben hier Lebensmittel für mehrere Jahre. Ein Filtersystem für Atemluft und die Wasserversorgung. Einen direkten Atomschlag würde der Bunker nicht überstehen, aber ansonsten werden wir überleben. Wir können hier bis zu drei Jahren völlig autark leben."

Um sich einen Platz im Bunker zu erkaufen, musste man seine gesamten Ersparnisse an die Organisation überschreiben. Die meisten Tickets waren schon verkauft. Außerdem konnte man sich bei ihnen alles besorgen, was für das Ende der Welt gebraucht wurde. Survivalrucksäcke, Trinkwasserfilteranlagen, Nachtsichtgeräte und Waffen für die letzte Schlacht. Armageddon-Fachbedarf gewissermaßen. Spezialausrüstung für das Jüngste Gericht.

Der Weltuntergang war ein lohnendes Geschäft. Quentin kannte das.

Irgendwo auf der Welt wurde immer der Tag des Untergangs prophezeit. Wenn die Apokalypse dann ausfiel, wurden Erklärungen geliefert, warum ihr Tun es wieder einmal aufgehalten hatte. Doch sogleich wurde das nächste Datum genannt, an welchem die Welt wirklich untergehen würde.

Nach der Führung durch den Bunker saßen sie in einem fensterlosen Raum mit niedriger Decke beim Abendessen zusammen. Francis und Quentin hockten mit einigen abgerissenen, bärtigen Gestalten am Tisch. Quentin holte sein Mobiltelefon heraus und zeigte der Runde das Bild von Susan.

„Hat einer von euch diese Braut schon mal gesehen? Sie ist schwanger."

Die Typen sahen kurz auf von ihren Fertigmahlzeiten, aber keiner schien sie zu kennen. Francis blickte ihn von der Seite an.

„Was willst du von ihr?"

Quentin zuckte mit den Schultern. „Ich steh auf die Kleine. Ist aber nicht so wichtig."

„Die Schweine treiben es immer wilder. Habt ihr das mit den Impfmücken gehört?"

Edward neben ihm trug eine speckige Baseballkappe mit der Aufschrift „John Deere". Er hatte einen struppigen Vollbart, mit dem er alt und kränklich aussah. Er war beim Sturm auf das Kapitol dabei gewesen und besaß ein unerschöpfliches Repertoire an Theorien. Er wusste, wer damals J. F. Kennedy umgebracht hatte (die Chinesen), wer die Mondlandung gefälscht hatte (Stanley Kubrick) und wer die Twin Towers zerstört hatte (die CIA).

„Ist euch aufgefallen, dass die Mückenplage diesen Sommer schlimmer ist als sonst? In den Geheimlabors in der Ukraine haben sie genetisch modifizierte Mücken entwickelt, die jetzt überall im Mittleren Westen freigesetzt werden. Mit ihren Stichen verabreichen sie unter anderem die Covid-mRNA. Aber auch Mikro-Chips, die durch ein Trägersignal aktiviert werden können. Damit haben sie die Kontrolle über Teile unseres Bewusstseins. Auch die Chemtrails werden immer schlimmer. Sie versprühen halluzinogene Stoffe, um den IQ der Landbevölkerung zu senken. Aber es geht noch viel weiter. Chemische Kastration! In den Gebieten mit einem hohen Anteil von republikanischen Wählern setzen sie Chemikalien frei, die die Fruchtbarkeit und die Potenz schwächen. Damit wollen sie die Konservativen ausrotten. Ist euch das nicht aufgefallen? Dass viele von uns mit Erektionsstörungen zu kämpfen haben? Und das ist der wahre Grund dafür!"

Die anderen rührten etwas betreten in ihren lauwarmen Fertigmahlzeiten. Quentin tat so, als hätte er nichts gehört.

„Die Geburtenrate unter Republikanern geht darum immer weiter zurück. Drum holen sie die ganzen Migranten ins Land, die viel reproduktionsfreudiger sind. Sie planen den großen Bevölkerungsaustausch. Die katholische Kirche hängt da mit drin. Darum sind sie gegen Empfängnisverhütung in Afrika, damit die sich weiterhin ungehemmt vermehren können. Sie wollen die weiße Rasse abschaffen. Da stecken ganz hohe Tiere mit drin. Die NASA. Die CIA. Die Illuminati. Den Präsidenten von Tahiti hat die Kirche umgelegt deswegen. Der wollte sich auflehnen gegen die große Weltverschwörung, und deshalb musste er ins Gras beißen."

„Haiti." Quentin schob sich einen Bissen in den Mund und versuchte, nicht zu grinsen.

„Was?"

„Sie haben den Präsidenten von *Haiti* umgelegt, nicht von *Tahiti*."

„Echt? Ich komme immer durcheinander bei den Ländern in Mittelamerika."

Nach dem Essen winkte Francis Quentin zu sich.

„Wie gefällt dir die Anlage?"

Quentin nickte anerkennend. „Sieht alles sehr gut aus. Ich würde gern einen Platz hier bekommen. Bald wird das Chaos losbrechen und dann ist so etwas wie das hier unsere einzige Chance."

Francis sah ihn forschend an. „Das habe ich mir gedacht. Du bist ein cleverer Typ. Nicht so ein Idiot wie viele andere hier. Wir brauchen Leute wie dich. Ich könnte dir einen Platz hier im Bunker besorgen. Aber dafür müsstest du richtig einsteigen ins Geschäft. Interesse?"

Quentin versuchte, ruhig zu bleiben. Das war genau das, worauf er gehofft hatte.

„Ja, ich wäre interessiert."

„Komm, ich zeig dir was."

Francis führte ihn tiefer hinein in die endlosen Gänge des Bunkers. Es ging durch eine Tür mit elektronischem Sicherheitsschloss. Dahinter sah alles noch verlassener und heruntergekommener aus.

Die ersten Räume waren gänzlich unauffällig. Leere Regale, Kartons mit Ausrüstung, zusammengeklappte Feldbetten. Ein ganzer Raum war vollgestellt mit Kisten angefüllt mit Werbematerial für Donald Trump.

Sie kamen in einen großen Saal mit lauter Schaufensterpuppen.

Einige der Puppen wiesen Einschusslöcher auf, als hätte

man sie für das Schießtraining benutzt. Manche Puppen waren gekleidet wie jüdische Rabbiner. Andere hatte man schwarz angemalt und ihnen Kraushaarperücken aufgesetzt.

Dann standen sie vor einer schweren Stahltür. Francis schloss sie auf und drehte sich zu ihm um.

„Ich kann mich auf dich verlassen? Du hältst die Klappe? Die anderen Schwachköpfe müssen nicht unbedingt etwas wissen hiervon."

Als Quentin entschlossen nickte, öffnete Francis mit einem Schwung die Tür.

Dahinter war eine Art Sammelzelle; in der Ecke stand eine Toilette aus Edelstahl. Auf Pritschen saßen vier junge schwarze Frauen und sahen verängstigt zu ihnen auf. Sie waren zierlich und hatten große, leicht hervorquellende Augen. Vielleicht aus Äthiopien oder Somalia.

Francis ging in die Zelle und betrachtete sie zufrieden.

„Wir kriegen sie einmal im Monat angeliefert. Das hier ist eine neue Ladung. Frisch eingetroffen. Ein paar sind für die Bordelle hier bestimmt. Es sind brave Mädchen. Sie tun alles, was man ihnen sagt."

Zärtlich strich er einer der Frauen über die Wange. Diese zuckte kurz zurück, dann schloss sie die Augen und ließ es über sich ergehen.

„Aber wir haben auch andere Abnehmer. Ein paar liefern wir an die Bruderschaft. Du hast sicher schon von diesen Typen gehört."

Quentins Herz pochte. Endlich eine Spur.

„Wir brauchen jemanden, der sich um die Lieferungen kümmert. Drüben in Mexiko. Du müsstest gleich morgen früh dorthin. Die Mädchen müssen vom Flughafen abgeholt werden. Und es soll auch andere Ware geliefert werden."

Die Stimme von Francis klang belegt, so als hätte er ein schlechtes Gewissen.

„Andere Ware?"

„Bist du empfindlich? Fängst du gleich an zu weinen, wenn du etwas Schräges hörst?"

Quentin schüttelte den Kopf.

Francis grinste zufrieden. „Kinder. Kleine schwarze Babys. Süß und unschuldig."

„Was passiert mit ihnen?"

Francis zuckte mit den Schultern. „Keine Ahnung, Mann. Interessiert mich auch nicht. Mann, die Typen von der Bruderschaft sind echt kranke Mistkerle." Er schüttelte kurz den Kopf. „Da steckt eine Menge Kohle drin. Interesse?", fragte er.

Quentin tat so, als zögerte er etwas. Dann nickte er.

Kapitel 20

Die Kirche ragte vor Quentin auf. Mit ihren gotischen Türmchen, den spitzen Giebeln, den Strebepfeilern und den aufwändigen Verzierungen wirkte sie wie ein Überbleibsel aus einer anderen Welt.

Kirchen waren für ihn immer wie ein Portal in andere Dimensionen gewesen. Mitten in den heruntergekommensten Städten ragten sie empor. Aus einem vergangenen Jahrtausend. Wie stets fröstelte er ein wenig bei dem Anblick.

Er öffnete die schweren Doppeltüren und trat ein.

Wie hatte er diese schattige Kühle früher geliebt, die Deckengemälde, den goldenen Stuck! Die Kirchenfenster, durch die das Licht der Wirklichkeit gedämpft und verwandelt wurde. Das trübe Zwielicht. Die göttliche Stille.

Hier konnte einen kein Leid mehr erreichen. Hier gab es keinen Tod und keine Qual. Eine Kirche versprach einem immer leise flüsternd, dass es Hoffnung gab.

Früher hatte er stundenlang auf einer der harten Bänke gesessen und um Erlösung gebetet. Oft war es ihm damals vorgekommen, als würde Gott ihm antworten. Als könnte er ihn wirklich erreichen. Heute fühlte er sich wie ein Fremder. Wie ein Tourist, der staunend, aber ungerührt eine pompöse Attraktion betrachtete.

Er tauchte seine Finger in das Weihwasserbecken und machte das Kreuzzeichen. Ihm war, als würde seine Haut ein wenig brennen davon.

Er kniete nieder und versuchte zu beten. „Herr, öffne meinen Mund, dass meine Lippen dein Lob verkünden …" Es fiel ihm schwer. Er kam sich vor wie ein Heuchler. Wie ein Schauspieler, der vorgab, Priester zu sein.

Hörte Gott ihm zu?

Er betete nicht für sich. Er betete für Susan. Er konnte den Gedanken nicht ertragen, dass ihr vielleicht gerade furchtbares Leid geschah. Ihn selbst könnte Gott ruhig verdammen. Aber Susan sollte gerettet werden.

„Pater Quentin?"

Neben ihm stand ein massiger Mann mit Vollbart.

„Pater Matteo. Schön, Sie zu sehen."

Quentin hatte vor ein paar Jahren mit ihm in Lateinamerika gearbeitet. Vor seiner Zeit bei der Abteilung des Monsignore. Als er noch ein normaler Priester gewesen war, der eine Gemeinde betreute, der Ehen schloss, Grabreden hielt und der am Sonntag predigte. Damals hatte er nachts schlafen können.

„Wir haben uns lange nicht gesehen. Kommen Sie mit", sagte Pater Matteo.

Francis hatte Quentin beauftragt, heute Abend drei Frauen vom Flughafen hier in Veracruz abzuholen. Er sollte sie zu einer Adresse draußen im Industriegebiet bringen. Das konnte gewalttätig enden. Deshalb war er hier.

In der Sakristei schob Matteo einen großen Wandteppich zur Seite, der die Grablegung Christi darstellte. Dahinter erschien eine schwere Stahltür. Die führte in einen Raum, in dem an der Wand Waffen aller Art wie kostbare Reliquien aufgereiht hingen: Colts, Pistolen mit Schalldämpfern, halbautomatische Waffen, Maschinengewehre, Schlagringe, taktische Messer, Elektroschocker.

Quentin entschied sich für eine kleine SIG Sauer mit Schalldämpfer.

Er hatte hierherfliegen müssen, und bei den ganzen Sicherheitskontrollen war es natürlich unmöglich, Waffen unerkannt mit an Bord eines Flugzeugs zu nehmen. Zwar konnte er bei Bedarf einen Diplomatenpass des Vatikanstaates nutzen, aber er war angewiesen worden, nicht mit einer Waffe zu reisen.

Pater Matteo betrachtete ihn mit gerunzelter Stirn.

„Ich wurde gebeten, Ihnen mitzuteilen, dass Waffengewalt nur im absoluten Notfall eingesetzt werden darf. Und Sie sollen ein fingiertes Bekennerschreiben hinterlassen."

„Natürlich, das ist die Standardprozedur."

Pater Matteo wies auf eine dicke olivgrüne Weste, die ebenfalls an der Wand hing.

„Da ist die kugelsichere Weste. Schutzklasse Drei." Matteo reichte ihm ein unscheinbares Päckchen. „Und hier sind die speziellen Schmuckstücke, um die Sie gebeten haben. Alles wurde nach Ihren Vorgaben gefertigt. Das hat einen ganz schönen Wirbel verursacht. In Zukunft solche Sonderanforderungen bitte frühzeitig anmelden."

„Das ist leider nicht immer möglich, keine Zeit … Ich hatte auch um eine Sonderzuteilung von Munition gebeten."

„Ja, ich weiß. Das wurde von der Diözese abgelehnt. Sie bekommen nur die Standardzuteilung. 30 Schuss."

„Das wird nicht reichen."

Pater Matteo schüttelte missbilligend den Kopf.

„Was haben Sie vor? Ein Massaker?"

„Eigentlich nicht, nein."

„Hier sind auch die angeforderten Blendgranaten. Die

Abteilung war recht irritiert über Ihre Materialliste. Man sagte mir, dass Sie nur einen Vermisstenfall untersuchen. Sie sollen nicht eigenmächtig ermitteln, das wissen Sie."

„Natürlich nicht. Doch wenn ich bei meinen Nachforschungen auf Straftaten stoße, auf Menschen, die dringend Hilfe brauchen, dann kann ich nicht untätig bleiben."

Pater Matteo blickte ihn skeptisch an.

„Sie sollten den zuständigen Behörden einen Tipp geben."

„Das werde ich zu gegebener Zeit tun."

„Stimmt es, dass Sie an dieser Bruderschaft dran sind? Ich dachte, das Ganze sei nur ein Gerücht."

„Offenbar nicht. Es scheint um Menschenhandel zu gehen."

„Und ist das wahr? Das mit dem Großen Ritual?", fragte Pater Matteo leise.

„Ich weiß es nicht. Aber es könnte wirklich sein."

„Man hat Sie informiert, dass Sie auf Stufe Drei operieren?"

„Ja. Sehr unerfreulich."

Matteo reichte ihm einige Zettel.

„Darum sollen Sie diese Zusatzerklärung unterzeichnen. Sie müssen auf jede Mitarbeit seitens der kirchlichen Vertretung verzichten. Sie arbeiten ganz allein. Für die Dauer dieses Einsatzes sind Sie auf sich gestellt. Die Kirche wird Ihnen keine operative oder rechtliche Unterstützung bei einer polizeilichen Untersuchung gewähren. Sie wird jede Kenntnis von Ihrer Tätigkeit abstreiten. Auch jede Zusammenarbeit mit staatlichen Stellen ist Ihnen untersagt."

Quentin packte die Ausrüstung sorgfältig in einen Lederkoffer, während Pater Matteo ihn nachdenklich ansah.

„Es war eine schöne Zeit damals in San José. Sie waren ein guter Priester, Quentin. Wir haben vieles bewirken können. Sie haben einige Jungs von der Straße geholt und ihnen eine Zukunft gegeben. Sie haben sich mit den Gangs angelegt. Ich hätte mich das nicht getraut."

„Ich wäre gern immer noch dort."

„Ich soll Sie von Alejandro grüßen. Er hat zwei Kinder inzwischen. Zwei Mädchen."

Quentin musste lächeln. „Tatsächlich?"

„Ja, er hat eine kleine Autowerkstatt. Seine Frau ist schon wieder schwanger. Sie würden ihn kaum wiedererkennen. Er ist ganz schön dick geworden. Nicht mehr der halb verhungerte Waisenjunge von damals."

„Hört er immer noch diese unerträgliche Musik?"

„Die läuft den ganzen Tag in seiner Werkstatt. Nicht zum Aushalten."

Beide lächelten einen Augenblick lang versonnen.

„Warum machen Sie das immer noch? Sie erledigen die dreckigen Aufträge für die Herren Kardinäle, und wenn etwas schiefgeht, lässt man Sie fallen."

„Man hat mich nicht gefragt. Ich wurde dorthin beordert."

„Ich will gar nicht wissen, was Sie da treiben, aber mit unserem Glauben hat das nichts zu tun. Keiner könnte Sie zu solchen Dingen zwingen, wenn Sie nicht dazu bereit wären. Haben Sie nie darüber nachgedacht, die Kirche zu verlassen?"

Quentin sah ihn traurig lächelnd an. „Natürlich. Jeden einzelnen Tag."

„Und warum tun Sie es dann nicht?"

„Aus Feigheit wahrscheinlich. Ich habe mein ganzes Leben lang der Heiligen Mutter Kirche gedient. Was sollte ich machen ohne sie? Ich habe Angst davor, allein dazustehen. Die säkulare Welt ist mir so unglaublich fremd. Ich kann mir nicht vorstellen, in einer Autowerkstatt zu arbeiten und eine Frau und Kinder zu haben. Manchmal hasse ich die Kirche, das verlogene Geschwätz. Aber ich habe ein Gelübde abgelegt. Oft wünschte ich, ich hätte es nicht getan, aber es ist nun einmal so. Schon so viele Male habe ich meinen Vorgesetzten um eine Versetzung gebeten. Ich kann diese ganze Abteilung nicht mehr ertragen. Aber er lässt mich nicht gehen. Und ich gehorche. Vielleicht ist es ja so: Solange ich Gott diene, muss ich nicht für mich selbst entscheiden. Ich habe immer einen Schuldigen."

Quentin nahm den Koffer und ging zur Tür. Pater Matteo drückte ihm zum Abschied lange die Hand.

„Passen Sie auf sich auf, Quentin. Gott möge mit Ihnen sein."

„Geben Sie mir Ihren Segen, Pater Matteo?"

„Glauben Sie denn daran, Pater Quentin?"

„Der Segen eines Freundes würde mir helfen."

Pater Matteo nickte langsam, dann hob er die Hand und machte das Kreuzzeichen.

„In nomine Patris …"

Kapitel 21

Quentin wartete vor den großen Schiebetüren am Flughafen von Veracruz.

Es war kurz vor 23 Uhr, die Maschine war vor einer halben Stunde gelandet, und die ersten Passagiere kamen schon übermüdet mit ihren Rollkoffern durch die Passkontrolle.

Er erkannte sie schon von Weitem.

Drei junge schwarze Frauen. Sie hatten kaum Handgepäck dabei und waren sehr einfach gekleidet – Jogginghosen und viel zu großen Sweatshirts. Alle drei waren recht groß. Sie wirkten eher unscheinbar, aber es war zu erkennen, wie leicht man sie durch ein wenig Schminke in einen Männertraum verwandeln konnte. Eine der Frauen trug ein Baby auf dem Arm.

Quentin trat auf sie zu.

„Willkommen in Mexiko. Mein Name ist Frank Lemond. Ich soll Sie abholen.“

Sie blickten ihn mit großen Augen an, als verstünden sie kein Wort. Quentin führte sie zu seinem Wagen.

Er hatte von Francis den Auftrag erhalten, die „Ware“ vom Flughafen zu einer Adresse in den Außenbezirken der Stadt zu bringen. Quentin wusste nicht genau, was dort mit ihnen geschehen würde.

Sobald alle im Auto saßen, wandte Quentin sich zu ihnen. Verängstigt saßen die drei auf dem Rücksitz. Das Kind schlief.

„Ich habe den Auftrag bekommen, Ihre Pässe an mich

zu nehmen." Es fiel ihm schwer, aber er ließ seine Stimme hart und unerbittlich klingen. Seine Tarnung durfte nicht auffliegen. Sie blickten ihn verständnislos an. „Ihre Pässe!" Er hielt seinen eigenen, gefälschten Pass auf den Namen Frank Lemond in die Höhe. Die Frauen begriffen sofort, holten gehorsam ihre Papiere hervor und gaben sie ihm.

„Hier, legen Sie das bitte an."

Er holte zwei unauffällige Armreifen und einen kleinen silbernen Anhänger an einer Kette hervor. Die Frauen nahmen die billig wirkenden Schmuckstücke entgegen und hielten sie ratlos in den Händen. Quentin bedeutete ihnen, sie anzulegen, was sie auch gehorsam taten.

Das waren die Schmuckstücke, die er von der örtlichen Kirchenvertretung hatte herstellen lassen. Darin waren kleine GPS-Sender eingearbeitet, mit denen er die Frauen aufspüren konnte. Quentin hoffte, dass man sie ihnen nicht abnehmen würde. Während der Fahrt beobachtete er die Frauen im Rückspiegel. Sie saßen ganz schicksalsergeben da und sprachen kein Wort.

Mit unbewegten Gesichtern betrachteten sie, wie die glitzernde Stadt in der Nacht an ihnen vorüberglitt. Man merkte ihnen an, dass sie in einer fremden Welt gelandet waren, die ihnen Angst machte.

Das Navigationssystem auf seinem Mobiltelefon führte ihn in ein abgelegenes Industriegebiet. Große Hallen mit riesigen öden Flächen davor. Grell erleuchtete Unterführungen. Endlose Reihen von Laderampen.

Die gestrichelten weißen Linien der Parkplätze durchschnitten sinnlos die Leere. Ein einsamer Lieferwagen stand allein auf dem großen Platz, verloren in der Weite.

Dann kam ein großer Autohandel. Die unzähligen lackierten Motorhauben glänzten im Licht der Strahler, nebeneinander aufgereiht, perfekt poliert und fabrikneu.

Dann wurde plötzlich wieder alles dunkel, nur Brachland, Drahtzäune, ausgehobene Baugruben. Riesige sinnlose Werbeplakate, die mitten im Nichts standen und die nie einer sehen würde. Bretterzäune, um das Nichts herumgezogen. Sperrmüllhaufen. Abgestellte Lkw-Anhänger.

Schließlich tauchte ihr Ziel aus der Dunkelheit auf. Es war eine stillgelegte Fabrik.

Er lenkte den Wagen auf einen überdimensionierten Parkplatz.

Als er den Motor abstellte, knackte es leise in der Stille.

Nichts geschah.

Draußen war es völlig dunkel.

Er hatte von Francis die Anweisung bekommen, einfach im Wagen zu warten.

Die Gesichter der drei verängstigten Frauen spiegelten sich in den Scheiben.

Als es plötzlich an das Fenster klopfte, erschraken sie und schrien leise auf.

Ein Mann erschien. Er trug eine Ledermaske in Form eines Schweinekopfs.

Quentin kurbelte die Scheibe herunter.

„Ich übernehme jetzt die Ware."

Die Stimme des Mannes klang gedämpft durch die Maske.

Quentin bedeutete den Frauen mit einer Handbewegung, dass sie aussteigen sollten, doch sie blieben starr auf ihren Sitzen. Die Mutter presste ihr schlafendes Kind fest an sich.

Mit weit aufgerissenen Augen blickten sie zu dem Mann draußen im Dunkeln.

Dieser riss die hintere Wagentür auf und packte eines der Mädchen am Arm. Dieses sah hilfesuchend zu Quentin, doch der senkte den Blick. Sie wurde langsam herausgezogen.

Die beiden anderen stiegen endlich ebenfalls aus.

Quentin ließ den Motor an und fuhr los. Unweit der Fabrik parkte er den Wagen und schlich sich zurück.

Laut seiner GPS-Ortung waren die drei Frauen noch auf dem Gelände, falls man ihnen die Schmuckstücke nicht abgenommen hatte.

Er hob ein kleines Doppelfernglas mit Restlichtverstärker an und beobachtete das Gebäude.

Alles war ruhig. In einem Seitentrakt wurden einzelne Fenster kurz durch flackerndes Licht erleuchtet, als wäre jemand mit einer Taschenlampe unterwegs.

Dann hörte Quentin ein leises Geräusch. Ein Wagen kam angefahren. Ein Kleintransporter. Der Wagen hielt, die drei Frauen wurden aus dem Gebäude getrieben und in den Wagen verladen.

Als der das Gelände verließ, bewegten sich die drei GPS-Signale. Also würde er ihren weiteren Weg verfolgen können.

Langsam schlich er sich an das Gebäude heran. Vielleicht wurden hier noch mehr Menschen gefangen gehalten. Geduckt bewegte er sich an der Außenwand entlang, bis er zu einem kleinen Hintereingang kam. Das Schloss war leicht zu knacken.

Er ging hinein. Das Licht seiner Taschenlampe tanzte über die nackten Wände. Die ersten Räume waren unauffällig. Ein großer Heizungsraum. Ein Abstellraum mit verstaubten Möbeln. Ein Lagerraum voller Baumaterialien.

Dann kam er zu einer schweren Stahltür mit Klappen im unteren Bereich, wie es sie bei alten Gefängnistüren zum Durchreichen des Essens gab. Die Tür war verschlossen.

Die Schlüssellöcher waren zu groß für seinen Dietrich, doch er bückte sich, öffnete die Klappen und leuchtete hinein. Ein leerer Raum mit einem hochklappbaren Bett mit Stahlrost ohne Matratze. Ein einfacher Holztisch mit einem Stuhl.

Er richtete sich wieder auf und ging weiter. Der nächste Raum war eine Art Ankleidezimmer. Mehrere rote Samtroben hingen an der Wand und einige Ledermasken. In Glasvitrinen waren Ritualmesser und mit glitzernden Steinen verzierte goldene Pokale ausgestellt.

Quentin wusste, was er hinter der Tür am anderen Ende des Raums finden würde.

Als er sie öffnete, lag eine Satanskapelle vor ihm. Sie war aufwendig gestaltet.

An den Wänden prangten großformatige Gemälde, die Satan in verschiedenen Posen darstellten: als Herrscher des Universums über den Sternen thronend, als Heerführer auf der Hure Babylon reitend, als Höllenfürst im flammenumtosten Inferno. Auf den Boden war mit roter Farbe ein riesiges Pentagramm gemalt. An der Stirnseite stand ein Altar, in den altägyptische Hieroglyphen und nordische Runenzeichen eingraviert waren. Eine kunstvolle Arbeit. Das war nicht das Werk von irgendwelchen Laien. An dem Altar waren in den Boden eingelassene Ketten mit schweren ledernen Bändern befestigt. Hinter dem Altar stand ein meterhohes Teufelskreuz, ein auf den Kopf gestelltes Kreuz aus glänzendem Edelstahl, mit dunklen Steinen und Gravuren verziert.

Quentin holte seine Infrarotleuchte hervor, um vermittels Chemolumineszenz Blutspuren sichtbar zu machen, selbst wenn alles sorgfältig gereinigt worden war. Als er die Lampe auf den Altar richtete, leuchteten überall Flecken und Spritzer in schimmerndem, unwirklichem Blau auf. Hier war viel Blut vergossen worden.

Die Tür hinter dem Altar führte zu einem Raum, der weiß gekachelt und völlig leer war. Wie in einem Schlachthaus.

Auch hier überall die blau leuchtenden Flecken – jede Menge Blut. Unmengen von Blut. Wasserschläuche hingen aufgerollt an der Wand. Ein Paar Gummistiefel mit roten Spritzern standen noch auf dem Boden.

Er ging weiter und kam in eine Art Büro. Man hätte es für das Büro einer Versicherung halten können, wäre da nicht das große Pentagramm an der Wand hinter dem Schreibtisch gewesen.

Auf dem Tisch stand ein Laptop. Gerade als er danach greifen wollte, gab es einen ohrenbetäubenden Knall und eine Kugel fuhr pfeifend an seinem Ohr vorbei.

Er zuckte zusammen, sprang hinter den Schreibtisch und zog seine Waffe. Verdammt, er war zu unvorsichtig gewesen!

Die Kugeln schlugen in die Wand über ihm ein. Es schienen zwei Schützen zu sein, in dem Gang hinter ihm, aus dem er gerade gekommen war. Sie schossen ziemlich wild und ungezielt. Keine Profis. Vielleicht hatte er ja eine Chance.

Er holte die Blendgranate aus der Jackentasche, entsicherte sie, zählte bis drei und warf sie dann in den Gang, wo er die Schützen vermutete. Er schloss die Augen, doch selbst durch die zugekniffenen Lider konnte er den grellen Blitz wahrnehmen.

Er stürmte in den Gang. Ein Mann in einem schwarzen Latexanzug war im Lichtkegel der Taschenlampe zu sehen. Er hatte die Hände vors Gesicht geschlagen, rieb sich leise wimmernd die Augen. Quentin schoss ihm in die Brust und eilte dann an der zusammensackenden Gestalt vorbei.

Der gekachelte Raum dahinter war menschenleer. Die Tür, die zurück zu dem Satanstempel führte, stand offen. Quentin machte die Taschenlampe aus.

Auf dem Boden war ein schwacher Schatten zu sehen, der sich im Türrahmen bewegte. Da war jemand neben der Tür.

Quentin besah sich die Wand. Er versuchte anhand des Schattens abzuschätzen, wo der andere stand. Dann zielte er auf die Wand und schoss dreimal.

Sofort danach verließ er die Deckung und stürmte mit erhobener Waffe um die Ecke.

Ein Mann im Anzug rutschte langsam an der Wand hinunter und hinterließ eine dunkle Spur aus Blut an der Tapete. Als er unten angekommen war, sank sein Kopf langsam auf die Brust, als würde er schlafen.

Dann war alles still.

Quentin atmete tief durch und ließ die Waffe sinken. Er ging mit schweren Schritten zurück in das Büro, nahm den Laptop vom Tisch und wandte sich zum Gehen, als er ein Geräusch hörte. Ein leises Ächzen, ein Wimmern. Verdammt, da war noch jemand!

Er presste sich an die Wand und schob sich langsam in

den Gang zurück. Er vermied es, zu der Leiche neben der Tür zu blicken.

Das Geräusch kam aus einem Nebenraum.

Behutsam drückte er die Klinke herunter und öffnete langsam die Tür.

Vor ihm lag ein kleiner, kahler Abstellraum, von einer nackten Glühbirne beleuchtet. An den Wänden lehnten Besen und Eimer. In der Mitte des Raums stand wie ein Fremdkörper eine Wiege.

Er hielt die Waffe mit beiden Händen vor sich und ging langsam hinein.

In der Wiege lag ein Säugling. Er war schwarz. Wohl ein Junge. Vielleicht ein Jahr alt. Oder älter? Verdammt, er hatte keine Ahnung von solchen Dingen.

Das war das Baby, das er auf dem Arm seiner Mutter gesehen hatte!

Hektisch blickte er um sich. Er musste hier weg, die Polizei würde bald kommen.

Wenn er das Kind hierließ, würden die Behörden es mitnehmen und die Bruderschaft würde es sicherlich erfahren. Wer weiß, was mit ihm geschehen würde. Die Kirche würde ihm hier im Land keinerlei Unterstützung mehr gewähren.

Das Kind sah ihn mit seinen großen dunklen Augen an und gluckste leise.

Zwei Stunden später lag das Baby in seinem Hotelzimmer auf dem riesigen Doppelbett, es sah winzig aus.

Quentin fuhr sich mit beiden Händen über das Gesicht. Was war da über ihn gekommen? Hätte es eine Alternative gegeben? Er schüttelte den Kopf. Nein, er hätte das Kind nicht zurücklassen können.

Langsam zog er die Waffe aus dem Hosenbund, holte die Blendgranaten aus der Jackentasche und legte alles auf das Bett.

Er hatte jetzt keine Zeit, er musste dringend den GPS-Signalen der drei Frauen folgen. Sie waren noch zusammen. Etwa 100 Meilen weiter südlich hatte das Signal gestoppt.

Er hatte schon einiges durchgemacht. Vier Wochen war er damals ohne Wasserflasche und ohne Nahrung durch den Dschungel Kolumbiens geirrt, nachdem er aus dieser Selbstmordsekte in Bogotá entkommen war. Wenn es nicht so viel geregnet hätte, wäre er wohl verdurstet.

In Managua hatte er sich selbst die Schusswunde genäht, als sie ihn mit den zwei Schulmädchen in den Hinterhalt gelockt hatten. Und dann die Geschichte mit dem luftdichten Keller in Kuala Lumpur!

Doch das hier … Das Baby hatte den ganzen Weg über im Auto geschrien und geweint, seine Windeln waren voll, und er hatte nicht gewusst, wie man das kleine Ding anfassen sollte.

Er war ganz gut im Nahkampf und im Dokumentenfälschen, kannte alle dreihundert offiziellen Arten des Exorzismus, er war auch ein ganz passabler Scharfschütze, und er hatte zumindest rudimentäre Kenntnisse im Bombenentschärfen oder im Mischen von Giftcocktails, aber ein Baby …

Was sollte er jetzt mit dem Kind machen? Er warf einen kurzen Blick auf das dunkle Bündel auf dem weißen Bett. Es einfach auf die nächste Kirchentreppe legen? Damit es dann womöglich in einem staatlichen Waisenhaus mit sadistischen Nonnen und perversen Ordensbrüdern aufwuchs? Quentin hatte wenig Vertrauen in seine Glaubens-brüder. Vielleicht würden sie ihn zu einem brauchbaren Sol-daten Jesu formen. Aber die Schläge, der Missbrauch, die seelische Folter ….

Er beschloss, sich erst einmal den Laptop anzusehen, den er aus dem Fabrikgelände mitgenommen hatte. Das System war mit einem Passwort geschützt. Er steckte den USB-Stick mit der neuesten Brute-Force-Software hinein. Nun wurden pro Sekunde mehrere tausend Passwörter ausprobiert, und nach kaum drei Minuten hatte er Zugang.

Er scrollte durch die Dateien im Ordner „Dokumente" und fand die Flugbuchungen für die Frauen und Scans von ihren Pässen. Ansonsten war auf dem Desktop nur noch ein einziger Ordner mit dem Namen „Bruderschaft".

Dort waren mehrere Videodateien gespeichert. Die Filme trugen Titel wie „Sweet Candy", „Bizarr", „Kinder-spiel".

Er klickte die erste Datei an. „Sweet Candy".

Zuerst war das Bild dunkel. Dann schwenkte die Ka-mera, und man sah einige flackernde Kerzen in der Fins-ternis. Sie waren um ein Feldbett aufgestellt. Am Anfang be-griff er nicht, was er da sah, aber dann verstand er.

Eine Frau hatte Sex mit mehreren Männern. Der Ton war verrauscht, man hörte immer wieder ein leises Stöhnen und das Klatschen von aufeinanderprallendem Fleisch. Es war schwer, Details zu erkennen. Man sah nur ein Gewühl aus nackten Leibern. Dann begriff er. Die blonden Haare. Die knochigen Schultern. Die leichten Sommersprossen. Das war sie. Das war Susan. Sie war schwanger, das war deutlich zu sehen an ihrem gewölbten Bauch.

Der Bildschirm wurde dunkel. Quentin starrte eine

Weile vor sich hin. Was geschah wohl gerade mit ihr? Zumindest schien sie noch am Leben zu sein.

Er atmete durch und klickte den nächsten Film an.

Man sah ein verwaschenes, schlecht ausgeleuchtetes Zimmer. Eine kahle Wand, im Hintergrund ein Heizkörper.

Dann erschien ein Mann mit einer Teufelsmaske. Die Maske war aus schwarz glänzendem Leder und sehr aufwendig gemacht. Die Hörner sahen aus wie zwei männliche, erigierte Glieder. Er führte eine völlig verängstigte junge schwarze Frau mit gefesselten Händen ins Bild. Sie wurde an den Heizkörper gekettet.

Der Mann ging aus dem Bild und ließ die Frau allein.

Sie starrte mit weit aufgerissenen Augen in die Kamera. Dann bewegte sie ihren Mund, als würde sie etwas sagen, doch der Film war ohne Ton. Sie schien um Gnade zu flehen.

Als der Mann mit der Maske wieder ins Bild trat, hielt er ein Messer in der Hand.

Ein Snuff-Movie.

Möglicherweise eine Fälschung, aber sicher war er sich nicht.

Er atmete tief durch und schloss die Datei.

Quentin überlegte eine Weile, dann klickte er eine weitere an.

Ein Videofenster öffnete sich.

Eine Art Altar war zu sehen, auf dem einige Kerzen brannten.

Drei nackte Männer knieten gefesselt vor dem Altar. Ihre Gesichter waren deutlich zu erkennen. Sie schienen starr vor Angst.

Ein Mann erschien. Auch er trug eine Maske, diesmal sah sie aus wie eine Gasmaske aus Latex.

Ein schwarzes Kind wurde gebracht und wurde auf den Altar gelegt.

Quentin schloss die Augen. Er ahnte, was gleich geschehen würde.

Er hörte ein Geräusch hinter sich.

Als er sich umdrehte, wurde ihm kalt.

Das kleine Würmchen hielt seine SIG Sauer in den Händen.

Es hatte aufgehört zu weinen und drehte die glänzende Waffe in seinen Händchen und brabbelte leise vor sich hin. Er hatte sich nichts dabei gedacht, als er sie vorhin achtlos auf das Bett geworfen hatte. Und die Waffe war nicht gesichert.

Behutsam klappte Quentin den Laptop zu und hob die Hände.

„Ganz ruhig, Kleiner! Mach bloß keinen Unsinn! Lass bitte die Waffe."

Von einem Säugling erschossen zu werden, wäre ein unrühmlicher Abschluss für diesen Scheißtag.

Vorsichtig bewegte er sich nach links, dann machte er einen Satz zu dem Bett und riss dem Kleinen die Waffe aus den Händen. „Tu das nie wieder, hörst du?", schrie er. „Nie, nie wieder!"

Der Kleine fing wieder an zu weinen.

Quentin atmete tief durch.

„Ist okay", fing er an, und er versuchte, seiner Stimme einen beruhigenden Klang zu geben. „Ich weiß, dass es keine Absicht war. Ich bin dir nicht böse, aber mach es einfach nie wieder, in Ordnung?"

Quentin wusste natürlich, dass der Kleine kein Wort verstand, aber er hatte keine Ahnung, was er sonst tun sollte. Der Junge schrie jetzt aus vollem Hals, sein Kopf war ganz rot.

„Okay, es tut mir leid. Ich schreie dich nie wieder an."

Die Blendgranaten lagen kaum eine Handbreit von dem Kleinen entfernt. Quentin sammelte sie rasch ein und legte sie in die Nachttischschublade.

„Alles in Ordnung?", fragte Quentin und warf einen kurzen Seitenblick auf den Beifahrersitz, wo der Kleine dick eingewickelt in Hotelhandtücher lag und zu schlummern schien. Quentin steuerte den Wagen durch den dichten Abendverkehr von Veracruz.

Er hatte im Drugstore Windeln und Babynahrung gekauft und ihn im Hotelzimmer notdürftig frisch gewickelt. Er war tatsächlich ein Junge. Es war unangenehm gewesen, und er fragte sich, wie Eltern das alles schafften. Dann hatte Quentin ihn eine Viertelstunde auf dem Arm durch das Hotelzimmer getragen, um ihn zu beruhigen, als er nicht aufgehört hatte zu weinen. Doch der Kleine hatte weiter geschrien, bis er irgendwann endlich eingeschlafen war.

Quentin hatte keine Erfahrung mit Kleinkindern. Er sah Babys auf der Straße oder am Sonntag beim Gottesdienst, aber sie waren kein Teil seiner Wirklichkeit.

Die Landschaft, die draußen vorbeizog, war karg und bedrückend. Ein paar Lagerhäuser lagen sinnlos verteilt, verfallene Fabrikanlagen, die wohl schon seit Jahren nichts mehr produziert hatten, morsche Bauzäune mit uralten, abgeblätterten Plakaten.

Er musste ruhig bleiben. Er hatte schon Schlimmeres überstanden. Er musste nachdenken. Das gleichmäßige Motorbrummen hatte etwas Beruhigendes.

An die Behörden konnte er das Kind nicht übergeben. Hier in Veracruz war die Polizei noch korrupter als anderswo. Wahrscheinlich würde die Bruderschaft das Kind dann doch in die Finger bekommen. Wer weiß, was sie mit ihm anstellen würden.

Bei ihm konnte das Kind aber auch nicht bleiben, das stand fest. Er konnte keinen Säugling mit zur Arbeit nehmen.

Er kannte diese Margarita in São Paulo. Doch er war sich nicht sicher, ob sie der richtige Umgang für ein Kind war. Sie arbeitete in einem Sado-Maso-Bordell, hing an der Nadel und schmuggelte immer wieder Zeug über die argentinische Grenze, wenn sie nicht gerade im Knast saß.

Kinder brauchten Verlässlichkeit und ein stabiles Umfeld.

Dann gab es noch Juanita in Rio. Doch die lebte in einem Safe House der CIA, seit sie gegen das Kartell ausgesagt hatte. Außerdem hatte sie in Pornos mitgespielt. Sie schied also auch aus.

Er hatte sich einmal drei Monate unweit von hier in einem Kloster versteckt. Mit Bruder Francesco hatte er sich gut verstanden. Aber katholischen Brüdern ein Kind anvertrauen? Außerdem betrieben sie ein Drogenlabor in ihrem Weinkeller.

Was sollte er jetzt tun?

Doch da gab es auch noch Don Miguel hier in der Stadt. Sie hatten sich bei einer Ermittlung vor einigen Monaten kennengelernt. Auf den war er eigentlich zuerst gekommen, hatte den Gedanken aber verworfen. Miguel war zwar kein übler Kerl, aber ein Gangster durch und durch. Aber er hatte wohl keine Wahl.

Er fischte sein Mobiltelefon aus der Jackentasche.

Er sah die Wachen an der Einfahrt schon von Weitem. Sie hatten Sturmgewehre umgehängt und blickten ihm ruhig entgegen. Quentin fuhr langsamer.

Als die Wachen ihn erkannten, winkten sie ihn weiter.

Der riesige Parkplatz vor dem Lagerhaus war völlig leer. Ganz hinten wartete die Limousine von Don Miguel. Um den Wagen herum standen drei Typen in dunklen Anzügen.

Er hielt an und stellte den Motor ab.

Die ganze Gegend war völlig verlassen. Weiter hinten standen einige rostige Container.

Er stieg langsam aus und ging auf den Wagen mit den abgedunkelten Scheiben zu. Die Autotür hinten öffnete sich und Don Miguel wuchtete sich heraus. Er war noch dicker geworden seit dem letzten Treffen.

Quentin hatte damals einen mexikanischen Satanistenorden zerschlagen, der Drogen und junge Frauen in die Staaten geschmuggelt hatte. Don Miguel war selber in dem Geschäft tätig und hatte ihm nur zu gern geholfen, um die unliebsame Konkurrenz loszuwerden.

Kalt lächelte Don Miguel ihn an. Sein Bart war sorgfältig gestutzt.

„Pater Quentin. Wir haben uns lange nicht gesehen. Das war verdammt gute Arbeit damals."

„Ich bin gerührt. Aber Sie haben sich seinerzeit nicht an die Verabredung gehalten."

„Was meinen Sie damit? Ich habe die Camanuta-Gang hochgehen lassen, wie versprochen."

Aus Quentins Auto hinter ihnen drangen gedämpfte Geräusche. Das Baby war offenbar aufgewacht! Aber es war so leise, dass Miguels Männer die Laute wohl nicht zuordnen konnten.

„Ja, aber wir hatten abgemacht, dass Sie den Schmugglern kein Haar krümmen. Nur deswegen habe ich sie ausgeliefert. Und vier Wochen später lese ich in der Zeitung, dass zwei der Männer von einem Zug erfasst wurden."

„Ja, ein tragisches Unglück."

„Unglück? Beide waren an die Gleise gekettet worden."

„Sie hatten um dieses Treffen gebeten. Was machen Sie hier in Veracruz?", fragte Don Miguel, als hätte er Quentins Anschuldigung nicht gehört.

„Ich ermittele hier wieder undercover in einer Satanistensekte und brauche einen Gefallen von Ihnen. Im Gegenzug könnte ich dafür sorgen, dass die Ermittlungen gegen Sie eingestellt werden."

„Ich habe bereits eidesstattlich versichert, dass ich nicht die geringste Ahnung habe, wie die Leiche in meinen Kofferraum gelangt ist."

„Sie hatten eine Leiche im Kofferraum? Davon wusste ich ja gar nichts."

„Ja, unangenehme Sache. Ohne Kopf."

„Solche Dinge kommen vor. Aber davon rede ich nicht. Ich meine die Drogengeschichte. Außerdem schulden Sie mir noch einen Gefallen."

„Nur weil Sie mir damals diese Satanistenspinner vom Hals geschafft haben? Dafür bin ich Ihnen dankbar, aber das ist wirklich zu viel verlangt."

Plötzlich tönte aus Quentins Wagen ein Geräusch, so als wäre etwas heruntergefallen. Die Leibwächter griffen sofort an ihre Jackentaschen, Don Miguel zuckte zusammen. „Was ist das? Ich hatte gesagt, Sie sollen allein kommen."

Quentin hob beruhigend die Hände. „Ganz ruhig, das ist absolut harmlos."

„Ist da jemand bei Ihnen im Wagen?" Die Leibwächter zogen langsam ihre Waffen und kamen auf ihn zu.

Quentin hob die Hände etwas höher und bewegte sich langsam rückwärts zu seinem Wagen.

„Und jetzt öffnen Sie die Beifahrertür. Aber langsam!"

Quentin griff mit der rechten Hand nach hinten und öffnete vorsichtig die Beifahrertür.

Auf dem Beifahrersitz saß das Baby und döste.

Einen Augenblick war Stille. Alle schauten auf das Kind und schwiegen verblüfft.

„Das ist der Gefallen, um den ich Sie bitten wollte", sagte Quentin leise.

„Sie ermitteln undercover in Satanistenkreisen und haben ein *Kleinkind* dabei?"

„Jetzt machen Sie mir keine Vorwürfe! Das alles ist schon schwierig genug! Wo soll ich denn hin mit ihm?"

Als das Kind im Schlaf ein kleines Bäuerchen machte, mussten alle lächeln.

„Jetzt geht das wieder los! Er hat die ganze Fahrt über aufgestoßen. Haben Sie eine Ahnung, was man da machen kann?"

Miguel nickte. „Sie dürfen die Milchflasche nicht schütteln, sondern Sie müssen das Pulver in das Wasser einrühren. Dadurch bilden sich weniger Bläschen, die machen den Kleinen Probleme."

Der Leibwächter trat näher heran. „Und es darf nicht zu viel Milch aus dem Fläschchen kommen, sonst schlucken sie Luft. Die Milch sollte richtig dickflüssig sein."

„Halt den Mund, Antonio!"

Miguel runzelte die Stirn. „Was hat er da an? Ist das eine kugelsichere Weste?"

Das Baby war in ein olivgrünes Etwas gehüllt, das ihm viel zu groß war. „Nein. Also doch, ja."

„Sie ziehen einem Kind eine kugelsichere Weste an?"

„Ich habe nichts anderes gefunden. Außerdem, vor kaum einer Minute waren Sie kurz davor, mich zu erschießen, Sie erinnern sich?"

Don Miguel sah den Kleinen an, langsam wurden seine Züge weicher.

„Meiner ist jetzt neun. Ein Prachtjunge."

Der Junge schlug die Augen auf und brabbelte leise vor sich hin.

„Das ist die schönste Zeit mit ihnen. Genießen Sie sie. Ab zwölf werden Jungs unerträglich."

Der Leibwächter rechts nickte mit schmerzlichem Gesichtsausdruck.

„Was geben Sie ihm? Flaschennahrung? Und ist sein Stuhl weich und locker?"

„Was?"

„Sein Kot. Bei falscher Ernährung wird der oft zu hart."

„Ich weiß nicht so genau. Ich habe mir seinen Kot nicht so genau angeschaut. Außerdem fehlt mir da der Vergleich."

„Haben Sie es mal mit Beikost versucht?"

Der dicke Leibwächter mit den Pockennarben mischte sich ein. „Ich versuche, meine Kleine komplett zuckerfrei zu ernähren …"

„Du sollst den Mund halten!"

Einen Augenblick war Stille. Dann blickte er zu seinem Bodyguard. „Antonio, ich wusste gar nicht, dass du Kinder hast."

Der Pockennarbige nickte. „Zwei. Die Große ist jetzt acht."

„Meiner kommt diesen Sommer in die Schule."

Der andere Leibwächter griff jetzt wieder in seine Jackentasche. Quentin wurde kurz unruhig, aber der andere holte nur sein Portemonnaie heraus und zog ein zerknittertes Foto hervor. „Hier, das ist er."

Die anderen Bodyguards traten hinzu und betrachteten das Bild.

„Sieht dir ähnlich."

„Danke. Ist aber nicht meiner."

„Was ist mit dem Vater?"

„Den habe ich umgelegt. Jetzt bin ich so eine Art Pate."

„Läuft er denn schon?"

„Und wie! Er ist ein Prachtkerl."

Quentin hob die Hand: „Entschuldigung, ich störe nur ungern, aber ich habe noch viel zu tun. Ich habe das Kind gerade aus dieser Sekte befreit und wäre Ihnen sehr dankbar für Ihre Hilfe. Ich muss weiter ermitteln. Können Sie sich eine Weile um das Kind kümmern? Ich hoffe, dass die Mutter es bald wieder zurücknehmen kann."

„Sie haben es aus den Händen dieser Wahnsinnigen befreit?"

Quentin nickte. „Wer weiß, was sie vorhatten mit ihm. Und jetzt muss ich die Mutter retten."

Don Miguel seufzte. „Was ist aus dieser Welt geworden? Früher haben wir einfach unsere Geschäfte erledigt, sauber und anständig. Wir haben uns um das Business gekümmert und uns aus allem rausgehalten. Wir haben nur die Leute abgeknallt, die es verdient hatten. Heute legen sie sogar Frauen und Kinder um. Haben Sie von dem Massaker in Ciudad gehört? So etwas hat es früher nicht gegeben. Irgendwann steige ich aus. Die Arbeit macht mir keinen Spaß mehr. Alles nur noch abartig."

„Können Sie mir helfen?"

Don Miguel schwieg einen Augenblick, dann nickte er bedächtig.

Quentin sah den Jungen an. „Mach's gut, Kleiner." Er fuhr ihm beinahe zärtlich über die Wange, dann zog er hastig die Hand zurück.

„Ich denke, ich kann mich darauf verlassen, dass es dem Kleinen gut gehen wird."

Don Miguel nickte.

„Wir kümmern uns um ihn. Machen Sie sich keine Sorgen. Sorgen Sie sich lieber um sich selbst."

„Danke", sagte Quentin, ehrlich erleichtert.

Kapitel 22

Die Party fand in einem teuren privaten Beach Club statt. Inmitten eines weitläufigen Gartens stand eine weiß getünchte Villa. Sessel standen direkt am Strand, ein DJ wiegte sich hinter seinem Pult im Takt, leise Trance-Musik ertönte aus den riesigen Boxen. Am Horizont kreuzten einige Segelschiffe, rosig getupfte Wölkchen schwebten am Himmel. Überall standen kleine Grüppchen mit Gläsern in der Hand. Ältere Männer mit teuren Designerbrillen, einige Frauen in eleganten Abendkleidern, weiß livrierte mexikanische Kellner liefen mit Tabletts durch die Gegend.

Und ein paar junge Mädchen standen etwas abseits und plauderten. Sie alle waren extrem jung, höchstens sechzehn, waren aber herausgeputzt mit Stöckelschuhen und engen Kleidern.

Auch die drei afrikanischen Mädchen standen etwas abseits. Sie blickten mit großen Augen völlig verängstigt auf das Treiben. Sie wirkten sehr unsicher auf ihren High Heels und trugen jetzt knappe Minikleider, die ihnen eine Nummer zu eng waren.

Quentin beobachtete die Party von einem Hügel in der Nähe durch sein Fernglas.

Sofort, nachdem er den Jungen abgegeben hatte, war er dem GPS-Signal bis hierher gefolgt. Sorgfältig betrachtete er das Gelände. Einige Security-Leute standen untätig herum. Sie wirkten sehr gelassen, schienen nicht mit Problemen zu rechnen.

Quentin sah an sich hinunter und runzelte die Stirn. Seine Kleidung war zwar etwas zu einfach, aber sonderlich auffallen würde er wohl nicht. Er musste es riskieren.

Er stieg den Hügel hinab und ging langsam auf das Gelände zu. Der Zaun würde kein Problem darstellen.

Der Zugang zu dem Anwesen war nur mäßig bewacht. Es gab verborgene Überwachungskameras, aber die waren offenbar alle nach innen gerichtet.

An einer schwer einsehbaren Stelle kletterte er über den Zaun.

Auf der anderen Seite klopfte er seine Kleidung ab und schlenderte unauffällig in Richtung der Party. Niemand beachtete ihn.

Die meisten Gäste waren Herren über 60, zum Teil noch weit älter. Man konnte auf den ersten Blick sehen, dass sie alle sehr vermögend waren: ihre schimmernden Anzüge, die teuren Uhren, die Lederschuhe. Sie wirkten wie alte Schildkröten.

Er nahm sich einen der Drinks, die überall auf Stehtischen bereitstanden, und nippte daran.

Die Gruppe der jungen Frauen stand unweit von ihm. Es waren einige Latinas dabei, aber auch blonde High School Girls aus den USA.

Eines der Mädchen blickte immer wieder zu ihm herüber. Sie hielt eine brennende Zigarette in der Hand, als wüsste sie nicht recht, was sie damit anfangen sollte. Wenn sie daran zog, wirkte es einstudiert und künstlich.

Daneben stand eine kleine Gruppe älterer Männer. Ein gutaussehender, gebräunter Herr mit weißen Haaren war gerade dabei, sich in Rage zu reden. Er sprach mit einem gepflegten US-Ostküsten-Akzent.

„Es wird immer schwieriger, an gute Ware zu kommen. Die Lieferungen aus Afrika verzögern sich und die Qualität wird auch immer schlechter." Abschätzig wies er auf die drei schwarzen Frauen, die immer noch verschreckt dreinblickten.

„Die drei da sind die erste Sendung in diesem Quartal. Diese durchgeknallten Prepper werden immer unverschämter. Sie verlangen inzwischen Wahnsinnspreise. Wir müssen nach neuen Lieferwegen Ausschau halten. Und die Behörden machen es uns nicht gerade leichter. Auch da haben die Preise so unverschämt angezogen."

Jetzt schnappte sich das Mädchen mit der Zigarette ein Glas und kam auf ihn zu. Sie schwankte leicht auf ihren viel zu hohen Schuhen. Als sie näherkam, merkte er, dass sie noch jünger war, als er zuerst angenommen hatte. Sie war fast noch ein Kind. Ihre Knochen standen an den Schultern hervor und sie hatte leichte Sommersprossen. Sie war zu stark geschminkt und wirkte ein wenig beschwipst.

Sie lächelte ihn viel zu verführerisch für ihr Alter an.

„Na, schöner Fremder? Suchst du Gesellschaft?", fragte sie auf Spanisch.

„Vielleicht."

„Ich bin Maria. Bist du ein Kunde?"

„Nein, ich will nur reden."

„Oje, das sind die Schlimmsten!"

Sie betrachtete ihn mit halb geöffneten Lippen. „Ich habe dich hier noch nie gesehen."

„Ich bin neu. Erzähl mir ein bisschen was über das alles hier. Bist du schon lange auf solchen Partys?"

„Schon seit zwei Jahren." Sie hob stolz den Kopf. „Willst du mit mir auf ein Zimmer gehen?"

Sie fragte das so kalt und sachlich, dass Quentin fröstelte. „Nein."

„Schade. Matthew ist heute nicht da. Meistens bin ich für ihn reserviert. Aber oft ist er auch in Europa. Und dann kann mich jeder buchen, gerade so, wie er will. Aber heute ist nichts los."

Sie zeigte auf ein Mädchen mit dunklen Locken, das etwas abseits stand und das noch verlorener wirkte als die anderen.

„Das da drüben ist Isabella. Die ist ganz neu. Die ersten Male ist es etwas merkwürdig, aber man gewöhnt sich daran. Alle sind immer sehr nett zu uns. Meistens zumindest. Meine Mutter hat mich damals auf eine dieser Partys mitgenommen. Ich wurde den Männern vorgestellt. Alle waren sehr nett zu mir.

Beim ersten Mal ist dann gar nichts passiert. Meine Mutter ist nach zwei Stunden wieder gegangen mit mir. Ich habe gar nicht recht begriffen, was das alles sollte.

Eine Woche später waren wir dann wieder auf so einer Party. Diesmal sollte ich mich schminken und meine Mutter hat mir neue Unterwäsche gekauft. Und diese hohen Schuhe. Ich konnte kaum stehen darin.

An dem Abend habe ich Matthew kennengelernt. Er hat mich zuerst nach der Schule gefragt und nach meinen Hobbys. Dann im Schlafzimmer ist mir ein bisschen schlecht geworden. Mir war ganz schwindlig, weil ich etwas getrunken hatte. Als er mich dann küssen wollte, musste ich lachen. Am Anfang hat es ein bisschen wehgetan. Dann war es gar nicht mehr so schlimm."

Sie trank in gierigen Schlucken. Ihr Glas war leer. Sie stellte es auf einem Tischchen ab und nahm sich sofort ein neues.

„Danach hat es sich komisch angefühlt. Ich habe nicht so richtig begriffen, was passiert war. Matthew hat mich zurück auf die Party gebracht und sich wieder nett mit mir unterhalten. Er hat von seinem Geschäft erzählt, von seiner Frau und seinen Kindern. Seitdem bin ich einmal im Monat hier."

Sie zeigte auf den gutaussehenden Mann mit den schlohweißen Haaren, der immer noch redete. Alle hingen an seinen Lippen. „Mister Bernstein ist der Boss. Er organisiert das alles."

Trotz seiner circa 60 Jahre wirkte er noch sehr fit. „Er kennt den mexikanischen Präsidenten. Und den Chef von Tesla. Er ist eigentlich ganz nett. Meistens zumindest."

Sie starrte vor sich hin und trank dann wieder in gierigen Schlucken.

„Seit ich auf diese Partys gehe, ist meine Mutter richtig glücklich. Früher hat sie immer den ganzen Tag gesoffen, ist kaum aus dem Bett gekommen und hat Pillen genommen. Jetzt arbeitet sie wieder ab und zu. Sie hat eine kleine Rolle in einer Daily Soap hier im Fernsehen bekommen. Seitdem ist sie so glücklich. Mister Bernstein hilft ihr."

Ein dicker Mann redete jetzt mit den schwarzen Frauen. Sie schienen kein Wort zu verstehen und sahen ihn mit großen Augen an. Er strich der jüngsten und zierlichsten der drei sanft über die Wange. Ihr Haar war zu kleinen Zöpfen geflochten. Sie schien nicht recht zu wissen, wie ihr geschah, und blickte hilfesuchend zu ihren Freundinnen.

Maria trank wieder und sah sich um.

„Vielleicht hat dieser Professor mich wieder bestellt, mit dem ist es ganz okay. Es tut nicht weh, es ist meistens schnell vorbei und manchmal macht es sogar ein bisschen Spaß. Mit diesem Dicken dahinten ist es dagegen immer ekelhaft."

Sie wies auf einen der Typen, die Bernstein aufmerksam zuhörten.

„Er wollte scheußliche Dinge und hat dabei die ganze Zeit geredet. Eigentlich heißt er Bill, aber ich musste ihn Daddy nennen. Er hat mir wehgetan und mich an den Haaren gerissen. Ich habe ihn einmal im Fernsehen gesehen, er ist irgendwie wichtig. Er ist Vorsitzender von irgendwas."

Eines der anderen Mädchen plauderte jetzt aufreizend mit mehreren Männern und lachte laut.

„Das da ist Juanita, der neue Star." Sie klang ein wenig neidisch, als sie auf sie zeigte. „Ich selbst habe sie angeliefert. Man soll immer versuchen, neue Mädchen anzuschleppen. Ich kenne sie aus der Schule. Ich habe sie einfach gefragt, ob sie einmal mitkommen will auf so eine Party, es wäre nett dort. Meine Mutter hat mit ihrer Mutter gesprochen und alles klargemacht."

Quentin hob überrascht die Augenbrauen.

„Du hast sie hierhergebracht?"

Sie zuckte mit ihren dürren Schultern. „Was ist schon dabei? So schlimm ist es hier doch gar nicht, und es gibt krass viel Kohle. Alle sind ganz begeistert von ihr. An manchen Abenden muss sie sogar mit zwei oder drei der Männer mitgehen. Am Anfang hat sie sich sehr schwergetan und viel geweint, aber sie hat sich daran gewöhnt. Inzwischen genießt sie es regelrecht."

Ihr Glas war schon wieder halb leer.

„Bald habe ich es sowieso hinter mir. Ich bin fast schon

zu alt, dann werde ich nicht mehr eingeladen. Dorothy zum Beispiel ist jetzt 17 und darf nicht mehr kommen. Auf der letzten Party ist sie plötzlich aufgetaucht. Sie war völlig betrunken und verheult. Dann hat sie sich an Mister Bernstein gehängt und gefleht, dass sie wiederkommen darf, aber sie haben sie weggebracht."

Die drei afrikanischen Frauen, offenbar waren auch sie höchstens sechzehn, gingen jetzt mit dem dicken Mann Richtung Villa.

Quentin sah zu Maria.

„Komm, wir gehen."

Maria sah ihn überrascht an. Dann begann sie zu lächeln.

„Also doch. Ich wusste es. Ihr Typen seid alle gleich."

Sie gingen den Frauen hinterher. Maria legte den Arm um seine Hüfte und schmiegte sich so eng an ihn, dass Quentin leicht erstarrte.

Durch die großen Flügeltüren folgten sie den schwarzen Frauen nach drinnen.

Hier war es deutlich kühler, überall lief leise Musik, die Menschen standen in kleinen Grüppchen zusammen.

Es ging die große Treppe hinauf nach oben. Sie liefen einen langen Flur mit dicken Teppichen entlang. Die Geräusche der Feier wurden immer leiser.

Die drei Frauen wurden vor ihnen von dem Dicken in ein Zimmer gezogen. Eine von ihnen sträubte sich, der Mann packte sie grob am Arm und stieß sie hinein. Die Tür schloss sich hinter den dreien.

Als Quentin hinterhergehen wollte, zog ihn Maria am Revers in eines der Zimmer.

„Wo willst du hin? Hier ist ein freies Zimmer."

Drinnen nahm sie ihn bei der Hand und zog ihn rückwärts gehend Richtung Bett. Quentin machte sich behutsam los.

„Warte hier. Ich komme gleich wieder."

Sie machte einen Schmollmund, zuckte übertrieben mit den Schultern und warf sich dann lachend auf das Bett.

„Beeil dich. Ich warte hier."

Er verließ das Zimmer und schlich sich zu der Tür, hinter der die Frauen verschwunden waren.

Er hörte merkwürdige Geräusche. Ein Ächzen und Stöhnen.

Vorsichtig umfasste er die Klinke und drückte sie langsam herunter. Die Tür war nicht verschlossen. Er schob sie einen Spalt auf und spähte ins Innere.

Das schwarze Mädchen mit den Zöpfchen lag auf dem Bett, der dickliche Mann grunzte über ihr. Die zwei anderen Frauen saßen neben dem Bett auf einer Couch und sahen mit schreckerfülltem Gesicht zu. Die eine hatte eine Schwellung über dem Auge und ein dünnes Blutrinnsal lief ihre Wange hinunter, ohne dass sie es beachtete.

Kurz überlegte er, ob er eingreifen sollte, aber das war zu gefährlich.

Geräuschlos zog er die Tür wieder zu und ging ein paar Schritte den Gang hinab. Als er sich sicher war, dass er unbeobachtet war, griff er nach seinem Telefon und wählte den Notruf.

„Mein Name tut nichts zur Sache. Ich möchte eine Straftat melden. Die Adresse ist Boulevard Foxa Quesado 66, Costa Sol, Nähe Veracruz. Hier werden Minderjährige zur Prostitution angeboten. Der Zugriff muss sofort stattfinden. Unverzüglich. Gegenwehr ist kaum zu erwarten. Das Security-Personal wird keinen Widerstand leisten, so meine Einschätzung. Bitte beeilen Sie sich." Er legte auf.

Dann blickte er zu der Zimmertür, hinter der sich die drei Frauen befanden. Er atmete tief durch und wandte sich ab.

Als er zurück ins Zimmer ging, lag Maria nackt auf dem Bett. Sie hatte die Beine gespreizt und lächelte ihm entgegen.

Quentin wandte den Blick ab, griff nach dem Bademantel, der an der Badezimmertür hing, und warf ihn ihr zu.

„Was ist los?", fragte sie verwirrt.

„Bitte zieh das an. Die Polizei wird bald kommen. Sie werden das alles hier beenden. Sie werden dich auch befragen, bitte erzähl nichts von mir."

Er trat ans Bett und versuchte behutsam, ihr den Bademantel überzuziehen, doch sie reagierte gar nicht. Er griff in seine Jackentasche und holte sein Mobiltelefon heraus. Er wischte kurz darauf herum und hielt es ihr dann hin. „Hier, hast du dieses Mädchen schon mal gesehen? Ihr Name ist Susan. War sie jemals auf einer der Partys?"

Maria sah auf das Bild. Sie schüttelte den Kopf. Quentin steckte das Telefon wieder ein.

„Du musst nicht mehr hierher. Diese Partys werden aufhören."

„Warum? Was habe ich falsch gemacht?"

Maria schien den Tränen nah zu sein.

„Du hast gar nichts falsch gemacht."

Das Mädchen begann plötzlich hemmungslos zu weinen. Ihre nackten Schultern zuckten und sie vergrub ihr Gesicht zwischen den angezogenen Knien.

Quentin legte ihr den Bademantel um und tätschelte

ihr unbeholfen den Rücken. Dann verließ er leise das Zimmer.

Als Quentin über den Zaun kletterte, konnte man weit in der Ferne Blaulichter blinken sehen, die rasch näherkamen.

Kapitel 23

„Es gibt neue Entwicklungen. Ich habe ein Video von Susan gefunden. Es scheint neueren Datums zu sein. Das ist immerhin ein Lebenszeichen."

Quentin saß in seinem Hotelzimmer in Indianapolis und telefonierte mit Susans Mutter. Mrs. Danton hatte gebeten, eher verlangt, dass sie auf dem Laufenden gehalten werden solle.

Die Kirche hatte ihm wieder einmal das billigste Hotel vor Ort gebucht. Die Einrichtung mit den abgenutzten Billigmöbeln und das Badezimmer mit den rissigen Kacheln bedrückten ihn ebenso wie der Ausblick aus dem Fenster auf regennasse Parkplätze und Industriehallen.

„In diesem Zusammenhang bin ich auf einen Menschenhändlerring gestoßen. Einige Frauen konnten von der Polizei befreit werden, Susan war leider nicht darunter."

„Ich verstehe."

Ihre Stimme klang merkwürdig kühl. So, als würde sie das Schicksal ihrer Tochter eigentlich nichts angehen.

„Aber ich habe weitere Hinweise gefunden. Ich konnte einen anderen Film sicherstellen, in welchem ich weitere Personen identifizieren konnte, die im Zusammenhang mit dieser Bruderschaft stehen könnten. Deswegen bin ich hierher nach Indianapolis gekommen. Ich werde die Personen kontaktieren, um weitere Informationen …"

„Dieses Video. Was ist darauf zu sehen?"

„Ich würde mich um solche Details gar nicht kümmern. Für den Fortgang unserer Ermittlungen ist das unerheblich."

„Ich warte auf eine Antwort."

„Sind Sie sicher, dass Sie das wissen wollen? Ich rate dringend ab …"

„Ich bestehe darauf." Ihre Stimme hatte plötzlich etwas Schneidendes. Quentin konnte sich vorstellen, dass ein Konflikt mit dieser Frau übel ausgehen konnte.

„Ihre Tochter hat in diesem Video sexuellen Verkehr mit mehreren Männern."

„Freiwillig?"

„Soweit ich das beurteilen kann, ja. Aber Freiwilligkeit ist in diesem Zusammenhang ein recht unscharfer Begriff."

Einen Augenblick lang war Stille in der Leitung.

„Können Sie mir das Video zukommen lassen?" Ihr schweres Atmen war deutlich zu hören.

„Noch einmal: Ich rate dringend davon ab. Es sind verstörende Aufnahmen."

„Schicken Sie mir den Film. Keine Diskussion. Haben wir uns verstanden?"

Drei Tage zuvor hatte die Polizei die Party mit den Minderjährigen hochgehen lassen. Zwar war es zu mehreren Verhaftungen gekommen, aber hochbezahlte Anwälte waren bereits dabei, die Anklagepunkte zu entkräften. Viele der Mädchen hatten ausgesagt, sie seien freiwillig dort gewesen. Das würde das Strafmaß deutlich verringern.

Sein Büro hatte die drei Männer auf dem Video mit dem Baby mit neuester Gesichtserkennungssoftware schnell identifizieren können. Es waren drei Männer aus Indianapolis, weswegen er sofort hierhergeflogen war.

Gerade hatte Quentin eine Mail mit ihren Kontaktdaten erhalten. Vor circa einem Jahr waren sie für einige Monate vermisst gemeldet gewesen. Als sie wieder aufgetaucht waren, hatten sie jede Aussage verweigert. Einer von ihnen hatte nur immer wieder das Wort *Bruderschaft* wiederholt. Die Polizei hatte nicht herausfinden können, was mit ihnen geschehen war. Vermutlich waren sie von der Bruderschaft gefangen gehalten worden. Das war die beste Spur, die er hatte.

Quentin überlegte einen Augenblick, dann wählte er die Nummer, die er gerade erhalten hatte.

„Miss Waller? Quentin Damien mein Name, mein Büro hat schon mit Ihnen gesprochen? Ich rufe wegen Ihren Brüdern an."

Zwei Stunden später stand Quentin vor der Tür und blickte auf das abgeblätterte dunkle Furnier. Dumpfe Geräusche und Stimmen wie von Fernsehern drangen aus den Wohnungen.

Die Klingel funktionierte nicht. Als er klopfte, hatte er das Gefühl, als würden überall im Haus die Fernseher leiser gedreht. Als wollte sich keiner entgehen lassen, was der Fremde hier zu tun hatte im siebten Stock.

Endlich ging die Tür auf, und eine kleine, dickliche ältere Frau stand vor ihm. Verschreckt blickte sie zu ihm auf. Sie hatte eine feste, helmartige Frisur, so wie viele ältere Frauen. Und irgendetwas an ihrem Gesicht erinnerte Quentin an einen zerzausten Vogel.

„Miss Waller? Mein Name ist Quentin, ich hatte angerufen. Es geht um Ihre Brüder."

Sie trat zur Seite, um ihn einzulassen.

Das Wohnzimmer war von bedrückender Enge. Schwere Eichenschränke standen neben klobigen Vitrinen. Gedämpft konnte man den Fernseher aus der Wohnung nebenan hören. Irgendwo rauschte eine Toilettenspülung.

Die Frau setzte sich in einen der wuchtigen Sessel hinter einem ausladenden Couchtisch und bedeutete ihm, ebenfalls Platz zu nehmen. Quentin versank beinahe in den Polstern.

„Ich wollte mit Ihren Brüdern sprechen. Die drei waren eine Zeit lang gefangen gehalten worden, nicht wahr?"

Die Frau nickte langsam. „Ja, das waren sie."

Ihre Stimme klang rau, nach Zigaretten, nach Kummer und nach Schnaps. Es tat ein wenig weh, ihr zuzuhören, so als würde jedes Wort eine kleine Verletzung in ihren Stimmbändern verursachen.

„Ich habe Ihnen ja schon am Telefon gesagt, wie es um die drei steht."

„Sie haben mir gesagt, dass sie seit ihrer Befreiung unter gewissen *Beeinträchtigungen* leiden würden."

Sie lachte bitter auf. „Beeinträchtigungen. Nun, so könnte man es nennen." Sie faltete die Hände in ihrem Schoß.

„Sie haben eingewilligt, mit Ihnen zu reden. Ungewöhnlich. Sonst wollen sie niemanden sehen. Aber als ich gesagt habe, dass es um die Bruderschaft geht, waren sie einverstanden. Ich habe ja schon am Telefon von den Bedingungen erzählt. Bitte denken Sie daran, dass Sie kein Licht anmachen dürfen. Keine Taschenlampe, kein Feuerzeug, nicht einmal ein Mobiltelefon. Bitte halten Sie sich daran."

„Warum ertragen die drei kein Licht? Was ist damals passiert?"

„Wenn Sie es herausfinden, sagen Sie es mir. Sie haben

215

kein einziges Wort darüber gesagt. Die Polizei hat sie in einem verfallenen Gebäude gefunden. Die drei waren im Keller eingesperrt. Ohne Licht. Seitdem sind sie nicht mehr sie selbst. Sie hatten keine Verletzungen oder so etwas Ähnliches. Auch bei den Vernehmungen haben sie kein Wort gesagt. Seitdem verlassen sie ihr Zimmer nicht mehr. Sie leben da drinnen in völliger Dunkelheit."

Quentin schauderte.

„Ich frage die drei, ob sie bereit sind." Sie drehte sich um und verließ das Wohnzimmer.

Er empfand sich als seltsam fehl am Platz inmitten der altmodischen Einrichtung. Die geblümten Tapeten, die dunklen Schränke und die schweren Bilderrahmen. Die ganze Wohnung wirkte ein wenig wie eine Kulisse, so als hätte man sie nur für seinen Besuch hergerichtet und sobald er verschwunden wäre, würde alles wieder abgebaut und eingelagert.

„Sie sind so weit. Aber Sie können nicht lange bleiben."

Er hatte sie nicht kommen hören und erschrak leicht, als sie plötzlich hinter ihm stand. Quentin wandte sich zu ihr um, und sie ging voraus den Flur hinunter und blieb vor einer Tür am Ende des Ganges stehen. In der Mitte war ein Spion angebracht.

„Bitte warten Sie, bis ich die Tür hinter Ihnen geschlossen habe."

Dann legte sie die Hand auf die altmodische Messingklinke und öffnete die Tür. Das Licht fiel in einen kleinen dunklen Zwischenraum, auf dessen anderer Seite eine weitere Tür war.

„Bitte regen Sie sie nicht auf. Mike hat Probleme mit dem Herzen, aber er will nicht, dass ein Arzt kommt."

Er trat ein und die Tür schloss sich hinter ihm. Es war jetzt völlig dunkel. Die Türritzen waren sorgfältig abgedeckt, sodass beim Öffnen der zweiten Tür nicht der kleinste Lichtschimmer hineinfallen konnte.

Es war immer seltsam, sich in völliger Dunkelheit zu bewegen. Man fühlte sich so schutzlos, so ausgeliefert. Das Licht gaukelte einem vor, man könnte alles beherrschen, man sei Herr der Lage.

Mit ausgestreckten Armen tastete er sich zu der gegenüberliegenden Wand. Einen Augenblick lang stieg Panik in ihm auf, und als seine Finger an die Tapete stießen, zuckte er kurz zusammen.

Dann tastete er sich ein Stück an der Wand entlang nach rechts, wo er die Tür vermutete. Schließlich spürte er den hölzernen Türrahmen. Die Türklinke war niedriger, als er erwartet hatte.

Er schloss die Finger um das kühle Metall. Einen Augenblick wartete er, dann öffnete er behutsam die Tür.

Ein Schwall dumpfer, muffiger Luft schlug ihm entgegen.

Es war völlig still.

Als er über die Schwelle trat, war ihm, als würde er eine verbotene Zone betreten, als träte er in eine andere Wirklichkeit, als hätte er die reale Welt durch eine Hintertür verlassen.

Er streckte den Arm nach hinten, um die Klinke hinter seinem Rücken zu finden. Seine Finger zitterten ein wenig. Ganz behutsam schloss er die Tür hinter sich.

Er konnte spüren, dass sie da waren.

Das Atmen fiel ihm schwer, die Luft roch ganz leicht nach Schweiß und nach etwas Süßlichem, das ihn schaudern ließ. Und da war zu wenig Sauerstoff.

„Hallo? Sind Sie da?" Es kam ihm befremdlich vor, so ins Dunkel hineinzusprechen. „Mein Name ist Pater Quentin. Ich bin hier wegen Ihrer Entführung damals. Ich glaube, ich bin den Tätern auf der Spur. Sie nennen sich die ‚Bruderschaft'. Was können Sie mir darüber sagen?"

Obwohl es absolut still war, schien es ihm, als könnte er vor sich ein leises Atmen hören. Aber niemand antwortete. „Hören Sie mich?"

Da war auf einmal ein Flüstern: „Falls Sie Streichhölzer dabeihaben, benutzen Sie sie auf keinen Fall!"

Quentin zuckte zusammen, als die Stimme vor ihm in der Dunkelheit ertönte. Sie war viel näher, als er gedacht hätte.

„Und benutzen Sie auch kein anderes Licht."

„Helligkeit verursacht schwerwiegendste Probleme."

Es waren drei verschiedene Stimmen. Dem Klang nach von älteren Männern. Sie flüsterten tonlos und klangen wie Automaten.

„Ich bin auf der Suche nach einer jungen Frau, die sich wahrscheinlich bei der Bruderschaft aufhält. Wissen Sie, wo Frauen gefangen gehalten werden könnten? Oder wer mir da weiterhelfen kann?"

„Sag es ihm."

„Nein, sei still."

„Sag ihm, was passiert. Er hat ein Recht darauf."

Quentin trat etwas näher in Richtung der Stimmen. „Was meinen Sie? Was soll er mir erzählen?"

„Nichts, es ist nichts."

„Hören Sie gar nicht auf ihn."

„Das alles hat nichts zu bedeuten."

Offenbar sprachen sie immer in der gleichen Reihenfolge. Der eine, der zuerst redete, schien der älteste zu sein, dann sprach der nächste mit etwas höherer und dünnerer Stimme und zuletzt der Jüngste, Zögerlichste.

„Stell ihm die Frage."

„Nein, noch nicht."

„Was? Welche Frage?"

Keiner antwortete.

„Hören Sie, wir haben Hinweise, dass die junge Frau in Gefahr ist. Es ist von großer Wichtigkeit, dass wir erfahren, wo sie ist. Können Sie mir Adressen hier in der Stadt nennen, wo sie eingesperrt sein könnte? Oder Kontaktpersonen, an die ich mich wenden kann?"

„Die Bruderschaft hat keinen Ort."

„Sie können sie nicht finden."

„Sie ist aus der Wirklichkeit gefallen."

„Sie war immer."

„Und sie wird immer sein."

„Sie können sie nicht besiegen."

Quentin runzelte die Stirn und versuchte mit den Augen die Dunkelheit zu durchdringen.

„Wahrscheinlich ist die Frau in großer Gefahr. Jeder Hinweis, den Sie mir geben können, wäre eine Hilfe."

„Sag es ihm."

„Sei still!"

„Nein, er hat recht."

Die drei schienen sich uneins zu sein. Vielleicht würde er hier doch etwas herausbekommen.

„Was können sie uns antun, was sie uns nicht schon längst angetan haben?", sagte die erste Stimme.

„Was haben wir noch zu fürchten?"

„Wovor haben Sie Angst?"

Stille.

„Wovor fürchten Sie sich?"

Der älteste der drei schien aufgeregt zu sein. Sein Atem ging schneller.

„In Ordnung. Aber Sie dürfen nicht sagen, dass Sie es von uns wissen. Versprechen Sie es?"

„Ja, ich verspreche es. Bei Gott."

„Suchen Sie nach *Voluptas sine limitibus*. Dort werden Sie Antworten finden."

„*Voluptas sine limitibus?* Was ist das?"

„Sie werden es herausfinden."

„Sie werden es verstehen."

„Sie werden es begreifen."

Stille. Es schien so, als ob sie alles gesagt hätten, was es zu sagen gab.

Quentin wollte sich schon abwenden, um zu gehen, doch er hielt noch einmal inne.

„Sagen Sie, darf ich Sie etwas fragen?" Nur Schweigen, welches er als Zustimmung nahm. „Sie sind wirklich aus freiem Willen hier? Oder wird irgendwie noch Druck ausgeübt auf Sie? Ich könnte Ihnen helfen. Ich könnte für Schutz sorgen. Und es gibt Therapien. Ich habe viele Opfer solcher Gruppierungen gesehen. Manchen konnten wir helfen."

Keine Antwort.

„Ich kann mir vorstellen, dass es Ihnen hoffnungslos erscheint, aber es gibt einen Weg zurück. Es gibt Hilfsangebote. Es wird nicht über Nacht gehen, aber langsam wird es besser werden. Doch es gibt viele Menschen wie Sie. Mehr, als Sie denken."

Stille

Er hatte sein Telefon in der Tasche, und er verspürte den Drang, es herauszunehmen und die kleine Lampe anzuschalten. Was würde er zu sehen bekommen?

„Sie selbst sind in dem gleichen Raum", sprach plötzlich die erste Stimme wieder.

„Sie haben ihn nie verlassen."

„Sie waren ewig eingesperrt."

„Wir haben uns befreit."

„Wir sind entkommen."

„Wir sind nun frei."

„Fragen Sie nicht weiter."

„Gehen Sie jetzt."

„Kommen Sie nicht wieder."

Quentin starrte in die Dunkelheit und versuchte wieder, etwas zu erkennen. Doch die Finsternis war so absolut, als ob es nie wieder Licht geben könnte.

Langsam drehte er sich und tastete sich zur Tür. Als er die Klinke bereits in der Hand hatte, hörte er noch einmal die Stimmen hinter sich flüstern: „Sie werden es verstehen."

„Schon bald."

„Dann werden Sie wissen, worum es geht."

Als Quentin die Tür hinter sich geschlossen hatte und wieder ins Licht trat, war er fast geblendet und musste kurz die Augen schließen. Er hatte das Gefühl, als wäre er kurz davor, etwas zu begreifen. Doch dann verschwand der Gedanke – wie ein Traum nach dem Aufwachen.

Kapitel 24

„Ich habe eine Spur gefunden. Die drei entführten Männer aus dem Video, das ich Ihnen geschickt habe, haben mir einen Hinweis gegeben. Sie waren eine Zeit lang in Gefangenschaft bei der Bruderschaft. *Voluptas sine limitibus.* Lust ohne Grenzen."

Quentin saß wieder in seinem heruntergekommenen Hotelzimmer in Indianapolis und telefonierte mit dem Monsignore. Sofort nach dem Gespräch mit den drei Brüdern hatte er sich an das FBI gewandt, und die hatten ihm helfen können.

„*Voluptas sine limitibus* nennt sich ein sehr exklusives Bordell nicht weit von hier. Das FBI ermittelt gegen sie, konnte aber noch nichts erreichen. Das ist ein sehr spezieller Club für Milliardäre. Er vermittelt äußerst ungewöhnliche Dienstleistungen, man hört die unglaublichsten Geschichten. Es heißt, dort kann man sich für Riesensummen jeden abartigen Traum erfüllen lassen. Ich muss mich dort einschleusen. Die Zeit läuft uns davon. Mit jedem weiteren Tag sinken die Chancen, Susan zu finden."

Am anderen Ende der Leitung war ein kurzes Schweigen.

„Dieser Vorfall in der Nähe von Veracruz. Die Polizeirazzia wegen dieser Minderjährigengeschichte. Sie hätten sich vorher mit mir absprechen müssen."

„Dazu war keine Zeit."

„Die Geschichte hat in der Presse eine gewaltige Aufregung verursacht. Wir können solche Aufmerksamkeit nicht gebrauchen. Lassen Sie in Zukunft die Behörden aus dem Spiel."

„Jawohl, Monsignore."

Am Nachmittag hatte er einen Termin bei *Voluptas sine limitibus*. Er hatte auf eine andere Tarnidentität zurückgegriffen, Greg Winter, Millionenerbe aus Texas, der es liebte, seine Millionen für unsinnige Dinge zu verschwenden. Die Kirche leistete bei solchen gefälschten Lebensläufen immer exzellente Arbeit. Unter diesem Namen hatte er rasch die Möglichkeit, ein Gespräch zu bekommen. Offiziell war diese Firma eine etwas exzentrische Event-Agentur. Die Wahrheit wussten nur die wenigsten.

Als er seinen Koffer auspackte, fiel ihm seine alte Bibel wieder in die Hände. Er hatte sie immer dabei. Aber er hatte schon jahrelang nicht mehr hineingeschaut.

Als er sie aufschlug, fiel ein Foto heraus.

Er bückte sich und hob es auf. Es zeigte ihn am Flughafen in Kinshasa. Er sah so jung aus. So voller Zukunft.

Der Jeep fuhr durch ein verlassenes Dorf. Die ärmlichen Hütten waren leer. Es sah so aus, als wären alle überstürzt aufgebrochen. Auf der Straße lagen einige Taschen und Rucksäcke, teilweise waren sie aufgerissen, die ganzen Habseligkeiten lagen verstreut herum. Türen standen offen, überall auf den Straßen lagen Hosen, Hemden, bunte Blusen und Töpfe, Pfannen, Besteck. Einige vollbeladene Autos parkten am Straßenrand.

Mitten auf dem Dorfplatz loderte ein Feuer. Es war bereits halb heruntergebrannt. Man konnte noch die verkohlten Körper, Arme mit zu Krallen gebogenen Fingern, Beine und Schädel erkennen.

Einige Gestalten in weißen Schutzanzügen und mit Gesichtsmasken und Schutzbrillen kamen ihnen entgegen. Einer hatte eine Kalaschnikow über der Schulter hängen. Sie sahen ein wenig aus wie Astronauten.

Als sie aus dem Dorf hinausfuhren, wurde die Straße holpriger. Am Wegrand lagen aufgetürmte Habseligkeiten. Die Bewohner hatten nur das Allernotwendigste mitnehmen dürfen bei der Evakuierung.

Quentin saß auf dem Beifahrersitz. Auch er trug den weißen Schutzanzug. Es war schwer, unter der Haube zu atmen. Ständig war die Schutzbrille leicht beschlagen, man war wie ausgesperrt von der Welt, und sein eigener Atem dröhnte überlaut in den Ohren.

Hinter auf der Ladefläche saßen zwei Soldaten, ebenfalls in weißer Schutzmontur. Sein Kontaktmann Kiani auf dem Fahrersitz blickte konzentriert durch die schmutzige Windschutzscheibe.

Vor ihnen an der Kreuzung war eine Straßensperre. Mehrere Jeeps mit der Aufschrift WHO blockierten die Durchfahrt, Männer in Schutzanzügen bedeuteten ihnen, anzuhalten.

Hinter aufgestapelten Sandsäcken war eine MG-Stellung aufgebaut. Quentin bemerkte, dass die Gewehre alle nach innen gerichtet waren.

Kiani hielt an und zeigte den Wachen den Passierschein. Mit ihren Handschuhen hatten sie Mühe, ihn auseinanderzufalten. Der Mann wandte sich an Kiani. Das Visier seiner Schutzhaube war so beschlagen, dass man sein Gesicht kaum erkennen konnte. „Sie sind von der WHO?"

„Nein, wir sind von der Zentralregierung. Wir sollen einen Beauftragten nach Kalala bringen." Er wies mit einer Kopfbewegung auf Quentin.

„Nach Kalala? Ist das Ihr Ernst?"

Kiani zuckte mit den Schultern. „Das ist unser Befehl."

Der Mann wandte sich ihm zu. „Sie sind sich sicher, dass Sie dort hineinwollen?"

Quentin nickte. Er war gerade wegen eines anderen Auftrags im Kongo gewesen und so hatte man ihn hierhergeschickt.

Der Mann zuckte mit den Schultern und reichte ihnen die Dokumente zurück. „Scheint in Ordnung zu sein." Er winkte seinen Leuten zu und die Jeeps wurden weggefahren.

Als Kiani und Quentin weiterfuhren, sahen sie am Straßenrand eine Gruppe von Menschen ohne Schutzanzüge, die auf dem Boden saßen und ihnen ausdruckslos entgegenblickten. Es waren meist Familien mit Kindern. Wachen in Schutzanzügen standen dabei.

Er wandte sich an Kiani. „Was ist da los?"

„Alles hier ist Sperrzone. Wer noch nicht evakuiert wurde, darf nicht mehr heraus."

„Was passiert mit ihnen?"

Kiani antwortete nicht.

Auf dem Weg lagen heruntergefallene, bräunlich verfärbte Bananenblätter. Der Weg führte jetzt in den Dschungel, und der Weg verwandelte sich immer mehr in eine schlammige Piste.

Überall lagen leblose Körper. Gestalten in Schutzanzügen mit großen Tornistern auf dem Rücken besprühten die Leichen mit Desinfektionsmittel. Die Gesichter der Toten waren rot von dem ganzen Blut, das ihnen aus den Augen gelaufen war. Quentin sah weg.

Als sie weiterfuhren, kamen sie an einem abgebrannten Dorf vorbei. An einigen Stellen züngelten noch die Flammen aus den verkohlten Ruinen, die Bäume waren schwarz von Ruß. Die verlassenen Dörfer wurden alle niedergebrannt.

Dann erreichten sie Kalala, den Ort, an dem alles begonnen hatte.

Hier waren überall noch Teams im Einsatz, um Proben zu sammeln. Ein paar weiße Zelte mit der Aufschrift der WHO standen am Rand.

Ein Soldat der UN-Truppe kam ihnen entgegen, in blauer Weste mit den Buchstaben UN über dem Schutzanzug. „Sie sind Pater

Quentin? Wir haben schon auf Sie gewartet. Kommen Sie mit. Sie sind gut hineingekommen in die Sperrzone?"

Quentin nickte.

„Gut, dass Sie endlich da sind. Der Dorfvorsteher hat darauf bestanden, dass wir jemanden von der Kirche dazuholen. Nur so hat er eingewilligt, mit uns zusammenzuarbeiten."

Auf dem Dorfplatz war ein Hubschrauber gelandet, in den gerade Leichensäcke eingeladen wurden. Ein älterer Schwarzer mit einer dicken Hornbrille stand in der Nähe, er schien verängstigt zu sein und redete laut auf einen der Soldaten ein.

„Dort vorn ist er. Bleiben Sie ein paar Meter entfernt von ihm. Berühren Sie ihn keinesfalls. Wir wissen noch nicht, wie es sich überträgt, ob über die Luft oder über das Wasser. Und ob es ein Virus ist oder ein Bakterium."

Als der Schwarze sie näherkommen sah, verstummte er und blickte ihnen erwartungsvoll entgegen.

Kiani zeigte auf Quentin. „Mister Kashale. Das ist Pater Quentin."

Der Afrikaner wandte sich an ihn. Er sprach mit starkem Akzent, es war schwer, ihn zu verstehen. „Kirche muss helfen. Der Satan ist gekommen. Er hat Krankheit gebracht."

Quentin versuchte, beruhigend zu klingen. „Wir würden ihn gern sehen. Dürfen wir jetzt zu ihm?"

Der alte Afrikaner zögerte, dann nickte er. „Also gut. Aber Vorsicht! Satan war bei ihm."

Der Dorfvorsteher setzte sich in Bewegung, Quentin, Kiani und der UN-Soldat folgten ihm. „Er bringt uns jetzt zu dem ersten Infizierten. Das ist wahrscheinlich Patient Null. Bislang hat er sich geweigert, uns zu ihm zu lassen, er wollte erst jemanden von der Kirche hierhaben. Er wird dort hinten in der Hütte gefangen gehalten. Sie sagen, er ist besessen, er hat die Krankheit über sie gebracht."

Der Dorfvorsteher wandte den Kopf, als hätte er die Worte gehört.

„Hat Krankheit gebracht", sagte er wie zur Bestätigung. „Die Pforten der Hölle offen. Dämon ist gekommen über uns."

Der Hubschrauber hinter ihnen auf dem Dorfplatz wurde gestartet. Ein knatterndes Motorengeräusch ertönte, und ein mächtiger Windstoß blies ihnen ins Gesicht.

Der Alte redete weiter, doch durch das ohrenbetäubende Knattern konnte Quentin nicht verstehen, was er sagte.

Sie kamen zu einer ärmlichen Hütte, und der Dorfvorsteher, Kiani und Quentin gingen hinein in den dämmerigen Raum. Die Wände waren unverputzt, die Fenster vergittert.

Eine Gestalt lag auf dem Bett. Erst als sie näherkamen, konnten sie sein Gesicht erkennen. Es war ein junger Mann, der ihnen ausdruckslos entgegenstarrte. Blut rann ihm aus den Augen.

Der Dorfvorsteher redete lange in seiner Landessprache, einem harten Stakkato mit vielen rauen Rachenlauten. Immer wieder wies er dabei auf den blutenden Mann. Er schien wütend zu sein.

Kiani wandte sich an Quentin. „Er sagt, dass er schuld ist an allem. Er sei der Sohn des Teufels. Er ist als Erster krank geworden. Seine ganze Familie ist gestorben, zuerst der Sohn, dann die Mutter und der Onkel. Nur er lebt als Einziger noch."

„Wissen Sie, was das heißt?", sagte Quentin mit unterdrückter Wut. „Wenn wir ihn vor drei Tagen schon hätten untersuchen können, wäre es vielleicht noch aufzuhalten gewesen. Jetzt hat es sich schon überall verbreitet, es ist zu spät. Wir müssen ihn nach Kinshasa bringen und schnellstmöglich untersuchen. Blutproben, Gensequenzen, das ganze Programm, vielleicht bekommen die Mediziner noch etwas heraus."

Der Dorfvorsteher fing an, mit den Armen zu gestikulieren und auf sie einzureden. „Nein, er Sohn von Teufel. Er müssen sterben. Er nicht leben."

Quentin sah ihm direkt in die Augen. „Gott der Herr sagt: Du sollst nicht töten! Das ist Sünde. Aber haben Sie keine Sorge. Gott wird uns allen helfen!"

Dann hob er theatralisch die Arme und rief unter seiner Maske: „Gott, der Herr erbarme sich unser. Er segne uns und erlöse uns von dem Bösen. Amen."

Es dauerte eine Weile, den Alten zu überzeugen, aber schließlich gab er nach.

Als sie wieder vor die Hütte traten, fühlte sich Quentin in der hellen Sonne wie von bösen Geistern befreit. Jetzt sah er, dass der Dorfplatz beinahe leer war. Alle Lastwagen waren bereits losgefahren. „Wie kommen wir hier weg?"

„Wir müssen den letzten Hubschrauber nehmen, der startet in fünf Minuten, danach wird alles endgültig abgeriegelt", sagte Kiani.

„Im Hubschrauber gibt es doch nicht genug Platz für alle."

„Alle, die noch hier sind, sind Kontaktpersonen ersten Grades. Wir haben keine Kapazitäten mehr. Alle Quarantänestationen sind völlig überfüllt."

Quentin legte den Kopf zur Seite. „Gibt es keine andere Möglichkeit?"

„Ich fürchte nicht."

Quentin betrachtete die Gestalten, die noch auf dem Dorfplatz standen. Der Dorfvorsteher war zu einigen seiner Leute getreten und redete nun auf sie ein.

„Ich habe ihm gerade gesagt, dass Gott ihm helfen wird.", erwiderte Quentin.

Kiani zuckte mit den Schultern. „Wir sind hier im Kongo. Im Herzen der Finsternis. Gott ist nie bis hierhergekommen."

Kapitel 25

Das Büro lag im 48. Stockwerk, die Aussicht auf die Skyline von Chicago war spektakulär. Die Hochhaustürme erhoben sich direkt vor den riesigen Fenstern, als wäre man in den Himmel entrückt worden.

Es war nicht einfach gewesen, einen Termin bei dem exklusiven Club *Voluptas sine limitibus* zu bekommen. Er hatte 100.000 Dollar vorab überweisen müssen.

Alles war elegant und minimalistisch eingerichtet. Eine Vase stand kunstvoll ausgeleuchtet in einer Vitrine. An der Wand hingen einige barocke Gemälde in dunklen, schweren Farben. Auf einem Tischchen aus Metall und Glas lagen prächtige Bildbände über Mode. Frauen in eleganten Abendkleidern posierten in leeren Fabriketagen.

Die Dame, die ihn empfing, sah aus wie vom Cover eines Modemagazins. Die Lippen waren dezent rot geschminkt, der kurze, enge Bleistiftrock zeichnete fast unanständig ihre Formen nach. Quentin musste sich zusammennehmen, um nicht auf ihre Beine zu blicken, als sie sich hinter den Schreibtisch setzte. „Herzlich willkommen, Mister Winter. Ich bin Miss Esperanza.“

Mit einer eleganten Geste bedeutete sie ihm, auf dem Designerstuhl vor ihrem Schreibtisch Platz zu nehmen.

„Wir haben Ihre Empfehlungen überprüft. Das sieht alles hervorragend aus. Auch Ihre Liquiditätsprüfung scheint in Ordnung zu sein. Wir freuen uns, dass Sie sich für unsere

Einrichtung entschlossen haben, und werden alles dafür tun, das in uns gesetzte Vertrauen nicht zu enttäuschen."

Er war Greg Winter, der schwerreiche Erbe einer Schweinezucht-Dynastie. Um der Rolle zu entsprechen, hatte Quentin sich vollständig neu eingekleidet, im Stil eines neureichen Texaners. Ein rosafarbenes Sakko, eine zu enge Samthose und Cowboystiefel aus Krokodilleder mit goldenen Beschlägen. Ihm war nicht entgangen, wie die Frau ihn bei seinem Eintreten mit einem Ausdruck des faszinierten Abscheus betrachtet hatte.

Miss Esperanza lächelte charmant. „Ich darf annehmen, dass Sie mit den grundsätzlichen Besonderheiten unserer Firma vertraut sind?"

Er versuchte, schüchtern und linkisch zu wirken, was ihm unter ihren diskret geschminkten Augen blendend gelang. „Ehrlich gesagt, nur ganz grob. Vielleicht könnten Sie mich auf den neuesten Stand bringen."

Sie blickte ihn mit leicht geöffneten Lippen an, und ihm wurde ein wenig seltsam zumute.

„Die Agentur bietet Dienstleistungen vielfältiger Art an. Auf dem sexuellen Sektor, aber nicht nur dort."

Quentin hob leicht die Brauen.

„Unsere Firma vertritt die Philosophie, dass jeder Mensch seine Gelüste und Träume ausleben sollte. Wir glauben fest daran, dass die Ketten der Konventionen uns nicht daran hindern sollten, unsere unendliche Freiheit zu verwirklichen."

Er nickte mehrmals zustimmend.

Sie beugte sich vor und blickte ihn gespannt an, die Lippen etwas weiter geöffnet, als wäre sie leicht erregt. „Also, wir sind begierig auf Ihre Ideen. Ihre Visionen."

Quentin wusste, dass er nicht zu rasch zur Sache kommen durfte. Er hielt den Blick auf die Tischplatte vor sich geheftet und knetete seine Hände im Schoß. „Ich weiß nicht recht, ich fühle mich ein bisschen …"

Miss Esperanza lehnte sich wieder auf ihrem Stuhl zurück und blickte ihn aufmunternd an. „Bitte, keine falsche Schüchternheit. Wir werten nicht, wir verurteilen nicht. Die Lust eines Menschen ist etwas Heiliges für uns. Gemeinsam mit unseren Partnern und Spezialisten arbeiten wir an der Verwirklichung Ihrer ganz speziellen Träume und Vorstellungen. Wir bieten einen kompletten Rundum-Service auf höchstem hygienischem und medizinischem Standard. Sie können hier in unseren gut ausgestatteten Lokalitäten unsere Dienste in Anspruch nehmen, aber auch außerhäusliche Leistungen sind natürlich möglich. Auf Wunsch realisieren wir Events mit mehreren Beteiligten und übernehmen hierbei die gesamte Durchführung und Organisation."

„Ja, ich habe gehört, dass sich bei Ihnen auch ganz spezielle Vorlieben verwirklichen lassen." Er legte die Hände gefaltet vor sich auf die Tischplatte.

Wenn er es nicht gewusst hätte, wäre er nie auf den Gedanken gekommen, dass sie von einem der teuersten und exklusivsten Bordelle der Welt redete.

Er hatte die Akten des FBI studiert. Sie hatten Kunden aus aller Welt, und nur in den seltensten Fällen ging es wirklich um Sex im herkömmlichen Sinne. Die Chefin hatte früher selbst als Prostituierte gearbeitet und sich mit ihrem erarbeiteten Vermögen selbstständig gemacht. Zuerst war es nur ein spezielles Bordell gewesen mit besonderen Extras. Sadomaso, Fesselungen, den üblichen Rollenspielen. Doch sie hatte schnell gemerkt, dass sich damit ungeheuer viel

Geld verdienen ließ, und so erweiterte sie das Angebot immer weiter ins Absonderliche und Spezielle. Für Unsummen wurde manchmal noch die Liebesnacht mit einer berühmten Schauspielerin oder einem Topmodel arrangiert. Selbst für einen Filmstar war es ein reizvoller Gedanke, eine Million in einer Nacht verdienen zu können. Aber die meisten Aufträge heute waren bedeutend spezieller.

Da gab es diesen australischen Unternehmer, der ein Vermögen mit Versicherungen gemacht hatte. Jahrelang hatte er vergeblich versucht, sich in seiner Heimat sein rechtes Bein amputieren zu lassen. In zahllosen Interviews erklärte er, wie unvollkommen er sich fühle, solange er noch alle Gliedmaßen habe, und er sei der festen Ansicht, dass es, trotz seines unglaublichen Reichtums, Aufgabe der Allgemeinheit wäre, ihm seine Operation zu ermöglichen. Er erklärte, dass es sein gutes Recht sei, selbst über seinen Körper zu bestimmen, legte ärztliche Atteste vor, die ihm eine Körperbildstörung bescheinigten, er gründete sogar eine Bürgerinitiative mit einigen Gleichgesinnten, die auf eine Operation zur Rückenmarksdurchtrennung oder auf Amputationen bestanden. Er hatte bereits Unsummen für seine Anwälte ausgegeben und war bis vor den obersten Gerichtshof Australiens gezogen. Doch alle seine Anträge waren abgelehnt worden.

Schließlich hatte er es aufgegeben und sich an die Agentur gewandt. Diese besorgte ein erstklassiges Team von Chirurgen, einen Krankenhausplatz in Gambia und eine umfangreiche medizinische Nachversorgung.

Die Kosten waren astronomisch gewesen. Jetzt saß er im Rollstuhl, da er eine Prothese ablehnte, und war hochzufrieden mit der durchgeführten Operation. Durch seine Fürsprache in seinem Bekanntenkreis hatte die Agentur damals viele neue Kunden gewinnen können.

Für einen kolumbianischen Unternehmer hatte man kurz darauf eine komplette Nachbildung eines Gefangenenlagers gebaut. Drei Jahre lang war er von der FARC-Guerilla gefangen gehalten worden und hatte dabei wohl ein schweres seelisches Trauma erlitten. Seitdem verspürte er den unwiderstehlichen Wunsch, in einer exakten Kopie dieses Lagers zu leben.

Hierfür hatte die Agentur ein riesiges Stück Land in Utah gepachtet. Die ganze Einrichtung wurde dort nicht nur exakt nachgebaut, inklusive der Wachtürme und den Lagerbaracken, sondern man hatte es auch betrieben, komplett mit Wachpersonal und Statisten, die die anderen Insassen darstellten.

Jedes Jahr verbrachte der Kolumbianer dort nun einige Monate. Alles wurde möglichst authentisch gestaltet, auch das miserable Essen und die Misshandlungen durch die Wachen.

Als die Presse Wind davon bekam, gab es einen Riesenaufruhr, doch da das Unternehmen Arbeitsplätze in diese abgelegene Region brachte, ließ die Regierung die ganze Sache weiterlaufen.

So hatte sich die Agentur im Laufe der Jahre zu einem Spezialisten für die ausgefallensten Wünsche und Vorlieben entwickelt. Und um besonders bizarren Anfragen entsprechen zu können, arbeitete sie mit dem Orden der Bruderschaft zusammen.

„Also, wie gesagt, wir sind gespannt auf Ihre ganz eigenen Ideen und Konzepte. Oder ziehen Sie es vor, sich von unserem Katalog inspirieren zu lassen?"

„Nein, ich habe eine feste Vorstellung. Ich träume schon lange davon. Es ist aber ein – ein sehr spezielles Anliegen."

Miss Esperanza lächelte milde. „*Quod quisque vult*, das ist unser Motto."

Latein. Die Sprache der Kirche und der Satanisten.

„Es wären also theoretisch auch – ganz ungewöhnliche Projekte denkbar? Ausgefallene Konzepte?" Quentin blickte sie mit geweiteten Augen an.

„Selbstverständlich. Das Ungewöhnliche ist unser Geschäft."

„Es wäre zum Beispiel möglich, sich in der Nachbildung einer Gaskammer misshandeln zu lassen?"

„So etwas könnten wir für Sie arrangieren, ja." Ihre Miene blieb unbewegt.

Es war kein Zögern zu bemerken, keine Irritation in ihrer Stimme. Wahrscheinlich hatte sie schon bedeutend seltsamere Ansinnen zu hören bekommen.

„Oder eine Operation ohne Narkose?"

„In der Tat haben wir ein solches Projekt gerade im letzten Monat realisiert. Der Kunde äußerte sich sehr zufrieden. Wäre dies Ihr …"

Quentin schüttelte entschieden den Kopf. „Nein, nein, ich habe nur gefragt. Ich tue mich da ein bisschen schwer."

„Falls es Ihnen unangenehm ist, können Sie uns Ihre Vorstellungen natürlich auch schriftlich einreichen. Wir erstellen Ihnen dann ein vorläufiges Konzept mit einem groben Kostenrahmen und …"

„Ich möchte einen Menschen töten", stieß Quentin hervor.

Einen Augenblick lang war Stille. Ihr Gesicht war völlig regungslos.

Sie blickte ihn merkwürdig sanft an, beinahe verträumt. Dann erhob sie sich wortlos und verließ den Raum.

Hatte er sich zu weit vorgewagt? Würde sie die Polizei verständigen? Oder würden gleich Sicherheitsleute eintreten und ihn höflich, aber bestimmt hinausbegleiten?

Er richtete den Blick auf die grandiose Aussicht hinter der verglasten Front. Die Fenster waren bodentief, sodass der Anblick etwas Surreales hatte. Die verspiegelten Fassaden der Wolkenkratzer verschwanden im leichten Dunst. Es sah aus, als würde man im Nichts schweben. Irgendwie musste er bei dem Anblick an Babylon, an den Turmbau von Babel, denken.

Die Tür hinter ihm öffnete sich, und Quentin wandte den Kopf.

Ein junger Mann trat ein. Sehr gepflegt, gut geschnittener Bart. Diskrete Bräune. Mit sehr straffer Haltung. Er hatte fast etwas Einschüchterndes an sich.

„Mein Name ist Danton. Ich bin Kundenbetreuer für besondere Aufträge. Miss Esperanza hat mich informiert, dass Sie ein ganz spezielles Anliegen haben."

Die Chefin reichte solche Anfragen offenbar an einen Mitarbeiter weiter.

Er setzte sich hinter den Schreibtisch, auf den Stuhl, auf dem zuvor Miss Esperanza gesessen hatte, und blätterte langsam durch die Unterlagen, die noch auf dem Schreibtisch lagen. „Ich kümmere mich um die ausgefalleneren Projekte unserer Kunden. Wir werden uns Mühe geben, alles genau nach Ihren Wünschen zu arrangieren. Ich durfte mir eine langjährige Expertise für solche Vorhaben erarbeiten. Haben Sie spezielle Vorstellungen? Für die Zielperson, meine ich."

Quentin suchte in den Augen seines Gegenübers nach einer Spur von Verachtung, nach Verwunderung oder auch nur Interesse. Doch er konnte nichts finden. Der andere blickte ihn einfach abwartend an.

„Weiblich. Unter 18. Keine Drogenabhängige oder so etwas. Europäischer Typ. Grüne Augen. Schlank. Vielleicht 45 Kilo."

Quentin rutschte auf seinem Stuhl hin und her und tat so, als wäre ihm das Folgende ganz besonders peinlich.

„Und ich wünsche mir eine Besonderheit. Sie müsste – sie müsste schwanger sein."

Der Mann sah ihn weiter ausdruckslos an. Einen Augenblick lang befürchtete Quentin, er wäre zu weit gegangen. Doch dann nickte der andere bedächtig.

„Ich verstehe. Ein solches Projekt bedarf eines gewissen zeitlichen Vorlaufs. Und ein Arrangement dieser Art ist natürlich recht aufwendig. Und kostspielig."

Quentin nickte.

Danton schrieb etwas auf einen Zettel und schob ihn dann zu Quentin hinüber. Es stand nur eine Zahl darauf.

Unbegrenztes Spesenbudget. An solche Ausgaben hat der Monsignore wahrscheinlich nicht gedacht. Quentin musste ein Schmunzeln unterdrücken.

„Selbstverständlich. Das ist durchaus fair und angemessen."

Jetzt blitzte kurz etwas wie Bewunderung in den Augen des anderen auf. Eine solche Summe klaglos zu akzeptieren, beeindruckte offenbar sogar ihn. Ein Mord schien weniger Eindruck auf ihn zu machen als diese Summe.

„Ich muss Sie darauf hinweisen, dass Sie mit schärfsten Konsequenzen rechnen müssten, so Sie dieses Arrangement in irgendeiner Weise öffentlich machen oder gegen unsere Richtlinien verstoßen."

Quentin nickte ernst. Dann beugte er sich vor. „Darf ich etwas fragen?"

Danton lehnte sich zurück und machte eine einladende Geste mit der Rechten.

„Selbstverständlich. Wir werden alles Erdenkliche tun, um Ihnen die Realisierung Ihres Traums zu ermöglichen."

„Haben Sie so etwas schon einmal gemacht? Einen Mord?"

Dantons Gesicht verschloss sich ein wenig, doch er blieb geschäftsmäßig.

„Sie wissen, dass wir unsere Geschäfte mit allergrößter Diskretion abwickeln. Aber so viel kann ich Ihnen sagen, dass wir schon Anfragen der ungewöhnlichsten Art zu realisieren vermochten."

„Auch solche?"

„Auch solche. Haben Sie spezielle Vorstellungen?"

„Ich brauche Zeit mit ihr. Allein."

„Selbstverständlich."

„Ich habe hier eine Liste von Utensilien, die vor Ort verfügbar sein sollten."

Quentin reichte ihm einen Zettel, den er schon vorbereitet hatte. Danton überflog ihn und begann zu lächeln.

„Oh, ich verstehe. Sie haben ein ganz besonderes Arrangement im Sinn. Wünschen Sie eine medizinische Betreuung?"

„Das wird nicht nötig sein."

„Sind Sie sicher? Wenn ich mir die Utensilien ansehe, besteht die Gefahr eines verfrühten Exitus. Es wäre doch schade, wenn alles nach wenigen Minuten vorbei wäre."

„Keine Sorge. Ich habe ein wenig Erfahrung in diesen Dingen."

Danton verzog die Lippen zu einem Lächeln, das seine Augen nicht erreichte. Jetzt schien er tatsächlich beeindruckt zu sein.

„Wir werden uns um alles kümmern. Ich bin mir ganz sicher, Sie werden zufrieden sein mit unserer Arbeit."

Kapitel 26

Port-au-Prince war seit dem Erdbeben noch verfallener als zuvor.

Die Häuser in den verschiedenen Pastelltönen sahen auf den ersten Blick malerisch aus. Überall waren die Wände in zartem Hellblau oder Rosa gestrichen. Die Gebäude waren in die steilen Hügel hineingebaut worden und erstreckten sich bis zum Horizont.

Erst wenn man genauer hinsah, war zu erkennen, dass die meisten Häuser noch nach Jahrzehnten Spuren des schweren Erdbebens zeigten. Die Wände hatten Risse, Türen hingen oft schief in den Angeln, die Straßen waren rissig und übersät mit Schlaglöchern.

Quentin war auf dem Weg zu seiner Verabredung.

Die Agentur hatte ihn nach kaum einer Woche hier nach Haiti geschickt, um seine spezielle Vorliebe wahrzumachen. Heute war der Tag.

Wenn dieser Club in Verbindung zur Bruderschaft stand, dann könnte es Susan sein, die man ihm zur Verfügung stellen würde. Schwanger, europäischer Typ und minderjährig, das war eine recht genaue Eingrenzung. Quentin wusste im Inneren, dass dies nicht allzu wahrscheinlich war, aber er klammerte sich an diese Hoffnung. Es war die einzige Chance, die er hatte.

Eigentlich hatte Danton ihn angewiesen, im Hotel zu bleiben und auf die Eskorte zu warten, die ihn zu seiner Bestellung bringen sollte. Aber Quentin hatte ihm gesagt, dass er allein zum Zielort fahren wollte, um die Vorfreude auszukosten. Er wollte möglichst wenig Menschen um sich haben, falls es gewalttätig werden sollte. Nach langer Diskussion hatte Danton ihm die Adresse genannt.

In der Ferne konnte man den National Palace sehen. Mit seiner prächtigen Kolonialarchitektur, den schneeweißen Kuppeln und Säulen mutete er an wie ein Märchenpalast. Doch noch immer war er völlig zerstört, das elegant geschwungene Kuppeldach war teilweise eingestürzt und auf der breiten Freitreppe am Haupteingang wucherte das Gras aus einem Netz von Rissen.

Auf den ersten Blick war es eine normale Großstadt mit fliegenden Händlern, Jugendlichen auf Mopeds und überfüllten Lastwagen. Wenn man genauer hinsah, konnte man an manchen Autos Einschusslöcher erkennen, auch an den Hauswänden. Selten, aber es kam vor. Immer wieder sah man Männer mit Maschinenpistolen an den Straßenecken oder auf den Ladeflächen der Pick-ups. Viele Menschen waren irgendwie verkrüppelt, sie gingen an behelfsmäßigen Krücken, ihnen fehlte ein Bein, ein Auge, ein Arm.

Die ganze Stadt war eine Naturkatastrophe in Zeitlupe.

In Haiti sah man deutlich, dass Magie nicht funktionierte. Hier wurden die meisten Reichtumszauber der Welt durchgeführt, und nirgendwo war die Armut so groß. Nirgendwo wurden mehr Gesundungszeremonien abgehalten, und die Menschen waren so krank und siech wie nirgendwo sonst auf der Welt. Sauberes Trinkwasser und Medikamente nützten wohl doch mehr als Magie und Voodoo.

Vor ihm fuhren einige Eselskarren, die auf den schmalen und holprigen Straßen schwer zu überholen waren. Die

Lastwagen stießen alle riesige Rauchwolken aus beim Anfahren. Andererseits waren überraschend viele SUVs unterwegs, frisch poliert und fabrikneu.

Quentin versuchte, sich möglichst von allen Einheimischen fernzuhalten, denn als Weißer in Port-au-Prince
nicht aufzufallen, war unmöglich. Hier gab es keine Weißen.
Früher waren manchmal politische Delegationen aus dem
Westen mit Sicherheitstruppen durch die Straßen gefahren
und hatten in abgeriegelten Hotels irgendwelche Verträge
ausgehandelt, die keine Seite je eingehalten hatte. Aber inzwischen hatte die Welt Haiti vergessen.

Vor drei Jahren war irgendein amerikanisches Popstern-
chen mit seinen Presseleuten hier gewesen; davon erzählten
sie noch heute. Mit einem riesigen Aufgebot an Security war
sie eine Stunde lang durch die Stadt gefahren. Sie hatte in
Designerkleidung vor den verfallenen Häusern posiert,
Hilfslager besucht und kleinen schwarzen Mädchen über
die Wangen gestreichelt. Alle Zeitungen weltweit waren voll
davon gewesen. Ein paar hatten Haiti mit Honduras ver-
wechselt in ihren Berichten. Die Hilfslager wurden am
nächsten Morgen wieder abgebaut, sie waren nur Kulisse
für den Auftritt gewesen.

Er wohnte in dem einzigen Hotel für Ausländer in Haiti.
Es lag direkt am Flughafen, noch innerhalb der Sicherheits-
zone. Überall waren hohe Mauern und Stacheldraht und
Sandsäcke. Danton hatte ihm hier eine ganze Suite gebucht.

Quentin fuhr allein im Auto, eine Basecap tief ins Gesicht
gezogen, trug eine Sonnenbrille und einen Schal vor dem
Mund. Bei einem flüchtigen Blick durch die Windschutzscheibe würde man ihn kaum als Weißen erkennen.

Vor ihm versperrte ein Lastwagen die Straße.

Das konnte eine Falle sein. Er suchte die Straße vor sich nach irgendetwas Verdächtigem ab, konnte aber nichts entdecken.

Er musste halten. Neben ihm an der Straße standen drei junge Haitianer. Sie trugen Fußballtrikots von Barça und redeten in der unglaublichen Lautstärke, in der Haitianer meistens redeten.

Der Kleinste von ihnen sah ihn an und erstarrte. Die anderen merkten, dass irgendwas nicht stimmte, und folgten seinem Blick. Er war zu nah, als dass die Kappe und der Schal etwas nützen würden.

Da war ein Weißer in dem Wagen direkt vor ihnen. Ein Wesen aus einer anderen Welt.

Noch bevor sie irgendetwas tun konnten, setzte sich der Lastwagen ruckelnd und rauchspeiend in Bewegung, und er fuhr weiter.

Im Rückspiegel sah er, wie der eine zu seinem Mobiltelefon griff. Das war nicht gut. Der Junge rief jetzt wahrscheinlich irgendjemanden an und meldete, dass ein Weißer hier durch die Gegend fuhr.

Er würde einen anderen Rückweg nehmen müssen.

Seit zwanzig Minuten folgte Quentin der Mambo, die ihm vorauslief, einer älteren Einheimischen mit buntem Kopftuch. Sie trug eine Art Schürzenkleidchen und ging mit resoluten Schritten durch die schmalen Gassen des Elendsviertels, vorbei an kleinen, eng beisammenstehenden Häuschen, die aus einfachen Ziegeln gebaut waren, die Wände unverputzt. Meist hatten die Häuschen keine Türen, sondern waren nur durch einen dünnen Vorhang zur Straße abgetrennt. Die Familien saßen auf großen Pappkartons einfach auf dem Boden, es gab kleine Küchenecken mit Gaskochern, manchmal eine schwarz verrußte offene Feuerstelle.

Es roch nach Urin und Essen und verbranntem Holz. Die Sonne brannte unerbittlich.

Mambos waren hier auf Haiti Priesterinnen des Voodoo. Angeblich konnten sie durch Zauberei Krankheiten heilen, die Zukunft voraussagen, magische Heiltränke herstellen, Liebeszauber wirken und sogar Todesflüche aussprechen.

Sie sollte Quentin zu dem Haus führen, wo Mister Danton von *Voluptas sine limitibus* und das Mädchen auf ihn warten würden.

Mit großen Augen starrten die Kinder ihn an. Doch wenn sie die Mambo erblickten, wichen sie zurück und ließen sie ehrfurchtsvoll vorbei. Einige Menschen neigten den Kopf. Andere wiederum bekreuzigten sich, packten ihre Kinder und verschwanden in den Häusern.

Aus manchen Hütten drang Musik, Afrika-Pop, manchmal auch laute Stimmen, Lachen, Kindergeschrei. Aus einigen Fernsehern drangen laut plärrend wohl irgendwelche Game-Shows.

Sie erreichten den Hounfour, den Tempel der Voodoo-Religion. Es war nichts weiter als ein etwas größerer Bau mit zugemauerten Fenstern. An der Tür standen zwei kräftige Männer, der eine hatte unnatürlich gelbe Augen. Als sie die Mambo erblickten, schlossen sie sofort die Tür auf.

Dumpfes Dröhnen und Musik drang zu ihnen. Sie traten in einen dämmrigen Vorraum, dann ging es eine enge Treppe hinunter, bis sie an eine Tür kamen. Das Dröhnen und die Musik wurden lauter. Als sich die Tür auftat, schlug ihnen bestialischer Gestank entgegen, es roch nach Schweiß, mühsam übertüncht vom zimtigen Geruch von Räucherstäbchen. Der Kellerraum mit seiner niedrigen Decke war voller Menschen, dunkelhäutigen Haitianern in bunten Hemden, alten Frauen in farbenfrohen Kleidchen und mit Haartüchern, Jugendlichen in T-Shirts mit dem Emblem von Manchester United.

Zwei Männer schlugen auf Trommeln, die Augen geschlossen, wie in Trance. Das Dröhnen der Musik brachte Quentins Brustkorb zum Vibrieren, ein wildes Drängen, ein Hetzen, das einen vorantrieb und schwindelig machte. Einige wiegten sich im Rhythmus der Musik, die Handflächen erhoben, andere hatten den Kopf in den Nacken geworfen und murmelten tonlos irgendwelche Beschwörungsformeln. Andere feuerten einen Mann an, der in der Mitte stand. Er war schweißüberströmt und tanzte in seltsamen Verrenkungen. Manchmal bewegte er sich wie in Zeitlupe oder als wäre er unter Wasser, dann plötzlich durchzuckte es ihn wie unter Stromstößen, aberwitzig schnell trippelte er mit den Füßen und riss die Arme in die Höhe. Dann warf er den Kopf in den Nacken und brüllte wie unter Schmerzen, plötzlich verstummte er, verzog das Gesicht in wilden Grimassen, stand einen Augenblick lang still da, dann durchfuhr es ihn mit einem Mal, und er bewegte sich steif wie eine Marionette an Fäden. Manchmal wirkte es ein wenig grotesk, manchmal aber hatten seine Bewegungen auch eine ganz eigene Schönheit. Es war ein Tanz der Besessenheit.

Sie drängten sich durch die Menschenmenge.

Voodoo hatte nichts zu tun mit Puppen, in die man Nadeln steckte. Die meisten Voodoo-Priesterinnen waren Heilerinnen und eine Art Friedensrichter. Da es auf Haiti kaum

Medikamente für die normale Bevölkerung gab, ging man bei schweren Krankheiten zum Hounfour. Manchmal konnten die Mambos auch wirklich helfen, mit Kräutern oder mit Ritualen. Im schlimmsten Fall starben die Gläubigen eben noch ein wenig ärmer, als sie es sowieso gewesen waren. Viele Priesterinnen arbeiteten aber sogar umsonst. Auch bei Streitigkeiten vermittelten sie oft und waren von allen hoch angesehen.

Durch einen Perlenvorhang gingen sie in einen Raum dahinter. Dort lagen zwei Männer auf dem Boden und schienen zu schlafen. Ein Priester saß zwischen ihnen und wedelte mit einem Palmzweig. Einige Räucherschalen brannten und es roch nach verbranntem Holz. Hinter ihnen war ein kleiner Altar, auf dem bunte Plastikblumen lagen, Neonlichterketten blinkten grell. Davor lagen ein paar zerknüllte Geldscheine, standen gefüllte Obstkörbe und Softdrinkflaschen mit Strohhalm darin.

Eine weitere Treppe führte hinunter in das Kellergeschoss. Die Musik hinter ihnen wurde immer leiser, bis sie schließlich ganz verebbte. Es wurde kühl und ein muffiger Geruch drang Quentin in die Nase. Sie kamen an eine schwere Stahltür, welche die Mambo mit mehreren massiven Schlüsseln aufschloss.

Dahinter lag ein kleiner, fensterloser Raum mit einer fleckigen Matratze. An der Wand war ein Waschbecken mit einem halbblinden Spiegel darüber. Am anderen Ende des Zimmers war eine weitere Tür.

Die Mambo bedeutete ihm, zu warten. Sie sah ihm nicht in die Augen, als sie das Zimmer verließ.

Quentin wartete. Ein banges Gefühl beschlich ihn. Vielleicht war Susan dort hinter der Tür.

Hier auf Haiti konnte man alles bekommen. Familien verkauften ihre überzähligen Töchter. Kinder ihre Eltern. Alles war eine Frage des Preises.

Die Tür ging auf. Danton kam herein, in einem hellen Leinenanzug und mit einem Strohhut wie ein ganz gewöhnlicher Tourist. Er schüttelte Quentin die Hand mit der Herzlichkeit eines Gebrauchtwagenhändlers.

„Mister Winter, willkommen. Hatten Sie eine gute Anreise?"

Er wirkte völlig entspannt, als sollte hier gleich das Normalste der Welt geschehen.

„Ich hoffe, die Unterbringung ist nach Ihrem Geschmack. Wie ich höre, haben Sie auf die Eskorte verzichtet. Das ist riskant, die Sicherheitslage ist hier gerade etwas angespannt."

Danton wirkte so lässig, als wäre er Reiseleiter eines Touristikunternehmens.

„Heute ist wunderbares Wetter, gestern hatten wir den ganzen Tag Regen. Danach ist der Sonnenschein heute eine Wohltat!"

Dann wurde er plötzlich ernst.

„Die bestellte Ware ist im Hinterzimmer", sagte er und wies auf eine Tür auf der anderen Seite des Raums. „Alle Vorkehrungen wurden nach Ihren Vorgaben getroffen. Sie haben vier Stunden Zeit. Die örtlichen Behörden stehen unseren Unternehmungen sehr aufgeschlossen gegenüber; von dieser Seite sind also keine Komplikationen zu befürchten. Die Ware wurde nicht als vermisst gemeldet. Sie ist bei vollem Bewusstsein, wie von Ihnen gewünscht. Wir haben alle von Ihnen angeforderten Utensilien bereitgestellt. Eine exquisite Auswahl, wenn mir diese Bemerkung gestattet ist."

„Und wir sind hier ganz allein? Kein Sicherheitspersonal?"

„Selbstverständlich. So wie Sie es gewünscht haben."

Seltsam lächelnd sah Danton ihn an.

„Genießen Sie es. Es ist ein ganz besonderes Privileg, seine verborgensten Träume wahrmachen zu können. Nur den wenigsten ist dies vergönnt."

Einen Augenblick standen sie beide schweigend voreinander.

„Sie sind bereit?"

Quentin nickte.

Danton ging zur Tür und öffnete sie mit Schwung.

Ein kleiner kahler Raum. Auf einem Tisch lagen die geforderten Apparaturen. Eine Bohrmaschine. Zahnarztwerkzeuge. Eine Knochensäge. Ein OP-Kittel. Ein Stethoskop. Einige aufgezogene Spritzen. Daneben stand ein Zahnarztstuhl mit massiven Lederbändern zur Fesselung.

Das Mädchen saß mit schreckerfülltem Blick auf dem Stuhl. Sie war gefesselt und geknebelt und sah sie mit verweinten, verquollenen Augen an.

Blond. Sommersprossen und knochige Schultern.

Sie war schwanger, ungefähr im vierten Monat.

Aber es war nicht Susan.

Verdammt. Verdammt!

Danton betrachtete sie lächelnd.

„Ein Prachtexemplar. Wir haben uns sehr viel Mühe gegeben bei der Akquise. Sie ist bei bester Gesundheit. Robust. Sie wird lange durchhalten."

Er trat zu dem Tischchen und ließ seine Finger über die bereitliegenden Utensilien gleiten.

„Eine Folterung. Ein ganz besonderes Projekt. Gehen Sie

behutsam vor. Ich hätte ja zu medizinischer Betreuung geraten, dies vermag die interessante Phase deutlich zu verlängern."

Quentin atmete tief durch. Er wusste, was nun zu tun war.

Er wandte sich zu Danton, der ihn lächelnd ansah.

„Mister Danton. Herzlichen Dank für die professionelle Vorbereitung. Der heutige Abend wird allerdings anders verlaufen, als Sie es geplant haben. Sie werden mir wohl einige Fragen beantworten. Über die Bruderschaft."

Kapitel 27

Quentin stand vor dem Spiegel.

Sorgfältig wusch er sich die Hände und desinfizierte sie.

Dann legte er die chirurgischen Handschuhe an und band den OP-Kittel am Rücken zu.

Er sah sich selbst nicht in die Augen, als er den Mundschutz zurechtzog.

Das Mädchen lag auf der Matratze und dämmerte halb bewusstlos vor sich hin. Er hatte ihr ein starkes Beruhigungsmittel gespritzt. Sie würde kaum etwas mitbekommen.

Tief atmete er durch und öffnete die Tür.

Danton saß auf dem Zahnarztstuhl in der Mitte des Raums und sah ihm mit angsterfüllten Augen entgegen. Arme und Beine waren mit den dicken Lederbändern an den Stuhl fixiert.

Quentin hatte Danton mit einer geraden Rechten K.o. geschlagen. Dann hatte er die junge Frau von ihren Fesseln befreit und dafür den Reiseleiter des Todes auf den Stuhl geschnallt. Als der Mann wieder zu sich kam, hatte er Panik in den Augen und hatte begonnen, laut zu brüllen. Nach einigen Minuten war er dann wieder leise geworden.

Ruhig ging Quentin zu dem kleinen Tisch, der neben Danton stand. Darauf lagen die Zahnarztwerkzeuge und die anderen Utensilien.

Danton folgte ihm mit geweiteten Augen. Schweiß stand ihm auf der Stirn.

„Was haben Sie vor? Was werden Sie machen mit mir?"

Seine Stimme zitterte. Quentin reagierte nicht und begann sorgfältig, die Instrumente zu desinfizieren.

„Hören Sie zu, ich werde kooperieren. Ich sage Ihnen alles, was Sie wissen wollen. Wer noch mit drinhängt."

Quentin schloss die Augen. Er musste seine Gefühle ausschalten. Es war nur eine handwerkliche Arbeit, die es zu erledigen galt.

Diese erste Phase war eminent wichtig. Wenn man hier genau arbeitete, kam man später viel besser voran. Zu Anfang war es unerlässlich, Irritation zu erzeugen. Den Probanden im Ungewissen zu lassen. Eine Atmosphäre der Unpersönlichkeit zu erschaffen.

Er holte sein Mobiltelefon hervor, rief das Bild von Susan auf und wandte sich zu Danton.

„Ich werde Ihnen in ein paar Minuten einige Fragen stellen. Ich bin auf der Suche nach diesem Mädchen. Susan Anderson. 17 Jahre alt. Schwanger im vierten oder fünften Monat. Sie hatte Kontakte zur Bruderschaft. Ich brauche alle Informationen, die Sie mir hierüber geben können."

Danton schwitzte. Er nickte eifrig. Etwas zu eifrig.

„Ich sage Ihnen alles, was Sie wissen wollen. Über die Bruderschaft. Sie brauchen das gar nicht zu machen. Ich habe mit diesen Irren nichts zu tun. Diese Sache mit den Kindern ist widerlich. Dieses Mädchen habe ich nicht gesehen, aber ich kann Ihnen einen Kontakt zur Bruderschaft herstellen."

Jetzt würde Danton alles gestehen. Wenn man ihn fragen würde, ob er am Kennedy-Mord beteiligt gewesen war, würde er es zugeben. Genau dies war das Problem. Also war er durchaus noch in der Lage zu lügen.

Quentin ging zu Danton und knöpfte ihm das Hemd auf. Er nahm das Stethoskop und hörte die Herzgeräusche ab. Sein Herz schlug rasend schnell.

„Ich habe ein schwangeres Mädchen gesehen. Blond, vielleicht 17 oder 18 Jahre alt. Ich glaube, sie ist die Freundin von Dave, dem Chef der Bruderschaft. Ihren Namen weiß ich nicht. Diese Spinner besorgen uns manchmal Material. Junge Frauen meistens. Ich sage Ihnen, wo die Zentrale ist. In Minneapolis. Ich gebe Ihnen den Kontakt. Sie können sie per Mail kontaktieren: samael45@gmail.com. Das Passwort ist „beast666". Schreiben Sie das in die Betreffzeile. Dann wird Ihnen geantwortet."

Mit 50-prozentiger Wahrscheinlichkeit war er noch in der Lage zu lügen. In Panik erzählte man alles, nur um den Beginn ein klein wenig hinauszuzögern. Jetzt würde Danton die eigene Mutter verkaufen.

Quentin legte ihm die Manschette zur Messung des Blutdrucks an.

„Bitte. Ich habe eine kleine Tochter. In meinem Handy sind Fotos von ihr. Sie ist gerade vier geworden. Sie braucht mich. Sie können das nicht tun."

Jetzt kam das Betteln und Flehen.

Nachdem Quentin das erste Mal bei so einem verschärften Verhör dabei gewesen war, hatte er sich danach die ganze Nacht erbrochen. Er hatte sich geschworen, so etwas nie wieder zu tun. Er hatte nicht aufhören können, zu weinen, er hatte sich selbst gehasst, die Kirche, die ganze Welt.

Quentin pumpte die Manschette auf, dann legte er das Stethoskop in Dantons Armbeuge an.

„Sie werden das nicht tun. Sie wollen mir nur Angst machen. Sie sind nicht so ein Mensch. Das sehe ich Ihnen an."

Die Blutdruckmessung war reine Show. Durch die Aufregung waren die Werte völlig verfälscht. Aber dieses Vorgeplänkel war von höchster Wichtigkeit. Die allermeisten brachen jetzt schon zusammen.

„Hören Sie, ich bin Geschäftsmann. Wir finden sicherlich ein Arrangement."

Seine Stimme klang plötzlich ganz sachlich. Wie bei einer geschäftlichen Verhandlung. „Ich glaube, dass Sie nicht an Geld interessiert sind, aber vielleicht finden wir dennoch eine Lösung. Ich kann 500.000 Dollar besorgen. Bis heute Abend. Ich brauche nur Zugang zu einem Computer. Bitte tun Sie das nicht."

Quentin rollte das Stethoskop zusammen und legte es weg.

„Ihr Blutdruck ist in Ordnung. Sie sind etwas aufgeregt, aber das ist ganz normal. Sie sind jung und gesund. Sie werden sehr lange durchhalten."

Danton bäumte sich auf dem Stuhl auf und riss an seinen Fesseln und versuchte, sich loszureißen. „Wissen Sie eigentlich, mit wem Sie sich hier anlegen? Unsere Firma hat Verbindungen bis ganz nach oben. Miss Esperanza wird Sie finden." Er fing wieder an zu brüllen. „Ich mache Sie fertig. Ich sorge dafür, dass Sie verschwinden."

Das war die Phase der Auflehnung. Etwa die Hälfte der Befragten durchliefen sie, es war ein Mechanismus des Selbstschutzes. Man versuchte, sich selbst Stärke zu signalisieren. Das war ein gutes Zeichen. Dann würde der Zusammenbruch normalerweise recht schnell erfolgen.

„Ich finde Ihre Mutter. Ihre ganze Familie. Ich werde Sie fertigmachen!"

Es war verblüffend, wie ähnlich der Ablauf bei allen

Menschen war. Gewaltbereite, hartgesottene Kriminelle blieben etwas länger in der aggressiven Phase; bei Buchhaltertypen fiel diese manchmal ganz aus. Aber ansonsten war der Ablauf immer beinahe gleich.

„Versuchen Sie, sich nicht zu sehr aufzuregen. Das erhöht die Risiken. Es ist in Ihrem eigenen Interesse, dass Sie kooperieren. Nehmen Sie Medikamente ein? Haben Sie Vorerkrankungen?"

Danton weinte und schluchzte jetzt hemmungslos. Das war immer ein guter Augenblick, um seinen Kopf zu fixieren. Quentin packte ihn am Kopf und zog ihn mit der rechten Hand nach hinten. Mit der linken legte er rasch das lederne Stirnband an und zog es fest.

Jetzt sah ihm Quentin zum ersten Mal direkt in die Augen.

„Mister Danton. Ich muss sicher sein, dass Sie die Wahrheit sagen. Ich habe keine Zeit, Ihre Angaben zu überprüfen. Deshalb werde ich Sie erst befragen, wenn ich absolut sicher sein kann, dass Sie mich nicht mehr anlügen. Das wird etwas dauern. Versuchen Sie, nicht zu reden, ehe ich Ihnen die Fragen stelle. Ich fange jetzt an."

Kapitel 28

Quentin betete. Zumindest versuchte er es.

„Der Herr ist mein Hirte, mir wird nichts mangeln. Er weidet mich auf einer grünen Aue und führet mich zum frischen Wasser …"

Er war zurück in den Staaten, in einem billigen Flughafenhotel. Von seinem Zimmer konnte man direkt auf die regennasse Startbahn sehen. In einigen Stunden ging sein Flug nach Minneapolis.

Obwohl er mehrmals geduscht hatte, fühlte er sich schmutzig. Noch immer hatte er Blut unter den Fingernägeln. Sein Puls wollte sich einfach nicht beruhigen, das Herz schlug wie verrückt.

Die Befragung gestern hatte zwei Stunden gedauert. Danton hatte ihm alles erzählt, was er wusste. Am Ende war er nicht mehr in der Lage gewesen, zu lügen.

Danach war es recht einfach gewesen, das Mädchen hinauszubringen. Die Menschen im Hounfour hatten sie kaum beachtet, als er das benommene Mädchen durch die Menge geführt hatte. Sie waren wohl erheblich Seltsameres gewohnt. Die junge Frau stammte ursprünglich aus England, und Quentin hatte sie bei der diplomatischen Vertretung in Port-au-Prince abgegeben. Dort würden sie sich um sie kümmern.

Er betete um Vergebung. „Bitte sende mir deinen Heiligen Geist, damit er mir hilft zu gehorchen und in Zukunft deinen Willen zu tun …"

Er wusste nicht, ob Gott ihn hörte, aber jetzt hätte er ihn mehr gebraucht als je zuvor.

Er wollte nicht mehr daran denken, was passiert war. Vielleicht war das die Spur zu Susan. Je länger es dauerte, desto geringer wurden die Chancen.

Er hatte nicht mehr viel Zeit.

Er gab das Beten auf und erhob sich von den Knien. Es hatte keinen Sinn.

Früher, als er noch glauben konnte, hatte er oft gebetet. Dann hatte er immer das Gefühl gehabt, dass Gott ihm zuhörte. Er hatte so hartnäckig versucht, zu glauben. Er hatte sich dazu gezwungen. Er hatte es sich selbst befohlen. Er hatte Gott angefleht, ihm nur ein wenig Glauben zu schenken, nur ein wenig Glauben an ihn.

Er konnte sich kaum noch an den Mann erinnern, der er einmal gewesen war. Der inbrünstig an Gott geglaubt hatte. Der sich so aufgehoben gefühlt hatte im Schoß der Kirche, so geborgen.

Er erinnerte sich noch, wie er damals zum Priester geweiht worden war.

Der Dom war halb leer. In schrägen Bahnen fiel das Sonnenlicht durch die bemalten Glasfenster wie Speere aus Licht.

Alle Priesterkandidaten erhoben sich vom Kirchenboden, wo sie während der Anrufung der Heiligen bäuchlings mit ausgebreiteten Armen gelegen hatten. Dann setzten sie sich alle in die erste Reihe der Kirchenbänke, den Kopf gesenkt.

Der Bischof stand vorn am Altar, die Hände erhoben, mit den Handflächen nach oben.

„Ich bitte den Kandidaten für die Priesterweihe, vor den Bischof zu treten: Kerry Reddington."

Seine Stimme hallte endlos lange nach unter der riesigen Kuppel.

Der junge Mann neben ihm hob den Kopf und sagte: „Hier. Hier bin ich. Ich bin bereit."

Quentins Herz klopfte.

Er fühlte sich wie ein Lügner. Wie ein Betrüger. Wie ein Hochstapler.

Er war nicht der Typ, der leichtfertig einen Schwur ablegte. Wenn er etwas schwor, dann hielt er sich daran. Die ganze Nacht hatte er wachgelegen und fieberhaft darüber nachgedacht, ob er einfach weggehen sollte, einfach verschwinden, ohne sich zu verabschieden von seinen Mitbrüdern. Einfach ein neues Leben anfangen.

Konnte er diesen Schwur wirklich ablegen? Seine Seele wirklich einem Gott verschreiben, von dem er sich nicht mehr sicher war, ob es ihn überhaupt gab, sich ganz aufgeben für ein höheres Ziel? War er dabei, den größten Fehler seines Lebens zu machen?

„Ich bitte den Kandidaten für die Priesterweihe, vor den Bischof zu treten: Daven Perry."

Hinter ihm ertönte eine Stimme: „Hier. Hier bin ich. Ich bin bereit."

„Ich bitte den Kandidaten für die Priesterweihe, vor den Bischof zu treten: Quentin Damien."

Seine Kehle war trocken. Die Stimme des Bischofs war verklungen, es war ganz still im Dom.

Der Blonde neben ihm sah zu ihm herüber. Der Bischof blickte leicht irritiert über die Reihen der Kandidaten. Quentin war, als hallte die Stimme des Bischofs immer noch nach unter der riesigen Kuppel.

Quentin schluckte. „Hier. Hier bin ich, ich bin bereit."

Der Bischof blickte ihn ernst an, dann sprach er weiter: „Liebe Brüder!

Bevor ihr die Priesterweihe empfangt, sollt ihr vor der ganzen Gemeinde bekennen, dass ihr diesen Dienst auf euch nehmen und euer Le-

ben lang erfüllen wollt. Seid ihr bereit, den Dienst am Wort Gottes getreu zu erfüllen?"

Alle breiteten nun ebenfalls die Arme aus, die Handflächen nach oben gerichtet, und sprachen: "Ja. Wir sind bereit."

Quentin bewegte nur die Lippen, aber er sprach nicht mit.

"Seid ihr bereit, die Mysterien Christi in gläubiger Ehrfurcht zu feiern?"

"Ja. Wir sind bereit."

"Seid ihr bereit, den Notleidenden, Armen, Kranken und Heimatlosen beizustehen?"

"Ja. Wir sind bereit."

"Seid ihr bereit, euch Tag für Tag enger an Christus zu binden?"

"Ja. Wir sind bereit."

"Gott segne euch durch den ewigen Hohepriester Jesus Christus; er schenke euch die Gnade, ihn zu erkennen und zu lieben."

Alle sprachen: "Amen."

"Er heilige euch durch die Wahrheit und lasse euch eins sein in der Liebe, damit ihr seine Herrlichkeit schauen dürft."

"Amen."

"Er bewahre euch und behüte euch vor dem Bösen, damit keiner von euch verloren geht."

"Amen."

"Der mich atmen lässt, bist Du, lebendiger Gott.

Der mich leben lässt, bist Du, lebendiger Gott.

Der mich schweigen lässt, bist Du, lebendiger Gott.

Der mich reden lässt, bist Du, lebendiger Gott.

Der mich warten lässt, bist Du, lebendiger Gott.

Der mich handeln lässt, bist Du, lebendiger Gott.

Der mich wachsen lässt, bist Du, lebendiger Gott.

Der mich Mensch sein lässt, bist Du, lebendiger Gott."

Dann war Stille.

Langsam erhoben sie sich und gingen in einer Reihe auf den Altar zu. Einer nach dem anderen empfing nun die Umarmung und den Kuss des Bischofs. Danach war man Priester. Auf ewig.

Quentin hatte das Gefühl, als würde sich eine Hand um seinen Hals schließen, als ob er nicht mehr atmen könnte. Gleich würden sich alle Türen seines Lebens vor ihm schließen, sein Lebensweg wäre vorbestimmt, er wäre eingekerkert in seinen Schwur, gefangen in Gott. Tot schon zu Lebzeiten.

Noch drei Kandidaten standen vor ihm.

Er fühlte den Drang, sich umzudrehen und durch den Mittelgang nach draußen zu laufen. Ins Freie. Weg von hier. Weg von sich selbst.

Noch zwei Kandidaten.

Er wollte schreien, er wollte den Bischof an seinem prächtigen Gewand packen und ihn durch die Reihe der Kirchenbänke schleifen.

Noch einer.

Der Bischof küsste den Anwärter vor ihm auf die Wange.

Als der gerade zum Priester geweihte Junge an ihm vorüberging, lächelte dieser so beseelt, als hätte er gerade Gott gesehen.

Quentin trat an den Altar.

Der Bischof sah ihm in die Augen. Darin lag keine Liebe.

Eine Sekunde noch und es wäre zu spät. Dann gehörte er auf ewig der Kirche.

Der Bischof breitete die Arme aus wie Schwingen, als wollte er gleich hinunter in die Hölle fliegen.

Er spürte die kalten Lippen des Bischofs auf seiner Wange.

Der Bischof sah ihm in die Augen.

Nun war er Priester.

Nun gab es kein Zurück mehr.

Das Klingeln seines Mobiltelefons schreckte ihn aus seinen Erinnerungen auf.

„Hier ist Schwester Angelika vom Büro des Monsignore. Spreche ich mit Pater Quentin? Der Monsignore hat mich gebeten, mich mit Ihnen in Verbindung zu setzen wegen der Organisation Ihrer Rückreise. Wir wissen gar nicht, wo Sie sich gerade aufhalten."

„..."

„Ja, Pater Quentin, man hat Sie abberufen von der ganzen Angelegenheit. Haben Sie unsere Mails denn nicht bekommen? Schon seit einer Woche sind Sie entbunden von Ihrer Mission. Sie haben die Anweisung bekommen, sofort hierher zurückzukommen."

„..."

„Es gibt keinen Grund, in diesem Ton mit mir zu reden, Pater! Details kann ich Ihnen nicht nennen, da müssen Sie mit dem Monsignore selbst sprechen. Aber ich habe die offizielle Anweisung, Ihnen zu übermitteln, dass Sie zu keinerlei weiteren Ermittlungen mehr autorisiert sind."

„..."

„Ich dürfte es Ihnen eigentlich gar nicht sagen, aber wissen Sie, dass die Polizei in Alabama gegen Sie ermittelt? Es geht da um ein Tötungsdelikt in einer Rockergang vor einigen Wochen. Und um eine Schießerei in Veracruz. Auch in Haiti gab es Berichte von der örtlichen kirchlichen Vertretung. Die kanadische Botschaft ermittelt mit Hochdruck, anscheinend ist einer ihrer Staatsbürger zu Tode gekommen. Er wies Folterspuren auf. Man hat ihm mit einem Bohrer die Zähne aufgebohrt. Es war doch in allen Zeitungen, haben Sie wirklich nichts davon gehört? Die diplomatische Vertretung hat einen Antrag Kanadas zur Aufhebung Ihrer Immunität bekommen. Sie wollen Sie in diesem Zusammenhang befragen. Im Augenblick nicht als Verdächtiger, wurde mir gesagt. Doch die anwaltliche Vertretung der Kirche bittet mich, Ihnen auszurichten, dass Sie sich dringend mit ihnen in Verbindung setzen sollen. Alle Ihre Konten sind gesperrt worden, Ihre Kreditkarten funktionieren nicht mehr. Von welchem Flughafen dürfen wir einen Rückflug für Sie buchen?"

„…"

„Hallo? Können Sie mich verstehen? Hallo? Hallo?"

Quentin starrte eine Weile vor sich hin, nachdem er den Anruf beendet hatte.

Er durfte nicht aufgeben. Er war so kurz davor!

Er setzte sich an seinen Laptop und schrieb eine Mail an die Adresse, die ihm Danton gegeben hatte. In die Betreffzeile schrieb er die Worte „beast666".

Dann tippte er ein paar Sätze.

„Ich habe viel von Ihnen gehört. Ich würde Sie gern kennenlernen. Heil Satan."

Er schickte die Mail ab.

Und kniete sich hin und betete.

„Heilige Mutter Gottes, bitte für uns am Throne Gottes um die Gnade, das Richtige zu erkennen und zu tun. Bitte, dass wir standhalten und alle Lügen zurückweisen. Bitte um die Kraft für uns, damit wir nicht vom Weg abkommen …"

Kapitel 29

Als Quentin das Terminal des Flughafens von Minneapolis verließ, wurde es draußen bereits dunkel. Ein leichter Nieselregen ging nieder und bedeckte alles mit dem grauen Schleier des Trübsinns.

Agent Miller wartete in seinem Wagen auf ihn. Quentin kannte ihn noch von früher. Er arbeitete beim FBI, spezialisiert auf okkulte Sekten.

Quentin hatte sofort Antwort auf seine Mail bekommen. Die Bruderschaft würde ihn empfangen. Heute Abend sollte er sie treffen. Er hatte Agent Miller kontaktiert, damit der ihm neue Waffen besorgen konnte. Er musste sich beeilen. Bald würde er Riesenärger mit der Kirche bekommen. Man würde ihn zur Fahndung ausschreiben.

Agent Miller lenkte den Wagen durch den dichten Verkehr. Er war auf diese schwammige Art dick, wie nur Amerikaner es sein konnten. Seine Hüften waren breit und weich, der Bauch hing schlaff über seinen Gürtel. Er hing so wuchtig und schwer in dem Ledersitz, dass es wirkte, als könnte er nie mehr aus einem Auto aussteigen.

„Ich habe Ihre Ausrüstung im Kofferraum. Außer den Blendgranaten, die waren so schnell nicht aufzutreiben. Sie wissen, dass Ihr Büro versucht, Sie zu erreichen? Sie haben da ganz schön Ärger an der Backe. Eigentlich dürfte ich gar nicht mit Ihnen sprechen oder Sie unterstützen. Wenn einer von der Firma Wind davon bekommt, kriege ich Probleme. Aber Sie haben uns damals bei diesen Entführungen geholfen. Sie haben uns die Daten zur Verfügung gestellt, obwohl Kirchenleute mit drinstecken." Agent Miller schnaufte immer tief nach jedem Satz, es war regelrecht anstrengend, ihm zuzuhören.

„Sie waren seitdem viel unterwegs, hört man. Sie waren damals in Tansania mit dabei, stimmt's? Und Sie haben den Massenselbstmord in Ruanda verhindert, Respekt! Falls Sie jemals bei der Kirche aufhören wollen, wir haben immer einen Job für Sie. Wir versuchen ständig, Undercover-Agenten zu finden, die sich in solche Sekten einschleusen lassen, aber das ist fast unmöglich. Der Chef der Abteilung hat es sogar mit einer dreißigprozentigen Erschwerniszulage versucht. Er hat mir 1000 Dollar als Bonus angeboten, wenn ich in eine Kannibalensekte eintreten würde. Ich habe dankend abgelehnt."

Agent Miller hielt das Lenkrad lässig mit nur einer Hand und sah zu Quentin herüber. Sein Atem ging so schwer, dass man fürchtete, er könnte jeden Augenblick tot zusammenbrechen.

„Aber diese Gruppe, an der Sie dran sind, ist etwas ganz Spezielles. Die Bruderschaft. Man hört nur Gerüchte, aber die klingen alle reichlich irre. Es gibt immer wieder Berichte von Gewalttaten. Verschwundenen Kindern, auch von Morden im Prostituiertenmilieu. Nichts Konkretes, aber es klingt unangenehm. Wir hatten einmal einen Kontaktmann, der hat unglaubliche Geschichten erzählt."

„Was denn?"

„Ich würde da nichts drauf geben. Der Typ war ein absolut durchgeknallter Junkie. Er hat etwas gefaselt von dem

Großen Ritual, das sie durchführen würden. Sie wissen ja, was das ist."

Quentin wandte den Blick wieder auf die Straße vor ihm und nickte.

„Normalerweise ist das nur dummes Gerede, aber hier scheint etwas dran zu sein. Wir haben ihn dann unter einer Autobahnbrücke gefunden. Oder besser gesagt, die Reste von ihm. Ich habe schon einige Folteropfer gesehen, aber das war ganz speziell. Die wollen abschrecken, Angst machen, einschüchtern. Und wissen Sie was? Es ist ihnen gelungen. Ich habe da nie etwas unternommen in den letzten Jahren. Habe mich taubgestellt, lieber andere Spuren verfolgt. Selbst die örtlichen Gangs hier wollen sich mit denen nicht anlegen."

Quentin sah wieder zu Agent Miller hinüber, dessen gewaltige Brust sich weiter unter schwerem Ächzen hob und senkte. Miller hatte das müde Gesicht eines Ermittlers, der schon so viele Schrecklichkeiten gesehen hatte, dass es ihm schwerfiel, noch irgendetwas abnormal zu finden. Vielleicht war er so massig, weil er sich die Welt vom Hals halten wollte.

Wieder blickte Miller herüber zu ihm, halb besorgt, halb verwundert. „Sie sollten die Finger davon lassen. Wahrscheinlich ist vieles von dem Gerede nur Unsinn, aber gefährlich ist es trotzdem. Vielleicht steckt da ein Drogenring dahinter. Oder die Russen. Vielleicht die Mafia."

„Das ist mein Auftrag."

„Sind Sie sicher, dass Sie nicht auffliegen?"

„Ich bin mir ziemlich sicher, ja."

„Ziemlich sicher?"

„Ich muss da rein. Ich muss."

„Sie wissen, dass die Kirche Ihnen jede Unterstützung verweigert? Und dass ich Ihnen nicht helfen darf? Sobald Sie aus dem Wagen steigen, muss ich Sie vergessen. Wenn mein Chef erfährt, dass ich Ihnen Waffen besorge, verliere ich meinen Job. Wieso machen Sie so was? Sie wissen, auf was Sie sich einlassen. Sie sind kein naiver Idiot, der auf den Kitzel steht, der denkt, das wäre ein irrer Spaß. Sie wissen genau, was passieren kann, wenn Sie auffliegen. Warum machen Sie weiter?"

Quentin blickte unbewegt auf die Straße vor ihnen. Der Mittelstreifen flackerte immer wieder kurz in dem Licht der Scheinwerfer auf. Der Scheibenwischer fegte unermüdlich den ewig wiederkehrenden Regen von der Scheibe.

„Ich habe einmal den Teufel gesehen." Er starrte vor sich hin. Eine Sekunde lang sah er die glühenden Augen von damals vor sich. „Ich glaube es zumindest. Seitdem bin ich auf der Suche nach ihm. Ich muss wissen, ob ich mich geirrt habe. Einigen Menschen habe ich sogar wirklich helfen können. Ich habe sie befreit. Nicht vom Teufel, sondern aus den Händen irgendwelcher perversen Mädchenhändler oder Drogenringe. Aber den Teufel habe ich nie wieder gesehen. Ich würde gern wissen, ob es ihn wirklich gibt."

Einen Augenblick war Stille. Miller war einer der wenigen, der ihn vielleicht etwas verstehen konnte. Er hatte in dessen Akte gelesen. Auch Miller hatte schon einiges durchgemacht in seinem Job.

„Und wenn Sie ihn finden? Was haben Sie vor? Ihm eine Kugel zwischen die Hörner jagen? Ihm die Rechte vorlesen und ihn verhaften? Ihm Handschellen anlegen?"

„Wenn es den Teufel gibt, dann gibt es auch Gott, oder? Ich habe mein ganzes Leben darauf aufgebaut. Auf diese eine Nacht, als ich damals den Teufel gesehen habe. Deshalb bin ich Priester geworden, deshalb habe ich nie eine Familie gegründet. Nie eine Frau geliebt, nie mein Kind in die Arme geschlossen. Sie werden lachen, aber ich bin einer der wenigen Priester, die immer ernsthaft versucht haben, sich an den Zölibat zu halten. Wenn es den Teufel gibt, dann habe ich recht behalten. Dann habe ich zu Recht mein Leben diesem Kampf gewidmet, alles weggeworfen, mir verboten, ein Mensch zu sein."

„Und wenn nicht? Wenn es den Teufel nicht gibt, dann hätten Sie Ihr ganzes Leben verschwendet. Es weggeworfen für ein Nichts."

Quentin antwortete nicht. Er hatte sich das selbst schon oft gefragt.

„Also sind Sie eigentlich ganz wild darauf, den Teufel zu treffen, oder? Um recht zu behalten."

Quentin antwortete nicht.

„Also gut. Aber Sie wissen, dass Sie ganz allein operieren. Wenn irgendetwas schiefgeht, kann ich Ihnen nicht helfen. Offiziell weiß ich gar nichts von Ihnen. Passen Sie auf sich auf."

Kapitel 30

Quentin stand an einer Straße weit draußen in den Außenbezirken von Minneapolis. Es war beinahe Mitternacht und
es nieselte leicht. Um ihn herum ragten im Dunkeln leere
Bürogebäude in den Nachthimmel. Im Scheinwerferlicht
der entgegenkommenden Autos konnte man die dünnen
Regenschleier kurz aufleuchten sehen.

Hier hatte man ihn per Mail herbeordert. Er sollte abgeholt werden. Von der Bruderschaft.

Quentin fühlte sich unbehaglich. Hier war er ein leichtes
Ziel. Jeder könnte ihn jetzt ganz einfach erledigen. Er hoffte,
dass seine Tarnung nicht aufgeflogen war. Er war völlig unbewaffnet und fühlte sich wie nackt. Seine Ausrüstung hatte
er im Hotelsafe gelassen. Sie würden ihn sowieso durchsuchen.

Niemand war zu sehen. Die Straße war menschenleer.

Er holte sein Mobiltelefon hervor und sah sich erneut
das Foto von Susan an.

Vielleicht würde er sie gleich von Angesicht zu Angesicht
sehen. Dann würde alles gut werden.

Irgendwie tröstete ihn dieser Anblick immer ein wenig.
Er sah in ihre blauen Augen, die so unschuldig wirkten.
Wenn jemand noch so blicken konnte, dann musste es einen
Gott geben.

Er hörte Schritte. Als er sich umwandte, sah er eine
dunkle Gestalt, die sich näherte.

Sie war noch weit entfernt und kaum zu erkennen.

Die spärliche Straßenbeleuchtung schuf kleine Inseln aus Licht.

Als die Gestalt in den schwachen Lichtschein einer Lampe trat, sah er, dass es ein Mann in einem dunklen Kapuzenpulli war. Der Mann hatte die Schultern hochgezogen und ging seltsam gemächlich durch den Nieselregen. Als er zu ihm trat, sah Quentin, dass seine ganze Kleidung schwarz war.

Der andere hob den Kopf und sah ihn an. Es war ein junger Mann mit braunem Haar, das unter der Kapuze hervorquoll. Er blickte ihn ausdruckslos an und ging einfach an ihm vorbei.

Quentin sah ihm nach, wie er langsam in der Dunkelheit verschwand.

Ein Wagen kam in der Ferne angefahren. Hundert Meter entfernt stoppte er mitten auf der Straße. Es war das einzige Auto weit und breit. Nach einer Ewigkeit fuhr er langsam weiter und hielt schließlich neben ihm.

Es war ein dunkler Dodge. Ein wenig heruntergekommen.

Der Motor lief. Nichts geschah. Niemand stieg aus. Auf der Beifahrerseite saß niemand.

Dann wurde die Scheibe heruntergelassen. Der Fahrer war nicht zu erkennen.

„Mister Lemond?" Eine Frauenstimme. Aber die Stimme einer älteren Frau. Das war nicht Susan.

„Dave wartet auf Sie. Steigen Sie ein."

Beim Einsteigen konnte er einen kurzen Blick auf die Frau werfen. Irokesenschnitt, blau gefärbte Haare, Piercings im Gesicht.

Während der Fahrt sagte die Frau kein Wort. Immer

wieder betrachtete er sie im Rückspiegel. Er konnte nur ihre stark geschminkten Augen erkennen. Sie hatte eine kleine Tätowierung auf der Wange.

Quentin lehnte sich in die Polster zurück und schloss die Augen. Jetzt hatte er kaum Kontrolle mehr darüber, was geschah. Es fühlte sich gut an. Sein ganzes Leben lang hatte er immer versucht, alles im Griff zu behalten.

Jetzt war er in Gottes Hand.

Als sie die Stadt verlassen hatten, ging es lange über beinahe unbefahrene Landstraßen. Die Bebauung wurde spärlicher.

Quentin wünschte sich, sie würden ewig so weiterfahren.

Sie ließen die letzten Häuser hinter sich und die Lichter draußen vor den Fenstern verschwanden. Sie fuhren immer weiter in die Dunkelheit.

Die Straße wurde holpriger. Kleine Steinchen schlugen an den Unterboden des Wagens.

Dann tauchten Gebäude vor ihnen auf. Es sah aus wie eine Industrieanlage oder ein größerer Bauernhof. Mehrere Hallen mit Laderampen davor, ein paar baufällige Schuppen, ein altertümliches Bauwerk aus Klinkersteinen.

Quentin spürte, dass er am Ziel war.

„Willkommen in der Bruderschaft."

Der Mann vor Quentin trug einen gepflegten Spitzbart, und die grauen Haare wallten ihm bis auf die Schultern. Seine hellen Augen waren ein wenig seltsam. Er hatte einen Blick, der seinem Gegenüber den Eindruck vermittelte, er könnte ihm bis in die Seele schauen.

Er trug einen hochgeknöpften, schwarzen Anzug. Ein wenig wirkte er wie ein Reverend.

„Ich bin Dave. Andrew hat mir berichtet von dir. Du bist schnell aufgestiegen im Orden, Frank. Du hast eine erstaunliche Glaubenskraft bewiesen. Du scheinst ein tiefes Verständnis für unsere Lehren zu haben."

Sie waren in einer großen leeren Industriehalle, die kaum beleuchtet war.

Quentin hatte auf einem einfachen Stuhl Platz genommen. Vor ihm saßen im Halbdunkel einige Gestalten im Halbkreis. Die Wände der Halle verschwanden beinahe im Dunkeln.

Wortlos hatte ihn die Frau hierhergeführt und dann neben Dave Platz genommen.

Ein unglaublich dicker Mann saß weiter links. Er war nackt bis auf einen winzigen Slip, der sein Geschlecht kaum verdeckte. Er atmete keuchend und leckte sich immer wieder über die Lippen.

Ein älterer Herr im eleganten Anzug betrachtete ihn regungslos. Daneben saß ein schlanker Mann ganz in Schwarz.

Am Rand des Halbkreises kauerte eine Gestalt am Boden in einem schwarz glänzenden Latexanzug. Auch über dem Gesicht trug er eine Maske, ohne Löcher für Mund oder Augen. Da, wo der Mund sein musste, wölbte sich der Latexstoff immer wieder nach innen, so als würde die Gestalt darunter verzweifelt nach Luft schnappen.

„Ich finde, er sieht aus wie ein abgefuckter Schwanzlutscher." Die Frau mit dem Irokesenschnitt hatte eine kleine, unsauber tätowierte Träne unter dem Auge, wie er jetzt erkennen konnte. Ein typisches Knast-Tattoo. „Ich glaube, dass er uns nur verarscht. Wir sollten ihm die Eier abschneiden." Sie hatte irgendwelches Zeug eingefahren, das konnte

269

man sehen. Obwohl sie völlig unberechenbar war, schien dieser Dave ihm weit gefährlicher zu sein.

„Das ist Patty. Bitte entschuldige ihre Ausdrucksweise. Sie hat keine Manieren. Man könnte auch sagen, sie ist absolut irre."

Patty warf den Kopf in den Nacken und lachte mit rauer Stimme, als würden ihr die Beschimpfungen gefallen.

Ein leises Stöhnen war von der Gestalt in Latex zu hören.

Dave schien seinen Blick zu bemerken.

„Das da hinten ist Freddie. Er hat recht – exzentrische Vorlieben. Lass dich nicht stören von ihm. Er versucht schon seit Jahren, endlich draufzugehen, doch es gelingt ihm nicht."

Dave lächelte bei seinen Worten, aber Quentin war sich nicht sicher, ob er scherzte. Mit einer eleganten Geste wies er auf die Gestalten neben sich.

„Dies also ist der innerste Zirkel der Bruderschaft. Wir gewähren nur wenigen den Zugang. Man muss ganz besondere Eigenschaften mitbringen. Eine gewisse Tiefe im Glauben. Eine Bereitschaft, über Grenzen zu gehen."

Quentin wusste, dass die riesigen Summen, die er unter dem Namen Frank Lemond an den Orden gezahlt hatte, noch bedeutend wichtiger gewesen waren.

Dave betrachtete ihn lächelnd.

„Du fragst dich jetzt sicherlich, weshalb wir solche Jammergestalten aufgenommen haben. Doch lass dich nicht irritieren von ihrem Äußeren. Alle hier Anwesenden haben unserem Herrn ihre Treue beweisen müssen. Sie alle haben den Gottesdienst des Teufels gefeiert. Es gibt nicht allzu viele, die hierzu bereit sind. Auch du wirst das noch tun. Morgen Abend wirst du deine Prüfung ablegen. Dann werden wir sehen, ob dein Glaube wirklich so tief ist. Du wirst dich mit Ken hier um die Ware kümmern."

Dave wies auf den jungen Mann ganz in Schwarz, der lässig grüßend die Hand hob.

Patty lachte höhnisch auf. „Warum lässt du mich nicht allein mit ihm? Eine Stunde nur, und ich sage dir, ob er wahrlich ein Jünger ist."

Dave erhob sich und ging lächelnd zu ihr. Zärtlich strich er ihr über die Wange. Dann holte er unvermittelt mit der Hand aus und schlug ihr heftig ins Gesicht.

Patty heulte auf und krümmte sich wimmernd zusammen. Es klang beinahe lustvoll. Quentin bemerkte, dass sie sich zwischen die Beine fasste.

Dave setzte sich wieder, als wäre nichts geschehen.

„Wir haben natürlich Erkundigungen eingezogen über dich. Das ist alles wirklich herausragend."

Die Kirche hatte seine falschen Identitäten nicht gelöscht, er hatte das vorher überprüft.

„Wieso erfahren wir erst jetzt von dir? Wo hast du gesteckt bisher? Du tauchst plötzlich aus dem Nichts auf. Du könntest es weit bringen in unserer Kirche." Er betrachtete ihn mit seinen hellen, durchdringenden Augen. Sein längliches Gesicht erinnerte Quentin an irgendjemanden. Aber er kam nicht darauf.

„Wir haben uns beraten. Wir wollen dir die Aufnahme in den inneren Zirkel anbieten. Den siebten Grad. Doch dafür bedarf es einiger Prüfungen. Du musst dich ganz unserem Glauben hingeben. Du musst aufgehen in deiner Aufgabe. Morgen Nacht musst du uns deine Treue beweisen. Aber zuvor musst du mir einige Fragen beantworten. Und zwar ehrlich." Er beugte sich vor.

Quentin wich fast unmerklich etwas zurück auf seinem Stuhl. Dave hatte das Kalte und Unberechenbare einer Echse.

„Sag mir: Was hat dich bewogen, dich uns anzuschließen? Was hat dich angezogen an der dunklen Seite? Warum hast du dich entschlossen, diesen schweren Weg zu gehen?"

Quentin wusste, dass er jetzt nicht lügen durfte. Dave würde es merken.

„Ich hatte schon immer das Gefühl, nirgendwo dazuzugehören. Ich habe mich schon immer ausgestoßen gefühlt. Wenn alle einer Meinung waren, hatte ich den Drang, dagegen zu sein. Ich habe mich wohler gefühlt am Rand, im Dunkeln. Alle wollten immer Teil der Herde sein. Ich hatte diesen Wunsch nie. Ich habe es geliebt, allein zu stehen."

Quentin sah Dave ganz ruhig in die Augen. Er musste nicht einmal lügen.

Dave lächelte. „Eine sehr gute Antwort. Die allermeisten haben nur wenig Verständnis für die wahre Natur unserer Religion. Es geht ihnen um schnelle Befriedigung, um die Verwirklichung egoistischer Ziele. Aber den wahren Glauben haben die wenigsten. Den wahren Glauben an unseren Herrn."

Dave wurde plötzlich ernst. Lange sah er Quentin an, bevor er weitersprach.

„Früher war ich verloren. Dann, eines Nachts, ist mir der Teufel erschienen. Er hat zu mir gesprochen. Er hat mir eine Aufgabe gegeben. Eine Mission. Seitdem bin ich erleuchtet vom Licht der Finsternis. Er hat mir seine Geheimnisse offenbart. Die Schönheit des Dunkels. Die Herrlichkeit des Abgrunds. Nur wenige erwählt Satan zu seinen Jüngern. Nur wenigen offenbart er sich in seiner ganzen Pracht."

Mit einer abfälligen Geste wies er auf seine Mitbrüder.

„Die meisten verstehen kaum etwas von der Glorie unserer Lehren. Sie plappern nach, was andere ihnen erzählen. Wenn sie zu frech werden, bestrafe ich sie. Wenn sie versagen, merze ich sie aus. Ansonsten ertrage ich ihre Dummheit, ohne mich zu beklagen."

Die anderen schienen seine Beleidigungen gewöhnt zu sein und verzogen keine Miene.

„Nur ganz wenige verstehen die Tiefe unseres Glaubens. Nur einige Auserwählte sehen Satan wahrhaftig. Mit eigenen Augen. Mit eigener Seele."

Er beugte sich vor und sah Quentin wieder eindringlich an.

„Was ist mit dir? Bist du einer von den Geweihten? Bist du ein Jünger der Nacht? Ist Satan dir erschienen? Hast du je den Teufel gesehen?"

Quentin schwieg einen Augenblick.

„Ja. Ich habe ihn einmal gesehen", sagte er dann leise.

Dave lächelte.

„Das wusste ich. Wer Satan einmal in die Augen geblickt hat, dessen Seele ist für immer verwandelt. Du hast diese Dunkelheit in deinen Augen. Du hast diese Finsternis in deinem Blick. Erzähl mir davon."

Quentin atmete tief durch.

„Ich war noch ein Kind. Sechs oder sieben. Ich lag in meinem Bett. Ich hatte geträumt. Dann bin ich aufgewacht. Ich wusste, dass irgendetwas geschehen war. Es war dunkel. Nur ein schwacher Lichtschein fiel durchs Fenster.

Dann habe ich ihn gesehen. Er stand an meinem Bett. Ich konnte ihn kaum erkennen, aber ich wusste, dass er es war. Seine Augen haben geglüht in der Dunkelheit. Meine

Betreuer hatten mir von ihm erzählt. Sie hatten versucht, mir Angst vor ihm zu machen. Doch als er jetzt vor mir stand, hatte ich keine Angst. Er war mir so seltsam vertraut. Als hätte ich auf ihn gewartet.

Er hat leise gelacht. Mit der Stimme des Teufels. Plötzlich habe ich gespürt, wie ein Feuer mich durchströmt hat. Er hat kein Wort gesagt. Er stand nur da und hat mich angesehen. Aber tief drinnen habe ich geglaubt, ich höre seine Stimme."

Dave nickte, als könnte er ihn verstehen, und beugte sich noch etwas weiter vor.

„Was hat er dir gesagt? Was hat er dir aufgetragen?"

Quentin zögerte.

„Ich weiß es nicht." Er zuckte die Schultern. „Das frage ich mich schon mein ganzes Leben lang. Zuerst dachte ich, dass ich kämpfen müsste gegen ihn. Dass Gott ihn mir gezeigt hätte, um mir Kraft zu geben für meinen Kampf gegen den Teufel. Aber das war ein Irrtum."

Quentin starrte vor sich hin, und seine Augen weiteten sich, als würde er gerade etwas begreifen.

„Vielleicht will er, dass ich nicht mehr gehorche. Dass ich nur mir selber diene. Mein Leben lang habe ich gekniet. Ich habe Befehle ausgeführt. Nie habe ich für mich selbst gelebt. Vielleicht soll ich aufhören, mich zu unterwerfen."

Dave blickte ihn an mit regungsloser Miene.

„Hast du einem falschen Götzen gedient?"

Quentin nickte. Es fiel ihm leichter, als es sollte. „Ja, das habe ich."

„Hat Gott dich betrogen und dich in Ketten gehalten? Hat er dich ausgenutzt und dich nie nach deinem Willen gefragt?"

„Ja, das hat er."

„Fühlst du die Liebe zu Satan in deinem Herzen? Bist du bereit, dich seiner Macht hinzugeben, seinen Befehlen zu gehorchen und seine Pfade zu beschreiten? Bist du bereit, die Wege des Normalen zu verlassen und uns in die Dunkelheit zu folgen?"

„Ja, ich bin bereit."

„Wirst du nicht mehr knien und um Vergebung bitten? Wirst du nicht mehr den verfluchten Nazarener anbeten und seinen Lügen glauben? Willst du auf das Kreuz spucken und Satan als deinen Herrn annehmen?"

„Ja, ich will."

„Willst du deine Seele Lucifer verschreiben und ihm Treue geloben? Willst du dich lossagen von Gott?"

„Ja, ich will." Quentin merkte, dass seine Stimme zitterte.

Dave lächelte. „Gut. Sehr gut."

Spöttisch lächelnd blickte er zu den anderen.

„Er ist wahrlich erfüllt von unserem Glauben. Er wird es noch weit bringen bei uns."

Mit einem Glänzen in den Augen sah er wieder zu Quentin. „Hast du je das Große Ritual vollzogen?"

„Das Große Ritual?"

Dave blickte Quentin direkt in die Augen. „Man sieht es dir an."

Quentin hatte Mühe, den Blick aus den kalten Augen zu erwidern.

„Was? Was sieht man mir an?"

„Du hast schon einiges gesehen. Du hast schon oft der Finsternis ins Gesicht geblickt. Ich kann das sehen. Was hast du vorher gemacht? Wo bist du gewesen? Auf welchen Wegen bist du gewandelt?"

Quentin zuckte mit den Schultern. „Du hast doch gesagt, du hättest recherchiert. Dann weißt du doch alles."

Dave nickte. „Du hast ein Vermögen mit einer Internetfirma gemacht. Irgendwas mit Aktienhandel online. Aber so ganz kann ich das nicht glauben." Er beugte sich wieder vor. „Was ist die Wahrheit? Vor deinen Augen sind Menschen gestorben."

Quentin hielt seinem Blick stand, ohne zu blinzeln.

„Wo hast du so etwas gesehen? Wo kannst du so etwas erlebt haben? Du warst in keinem der Orden, den wir kennen. Wo bist du gewesen?"

„Ich habe − experimentiert. Ich habe selbst einige Rituale durchgeführt. Man braucht nicht immer einen Orden dafür."

„Allein? Du bist ganz allein diesen Weg gegangen? Oder hast du einem anderen Orden gedient?"

Quentin antwortete nicht.

Dave lehnte sich lächelnd zurück. „Irgendetwas ist seltsam an dir. Ich finde es noch heraus."

Kapitel 31

Quentin hockte in einem Kellerraum und wartete. Ken, der Mann in Schwarz, saß ihm schweigend am Tisch gegenüber. Patty hatte sie angewiesen, hier auf weitere Befehle zu warten.

Er hatte das Gelände nicht verlassen dürfen und die Nacht in einem kleinen Zimmer auf einer Matratze verbracht. Er hatte überlegt, sich hinauszuschleichen, um seine Ausrüstung zu holen, aber aus dem Raum war ein Entkommen unmöglich gewesen. Sie behielten ihn immer im Auge.

Er hatte nur wenig von der Anlage gesehen. Einige Zimmer waren eingerichtet wie in einem Bordell. Ein King-Size-Bett, ein Nachttisch mit Desinfektionsspendern und Sexspielzeug. Anscheinend betrieben sie hier ein Freudenhaus.

Vorhin waren sie an einer Satanskapelle vorbeigekommen. Quentin hatte nur einen Blick durch die offene Tür werfen können. Sie hatten eine ehemalige Industriehalle zu einer Teufelskirche ausgebaut.

Hinter einem mit Gravuren verzierten Altar war ein riesiges Satanskruzifix aufgestellt. Eine gehörnte Baphometgestalt stand vor einem umgedrehten Kreuz und hob segnend die Hände. Einige Sitzbänke aus Holz waren davor angebracht worden und vier schwarze x-förmige Andreas-Kreuze, wie er sie aus Sadomaso-Clubs kannte, standen an den Seiten. Und an den Wänden gab es einige

Glasfenster mit aufwändigen Malereien. Quentin hatte sie mit gerunzelter Stirn betrachtet. Auf dem linken Fenster war zu sehen, wie Satan von Gott aus dem Himmel verbannt wurde. Er stürzte in die Tiefe, wo Flammen loderten. Gott war ein nackter Mann, das Gesicht zu einem bösen Lachen verzogen, und er hatte eine Erektion. Auf dem rechten Fenster saß Lucifer dann auf seinem Thron in der feuerumtosten Hölle. Einige Menschen knieten links und rechts von ihm und beteten ihn mit erhobenen Armen an.

Hier im Keller gab es einen gut ausgebauten Zellentrakt. Hier wurden Menschen gefangen gehalten. Der innere Zirkel, der aus einer Handvoll Leute bestand, schien hier auf dem Gelände zu wohnen.

Heute Nacht war eine Messe geplant. Anhänger aus den ganzen Staaten würden anreisen. Quentin hatte Zimmer herrichten müssen, in denen sie auf einfachen Matratzen und in Stockbetten übernachten würden.

Heute Nacht sollte Quentin sein Aufnahmeritual vollziehen. Er kannte die verschiedensten Zeremonien. Meist war es harmloser Unsinn wie einer Fledermaus den Kopf abbeißen. Aber hier war es das Große Ritual. Was sollte er jetzt tun?

Ken kratzte sich am Unterarm. Jetzt sah Quentin, dass Kens Haut dort vernarbt war.

Ken bemerkte Quentins Blick und fing an zu grinsen.

„Das ist noch gar nichts, Mann. Warte, ich zeig' dir was."

Er knöpfte sein Hemd auf. Seine ganze Brust war vernarbt. Kreuz und quer zogen sich rote Furchen.

„Früher habe ich mich geritzt. Das war das Einzige, was mir noch Freude gemacht hat. Aber seit ich zum wahren Glauben gekommen bin, bin ich errettet. Früher habe ich es auf Autobahnraststätten mit so vielen Typen getrieben, wie ich nur konnte. Ich habe mich beinahe totprügeln lassen, nur so zum Spaß. Jeden Scheiß habe ich mitgemacht. Jetzt will ich das alles nicht mehr. Ich brauche auch keinen Stoff mehr. So viel Mist habe ich früher ausprobiert. New Age. Channeling. Meditation. Power-Yoga. Ich war auch bei irgendwelchen Satanistentreffen, wo sie Frauen mit Schweineblut eingerieben haben. Die Priester waren meist selbst so zugedröhnt, dass sie die Messen kaum abhalten konnten. Zu Anfang war mir das alles scheißegal. Ich habe mich nicht um Satan gekümmert und um den ganzen Scheiß. Aber dann habe ich Dave getroffen."

Ken beugte sich vor. Ein verklärtes Lächeln erschien auf seinem Gesicht.

„Er hat mich erleuchtet. Er ist der Apostel des Teufels. Er weiß um Geheimnisse, die uns anderen verborgen bleiben. Er ist voll der Kraft der Hölle. Er hat mir die Pforten geöffnet. Er ist mein Hirte, mein Stern in der Nacht, mein Führer in die Dunkelheit. Seitdem weiß ich, was meine Bestimmung ist. Wenn er spricht, wird alles hell um mich. Seitdem hat mein Drecksleben wieder einen Sinn. Und Satan hat mich aufgenommen!"

Er beugte sich vor.

„Ich beneide dich. Das Ritual heute Nacht! Das ist besser als Stoff, Mann. Es ist ein Tanz mit dem Untergang, Sex mit den Dämonen der Hölle! Du wirst neu geboren werden, du wirst wiederauferstehen aus der Dunkelheit. Früher dachte ich, Satan wäre nur ein Märchen, eine Geschichte, um Kinder zu erschrecken. Aber inzwischen weiß ich, dass es ihn gibt, Mann! Er ist real! Er lebt in unseren Träumen, in unseren Wünschen. Satan herrscht über diese Welt! Nur ihm gehören wir."

Seine Augen glänzten.

„Gott ist nur ein Voyeur, der sich an unseren Qualen weidet. Er ist ein perverses Sado-Maso-Schwein, der es genießt, wenn man ihn ans Kreuz nagelt! Es macht ihn geil, wenn wir bereuen, er wird scharf, wenn wir Schuld empfinden. Er hat längst abgedankt! Gott hat dieses Scheißuniversum zugrunde gerichtet. Er hat uns in den Ketten der Schuld gefangen gehalten, doch Satan hat uns befreit. Ich habe so oft versucht, mich umzubringen. Mein Scheißleben zu beenden. Mit Pillen. Mit Alkohol. Zweimal habe ich mir die Pulsadern aufgeschnitten."

Stolz zeigte er ihm die längs verlaufenden, leicht erhabenen rosa Narben an seinen Handgelenken.

„Jetzt weiß ich, warum es nie geklappt hat. Satan hatte noch etwas vor mit mir. Er wollte mich noch nicht gehen lassen."

Quentin empfand fast ein wenig Mitleid mit Ken. Er hatte schon so viele verlorene Seelen kennengelernt, die dachten, der Teufel könne sie von sich selbst erlösen.

Ken beugte sich noch weiter über den Tisch und flüsterte mit glänzenden Augen: „Nun bricht eine neue Zeit an. Wir werden reich belohnt werden für unsere Treue. Wir werden die neuen Herren sein. Wir werden an seiner Seite sitzen. Und du darfst mit dabei sein. Du darfst ihm dienen!"

Die Tür hinter ihnen ging auf und Patty kam herein, in der Hand eine große weiße Plastiktüte. Ihr Blick war glasig.

„Es wird Zeit. Holt Nummer Zwei. Sie ist in der Zelle hinten links. Sie wird in einer Stunde abgeholt. Sorgt dafür, dass sie duscht und das hier anzieht."

Sie warf die prall gefüllte Plastiktüte auf den Tisch.

„Wo wird sie hingebracht?", fragte Ken.

„Stell keine Fragen."

Dann sah sie Quentin mit hochgezogenen Brauen an.

„Und, mein Hübscher? Freust du dich schon auf heute Nacht? Glaubst du, du bist bereit?"

Quentin zuckte mit den Schultern. Langsam kam sie auf ihn zu und strich ihm sanft über die Haare. Dann beugte sie sich zu ihm herunter, als wolle sie ihm einen Kuss auf die Wange hauchen. Doch sie leckte ihm über die Wange und fing an, mit ihrer rauen Stimme zu lachen. Dann gab sie ihm einen Klaps auf den Hinterkopf, wandte sich ab und verließ das Zimmer. Sie knallte die Tür hinter sich zu.

Ken sah ihn beinahe mitleidig an. Dann zog er die Plastiktüte zu sich heran und holte die Kleidungsstücke heraus: einen schwarz glänzenden Latex-Catsuit, eine SM-Bondage-Maske und ein Paar hohe Schnürstiefel aus Lackleder.

Ken holte einen großen, leicht verrosteten Schlüssel aus der Jackentasche.

„Mach sie fertig für die Zeremonie. Wasch sie und zieh sie an. Wenn sie Probleme macht, weißt du, was zu tun ist."

Quentin nickte, packte die Kleidungsstücke und den Schlüssel, erhob sich von seinem Stuhl und verließ den Raum.

Als er die Tür hinter sich schloss, merkte er, dass seine Hände zitterten. Er hielt kurz inne und holte tief Atem.

Vor ihm lag ein langer Gang mit mehreren soliden Türen. Er wusste nicht, wie viele andere hier noch gefangen gehalten wurden. Diese Patty war misstrauisch und beobachtete jeden seiner Schritte, er musste vorsichtig sein.

Nummer Zwei hatte er noch nicht gesehen. Vielleicht war es Susan. Nummer Eins hatte er vorhin kurz zu Gesicht bekommen. Durch die geöffnete Zellentür hatte er einen kurzen Blick auf sie werfen können, als sie das Essen bekommen hatte.

Heute Nacht sollte es stattfinden. Das Große Ritual. Die Zeremonie, die Opferung, das Blutfest. Es war wie bei der Mafia: Um Zugang zum innersten Kreis zu bekommen, musste man sich dem Ritual unterziehen. Dann war klar, dass man kein Spitzel war. Dann war man genauso verloren wie die anderen.

Jetzt stand er vor Zelle Nummer Zwei.

Er schloss auf und öffnete die Tür.

Ein winziger Raum mit rohem Betonboden. Ein Feldbett. Eine Chemietoilette. Ein kleiner Tisch mit einem Klappstuhl davor.

Der beißende Geruch der Chemikalien, vermischt mit Schweiß, drang ihm in die Nase.

Das Mädchen saß mit gesenktem Kopf auf dem Bett. Sie sah nicht auf, als er eintrat.

Ihre langen blonden Haare hingen ihr in fettigen Strähnen ins Gesicht.

„Mach dich fertig. In einer Stunde wirst du abgeholt."

Sie blickte auf. Ihre Augen waren glanzlos. Es war nicht Susan.

Er durfte jetzt nicht schwach werden. Er musste durchhalten.

Kapitel 32

Eine Stunde später wartete Quentin im Hinterhof. Gleich würden sie kommen.

Nummer Zwei stand neben ihm, einen Stoffsack über den Kopf gezogen. Ihre Hände waren mit einem Kabelbinder gefesselt. Sie war ganz ruhig, beinahe wie betäubt. Die hohen Stiefel waren ihr viel zu groß, und sie schwankte leicht. Sie hatte sich geweigert, zu duschen. Sie hatte nur auf ihrem Feldbett gesessen und vor sich hin gestarrt. Also hatte er sie mit sanfter Gewalt ins Badezimmer gebracht. Dort hatte er sie ausziehen müssen. Er konnte den Anblick kaum ertragen, wie unglaublich abgemagert sie war. Die Schultern standen eckig hervor, ihr Becken war wie von zu dünner Haut umspannt.

Er hatte sie abgeduscht und parfümiert. Dann hatte er ihr mühsam den Latex-Catsuit angezogen. Wie eine leblose Puppe hing sie in seinen Armen. Patty hatte sie dann geschminkt und ihr die Haare gemacht. Man hatte ihr den Sack ganz vorsichtig über den Kopf gezogen, um die Schminke nicht zu verwischen.

Jetzt war leises Motorengeräusch zu vernehmen.

Ein Auto kam langsam angefahren. In der Dunkelheit sah man die Scheinwerfer auf- und abgleiten, als es über den holprigen Feldweg fuhr. Der Motor heulte immer wieder kurz auf, wenn der Wagen über einen der kleinen Hügel holperte.

Die Scheinwerfer blendeten sie kurz, als der Wagen über die Schwelle zum Hof fuhr.

Der Wagen hielt an, ohne dass der Motor abgestellt wurde. Von der Motorhaube stiegen feine Dampfwolken auf.

Auf dem Beifahrersitz saß jemand, den Quentin nicht genau erkennen konnte.

Dave stieg auf der Fahrerseite aus und kam auf sie zu. „Ist alles klar mit Nummer Zwei?"

Quentin nickte. Er versuchte, durch die Windschutzscheibe zu sehen, wer noch im Wagen saß, aber er konnte nur einen Schemen erkennen im Gegenlicht der Scheinwerfer.

Da ging die Beifahrertür auf, und eine junge Frau stieg aus.

Sie war es. Susan. Sie sah viel älter aus als auf den Fotos, aber sie war es. Sie hatte ein wenig zugenommen, ihr Gesicht war rundlicher und weicher. Leicht gewellte Haare, grüne Augen, ein paar Sommersprossen auf den Wangen.

Sein Blick fiel auf ihren Bauch. Sie war schwanger. Fünfter Monat ungefähr? Susan streifte ihn mit einem gleichgültigen Blick.

Dave lächelte ihn an.

„Susan kennt den Weg. Du passt auf, dass Nummer Zwei keine Dummheiten macht."

Quentin nahm Nummer Zwei am Oberarm und führte sie behutsam zur hinteren Autotür. Er gab acht, dass sie sich nicht den Kopf stieß, als er sie auf den Rücksitz schob. Dann stieg Quentin auf der Beifahrerseite ein und zog die Tür zu.

Susan ging um den Wagen herum und stieg auf der Fahrerseite ein und setzte sich hinters Steuer. Sie fuhren los und leicht schwankend fuhr der Wagen ins Dunkle.

Er warf einen Seitenblick auf Susan. Sie blickte starr geradeaus auf den Weg vor ihnen, aus dem die Scheinwerfer einen Lichtkegel herausschnitten. Es war nicht zu erkennen, was in ihr vorging.

„Mein Name ist Quentin", sagte er schließlich und durchbrach damit das Schweigen.

„Deine Mutter schickt mich. Ich werde dich hier rausholen." Quentin blickte unverwandt auf ihr Profil.

Keine Regung in ihrem Gesicht. Den Blick geradeaus gerichtet, fuhr sie einfach weiter.

Er drehte den Kopf und blickte hinaus in die Nacht.

„Ich weiß nicht, was du alles durchgemacht hast. Was sie dir alles angetan haben. Aber ich habe schon viele solche Fälle gesehen. Am Anfang wird es schwer, doch du wirst es schaffen."

Sie sagte immer noch nichts.

„Es wird dauern, bis du darüber hinwegkommst. Aber es gibt Möglichkeiten, dir zu helfen. Eines Tages wirst du es fast vergessen haben."

Sie schwieg und fuhr weiter durch die Dunkelheit.

Das hatte er nicht erwartet. Die meisten flippten völlig aus, wenn man versuchte, sie herauszuholen. Manche hatten sich ihm weinend in die Arme geworfen, ihn angefleht, die Schweine umzubringen. Aber dass jemand einfach gar nichts sagte …

„Sie haben mit meiner Mutter gesprochen?", fragte sie schließlich unvermittelt. „Hat sie Sie beauftragt?" Es war mehr Feststellung als Frage. Ihre Stimme war kalt und tonlos. Sie klang älter als 17. Reifer. Abgeklärter.

„Was hat sie Ihnen gesagt? Hat sie die liebende Mutter gespielt?" Jetzt schwang Verbitterung in ihrer Stimme mit.

„Hat sie Sie gebeten, mich zu retten? Hat sie Ihnen erzählt, was sie getan hat? Hat sie es Ihnen erzählt?"

Quentin konnte sich denken, was sie meinte.

„Nein. Aber ich verspreche dir, dass ich mich darum kümmern werde."

Sie lachte bitter auf.

„Sie können gar nichts machen, glauben Sie mir. Alles ist besser, als zurück zu ihr zu gehen. Haben Sie je den Teufel gesehen? Glauben Sie mir, meine Mutter ist schlimmer."

Irgendetwas war seltsam. Quentin richtete sich etwas in seinem Sitz auf. Die Straße kam ihm bekannt vor.

Susan sah ihn an. „Es tut mir leid."

Der Wagen fuhr zurück in den Hof.

Als er es bemerkte, war es schon zu spät.

Die Autotür wurde geöffnet, und Dave hielt eine Pistole auf seinen Kopf gerichtet.

„Willkommen zurück."

Kapitel 33

Quentin wartete.

Sie hatten ihn in die Zelle gesperrt, aus der er kurz zuvor Nummer Eins geholt hatte. Patty hatte irre gelacht die ganze Zeit. Dave war ganz ruhig gewesen.

Quentin saß auf dem Bett und versuchte nachzudenken.

Die Neonröhre an der Decke summte leise. Es gab keine Fenster, keine Lüftungsschlitze, und die Tür war viel zu massiv, als dass er sie aufbekommen könnte.

Es gab keine Chance, hier herauszukommen.

Wie einfach hatte er sich überlisten lassen! Er hätte nie gedacht, dass Susan ihn verraten könnte. Er war naiv gewesen – trotz seiner Erfahrung. Unwillkürlich schüttelte er den Kopf.

Es war seltsam. Die Menschen liebten oft ihre Unterdrücker. Der Kerker war ihre Heimat. Ihre Qualen waren alles, was sie hatten.

Einmal hatte er in El Salvador ein paar junge Frauen aus einem Keller befreit. Als sie die Leiche ihres Entführers sahen, hatten sie geschrien und waren auf ihn, Quentin, losgegangen. Monatelang hatte der sie in einem Verlies gefangen gehalten und gequält. Und sie hatten ihn geliebt dafür. Stockholm-Syndrom.

Aber Susan ... Sie war für ihn der Inbegriff der Reinheit gewesen. Der Unschuld.

Von draußen drangen Geräusche zu ihm.

Er erhob sich, legte sein Ohr an die Tür und horchte angestrengt.

Es klang wie eine Art monotoner Gesang.

Er erkannte ein paar Worte. Es war Latein.

Lucifer, in tenebris filios.

Er kannte die Worte. Das war die Messe *Rituale Magnum.* Er wusste, was gleich geschehen würde.

Die Tür ging auf, und Quentin wich hastig zurück.

Sie waren zu dritt. Patty, Ken und ein dürrer Mann, den er noch nicht kannte. Alle trugen eine dunkelrote Robe und waren bleich geschminkt.

Der Dürre hielt einen Elektroschocker in der Hand.

Langsam kamen sie auf ihn zu.

Als Quentin versuchte, nach dem Dürren zu greifen, traf dieser ihn mit dem Elektroschocker.

Der Schmerz durchfuhr ihn wie ein greller Blitz.

Sein ganzer Körper verkrampfte. Er konnte sich kaum mehr bewegen, und ein geradezu unerträgliches Kribbeln durchlief ihn.

Ken und der Dürre packten ihn unter den Achseln und zerrten ihn hinaus.

Schmerzhaft schleifte sein Rücken über den Boden, und er sah die graue Betondecke über sich dahingleiten.

Die Geräusche wurden lauter.

Sie schleiften ihn in einen großen Raum. Eine kleine Gruppe Menschen in dunkelroten Roben stand um einen Altar. Das Teufelsgebet war gerade beendet und alle sahen ihm schweigend entgegen. Er wurde hochgehoben und auf den Altar gelegt.

Dave beugte sich über ihn. Auch er trug eine dunkelrote Robe.

Quentin hob ein wenig den Kopf. Das Kribbeln hatte nachgelassen, aber jede Bewegung schmerzte, als seine Arme und Beine an den Altar gefesselt wurden.

Im Halbdunkel war kaum etwas zu erkennen.

Susan stand neben Dave. Sie war nackt. Ihr Bauch wölbte sich prall vor.

Sie blickte ihn mit ihren grünen Augen beinahe zärtlich an.

Dave breitete die Arme aus und begann zu deklamieren: „O du mächtiges Licht und brennende Flamme des Brotes, die du den Ruhm Satans enthüllst. Also komme hervor und zeige dich! Öffne die Mysterien deiner Schöpfung. Ich bin wie du! Der wahrhafte Anbeter des höchsten und unbeschreiblichen Königs der Hölle."

Patty beugte sich über Quentin. Sie packte ihn brutal an Ober- und Unterkiefer und versuchte, ihm den Mund zu öffnen. Mit aller Kraft presste Quentin die Zähne aufeinander, er wand sich in seinen Fesseln und versuchte, den Kopf wegzudrehen, aber als sie ihm die Nase zuhielt, bekam er keine Luft mehr, und als er nach Luft schnappte, gelang es ihr, ihm Mundsperren hineinzuschieben, damit er den Mund nicht mehr schließen konnte.

Als Quentin endlich still auf dem Altar lag, sprach Dave weiter: „O ihr, die ihr die Menschen, die leer sind, trunken macht, höret auf das Versprechen Satans und auf seine Kraft, die von euch ein bitterer Stachel genannt wird. Also kommt hervor und zeigt euch! Öffnet die Mysterien eurer Schöpfung. Ich bin wie du! Der wahrhafte Anbeter des höchsten und unbeschreiblichen Königs der Hölle."

Patty trat neben ihn, hob einen Bohrer mit beiden Armen in die Höhe und sprach: „O ihr, die ihr in der Tiefe weilt, kommt hervor und besucht uns. Bringt die Legionen der Armee der Hölle hervor, auf dass der Herr des Abgrunds verherrlicht werde! Also kommt hervor und zeigt euch! Öffnet die Mysterien eurer Schöpfung. Ich bin wie du! Der wahrhafte Anbeter des höchsten und unbeschreiblichen Königs der Hölle.“

Quentin schloss die Augen, als Patty die Hand mit dem Bohrer auf ihn senkte.

Quentin lag auf dem Boden der Zelle.

Ihm war kalt.

Sein Atem ging rasselnd. Irgendetwas in seiner Lunge schien kaputtgegangen zu sein. Sein ganzer Mund war eine einzige Wunde. Es pochte wie wild, und das Brennen wurde jeden Augenblick schlimmer. Auch die Beine konnte er nicht mehr richtig bewegen. Er hatte sich die Verletzungen nicht angesehen.

Seine Hände und seine Beine waren gefesselt, doch das wäre gar nicht nötig gewesen. Er hatte nicht mehr die Kraft, irgendetwas zu versuchen.

Er begriff nicht, warum er noch lebte. Nach einer halben Stunde hatte er anscheinend das Bewusstsein verloren. Warum hatten sie ihn nicht getötet?

Die Tür ging auf, und Quentin wandte mühsam den Kopf. Es waren Dave und Susan. Sie war sehr bleich und sah angespannt aus.

Beide traten langsam ein und schlossen die Tür ab hinter sich. Sie betrachteten ihn unbewegt. Nur Quentins rasselnder Atem durchbrach die Stille.

Dann trat Dave zu ihm, beugte sich zu ihm herunter und sah ihm ins Gesicht. Als Dave die Hand hob, zuckte Quentin zusammen, doch Dave lächelte nur. Dann strich er ihm zärtlich über die Wange und richtete sich wieder auf. „Es ist so schade. Es ist so schade um dich. Ich erkenne einen Jünger, wenn ich ihn sehe. Du trägst den wahren Glauben in dir. Den wahren Glauben an unseren Herrn. Du hättest unserem Meister viel Freude gemacht."

Susan stand regungslos hinten an der Wand. Sie hielt irgendetwas in der Hand.

„Wir haben dich schnell gefunden. Wir haben Freunde beim FBI. Quentin Damien, Sonderermittler der Kirche. An einiges von deiner Akte sind wir herangekommen. Faszinierend. Ich beneide dich. Du warst bei Geschehnissen dabei, die spirituell sehr bereichernd gewesen sein müssen. Du hast Dinge erlebt, die dich haben reifen lassen. Die deine Seele geläutert haben."

Susan atmete schwer, so als würde sie gleich zu weinen anfangen, doch sie stand nur da und starrte ins Leere.

„Jetzt weiß ich, warum dein Blick so kalt ist. Jetzt verstehe ich deine Abgründe. Von Anfang an habe ich mir so etwas gedacht. Tief drinnen bist du einer von uns. Du redest dir ein, dass du auf der anderen Seite stehst, aber eigentlich kennst du längst die Wahrheit. Dass du zu uns gehörst. Dass du immer zu uns gehört hast."

Jetzt sah Quentin, was Susan in der Hand hielt.

Dave küsste ihn jetzt ganz zart auf die Wange. Dann erhob er sich und sah zu Susan. „Heute ist der Tag. Bist du bereit?"

Susans Blick war starr. Dann nickte sie langsam.

Dave lächelte ihr zu. „Bisher hast du nur zugesehen. Heute wirst du selbst endgültig die Schwelle überschreiten. Das Große Ritual. Du warst lange genug nur eine Adeptin, heute wirst du zur Meisterin erhoben. Heute wirst du durch die goldene Pforte gehen."

Lächelnd wandte er den Blick zu Quentin. „Eben beim Ritual hat sie es nicht vollbracht. Sie hat gezögert. Aber ich gebe ihr eine zweite Chance. Die letzte Chance."

Er trat zu Susan und strich ihr zärtlich über das Haar. „Wer einmal einem Menschen das Leben genommen hat, der kann nie mehr zurück. Der gehört uns auf ewig. Tu es!"

Susan drückte sich von der Wand weg und ging zögernd ein paar Schritte. Sie starrte immer noch ins Leere.

„Ich beneide dich so, Susan. Ich erinnere mich noch an mein erstes Mal. Es war so wunderschön. So befreiend. Danach ist man gereinigt durch die Schönheit dieser Tat. Man ist geheiligt durch das gesalbte Blut."

Susan stand jetzt direkt bei ihm, sie ragte über ihm auf. Quentin suchte ihren Blick, und sie erwiderte ihn.

Dave brachte seinen Mund nah an ihr Ohr und flüsterte fast zärtlich: „Tu es. Mach dich frei. Ergib dich deinem neuen Herrn."

Doch Susan schien ihn gar nicht zu hören, sie blickte unverwandt zu Quentin. Ihr ganzer Körper fing an zu beben. Es war eine Art Weinen, aber ohne Tränen.

„Enttäusche mich nicht. Enttäusche dich selbst nicht. Du bist schon so einen weiten Weg gegangen. Mach nun den letzten Schritt."

Jetzt hob sie langsam den Dolch.

Quentin hielt den Blick auf den blitzenden Dolch gerichtet. Er fühlte nichts. Er hatte keine Angst mehr. Irgendwie war es gut so. Er hatte sich selbst schon vor langer Zeit verloren. Dass es einmal so enden würde, hatte er eigentlich schon längst geahnt. Ja, es war gut so.

Dave stand neben Susan, den Blick unverwandt auf sie gerichtet. Und darauf, wie sie den Dolch langsam hob. „So ist es gut. Tu es für unseren Herrn. Tu es für mich. Tu es für dich."

Susan stand ganz still da, den Dolch erhoben.

Dann schrie sie plötzlich auf wie ein Tier, fuhr nach rechts herum und stieß Dave den Dolch in den Hals. Das Blut spritzte heraus wie eine Fontäne. Sein Blick war so unsäglich überrascht.

Kapitel 34

„Die Kirche ist Ihnen zu Dank verpflichtet, Pater Quentin. Die Mutter von Susan hat mir versichert, wie dankbar sie ist. Ihre Tochter ist noch in psychologischer Behandlung, aber demnächst wird sie wieder zur Schule gehen können. Bald wird sie ein gesundes Kind zur Welt bringen! Es wird ein Junge! Ihr gesundheitlicher Zustand ist gut, und auch die psychischen Spätfolgen werden zu beheben sein, so versichern es uns die Ärzte."

Quentin saß wieder im Büro des Monsignore, der hinter seinem riesigen Schreibtisch thronte, eine Akte vor sich auf dem Tisch, einen Brieföffner in den langfingrigen, eleganten Händen, den er behutsam drehte. Es sah aus wie einstudiert.

Quentins rechter Arm war verbunden und er trug ihn in einer Schlinge. Die Blutergüsse im Gesicht waren am Abklingen, sie waren inzwischen gelblich-grün verfärbt. Der Stock, den er immer noch zum Gehen brauchte, lehnte an seinem Stuhl.

„Diese gesamte Organisation, die sogenannte Bruderschaft, wurde von der örtlichen Polizei ausgehoben. Das ganze Gebäude wurde durchsucht, und es gab mehrere Festnahmen. Dieser Dave Kunnington, den Susan getötet hat, schien der Anführer gewesen zu sein. Eine gewisse Patricia Wilder und ein Ken Totter sitzen in Untersuchungshaft. Die Behörden ermitteln noch, es wird wohl Anklage erhoben wegen Entführung und Freiheitsberaubung. Auch

Tötungsdelikte und Mord stehen im Raum. Mehrere Frauen wurden auf dem Gelände befreit. Diese Agentur *Voluptas sine limitibus* ist ebenfalls im Visier der Polizei. Miss Esperanza wurde in Mexiko festgenommen. Ein gewisser Mister Danton, ihr Mitarbeiter, wird vermisst. Er ist zur Fahndung ausgeschrieben. Vermutlich hat er sich ins Ausland abgesetzt."

Quentin sagte nichts.

„Das FBI ermittelt ebenfalls gegen diese Bikertruppe ‚Arian Stars'. Die scheinen tief im Menschenhandel mit drinzustecken. Dieser Edgar North, der Versicherungsvertreter aus Alabama, hat in der Untersuchungshaft Selbstmord begangen. Einsatzkräfte haben eine Bunkeranlage in den Wäldern von Wyoming gestürmt. Es gab heftigen Widerstand. Aus der Anlage wurden mehrere Kinder geborgen. Das sind Bestien. Es ist nicht zu glauben."

Der Monsignore schüttelte empört den Kopf.

„Sollte ich nicht abberufen werden?", fragte Pater Quentin leise.

„Das war ein Missverständnis. Ich habe nie an Ihnen gezweifelt."

Nachdem Susan Dave getötet hatte, hatte sie Quentin aus dem Gelände herausgebracht. Alle Ordensmitglieder lagen nach der Messe, von den Drogen betäubt, im Tiefschlaf. Sie hatte ihn in eines der Autos verfrachtet und zur nächsten Polizeiwache gebracht.

„Angeblich hat diese sogenannte Bruderschaft mehrmals das Große Ritual durchgeführt. Die Tötung von Menschen, um Satan die Treue zu beweisen. Nicht auszudenken!"

Quentin senkte den Blick.

„Es ist uns gelungen, die Kirche aus der Presse heraus-zuhalten. Berichte über unsere Arbeit kämen uns nicht gelegen."

Quentin spürte wieder Schmerzen im Kiefer. Bald wurde es wieder Zeit für seine Schmerztabletten.

Der Monsignore lächelte, was er selten tat.

„Und ich darf sagen, Pater Quentin, Sie sehen gut aus. Erholt. Der Krankenhausaufenthalt hat Ihnen gutgetan. Sie sind weitestgehend wiederhergestellt?"

„Es geht mir besser."

Das Sprechen fiel Quentin noch immer schwer. Die Ärzte hatten sich Mühe gegeben, aber seine Verletzungen waren recht schwerwiegend gewesen. Die Heilung würde noch Wochen dauern.

Er versuchte, sich bequemer hinzusetzen, damit die Schmerzen etwas nachließen, doch es funktionierte nicht.

„Ich hatte darum gebeten, Monsignore, dass Susan in eine staatliche Einrichtung kommt. Es gibt da Verdachts-momente gegen ihre Mutter."

„Ja, man hat mich aufgeklärt über Ihre Anschuldigun-gen. Aber bis jetzt haben sich keinerlei Hinweise ergeben, die Ihren Verdacht erhärtet hätten. Sie ist die Erziehungs-berechtigte, wir sehen da keine Möglichkeiten. Susan hat auch in keiner Weise protestiert."

Der Monsignore lehnte sich in seinem Sessel zurück. Er war so sonnengebräunt, als wäre er gerade aus dem Urlaub gekommen.

„Und ich habe gute Neuigkeiten. Alle Ermittlungen ge-gen Sie wurden eingestellt. Wir haben mit den amerika-nischen Behörden gesprochen; da dürfte es keine Probleme geben. Es gab gewisse Irritationen, weil Sie sich nicht gemeldet haben. Aber durch den glücklichen Ausgang der ganzen Geschichte hat sich das alles erledigt. Die haitianische Botschaft hat einen Riesenwirbel gemacht, doch ihr Einfluss ist nicht sehr groß. Die diplomatische Vertretung der Kirche hat da Druck ausüben müssen, aber alle Ermittlungen wurden eingestellt."

Der Monsignore blätterte elegant durch die Akte vor ihm. „Ich habe mir die Unterlagen der Behörden kommen lassen und alles gründlich studiert. Ihr Bericht steht ja immer noch aus. Bitte seien Sie so gut und erledigen Sie das in den nächsten Tagen, ja?"

Ein leichter Zug des Unmuts zeigte sich um seinen Mund.

„Sie haben da ja wieder − erstaunliche Dinge erlebt. Sie haben sich da wieder in Kreisen bewegt, die − ungewöhnlichen Aktivitäten nachgegangen sind, wie ich dem Polizeibericht entnehme, das muss man sagen. Sie beweisen da immer eine ungeheure Belastbarkeit."

Der Monsignore betrachtete ihn prüfend. „Darf ich Sie etwas fragen?" Seine Stimme klang jetzt anders. Beinahe mitfühlend.

„Bei all Ihren Ermittlungen, bei all den Abgründen, in die Sie geschaut haben, die seltsamen Kreise, in denen Sie sich bewegen mussten, bei all den Abartigkeiten, die Sie gesehen haben, bei all diesen Taten, diesen schrecklichen Dingen, die Sie erleben mussten: Haben Sie je den Teufel gesehen?"

Der Monsignore hielt den Brieföffner nun ganz ruhig in der rechten Hand.

„Haben Sie je etwas gesehen, was man mit dem normalen Verstand nicht erklären kann? Was sich nicht begreifen lässt, was einem zu ungeheuerlich erscheint, als dass es wahr sein könnte? Was über die Grenzen der menschlichen Vernunft hinausgeht? Was einen glauben machen könnte, dass es keinen Gott gibt?"

Einen Augenblick lang war Stille. Quentin spürte seinen Backenzahn dumpf pochen, doch der Schmerz war auszuhalten. „Nein. Ich habe nichts gesehen, was sich nicht erklären ließe. Ich habe nichts Übernatürliches gesehen. Nichts Übermenschliches."

„Wirklich?" Der Monsignore richtete sich in seinem Sessel auf und legte den Brieföffner beiseite. „All diese bizarren Taten, all diese befremdlichen Geschehnisse, denen Sie beiwohnen mussten, haben Sie nie zweifeln lassen an Gottes Herrlichkeit? Haben Sie nie Ihren Glauben verloren? Haben Sie nie gedacht, diese Welt könnte verloren sein, Gott hätte sich abgewandt von uns, uns allein gelassen in diesem Universum? Sie haben nie diese Dunkelheit in sich gespürt? Diese abgrundtiefe Traurigkeit?"

Einen Augenblick lang war wieder Stille. Quentin rückte sich auf seinem Stuhl zurecht und dachte über die letzten Jahre nach. Über das, was er erlebt hatte. Was ihm widerfahren war. Irgendwie spürte er den Drang, zu antworten. „Wir tun, was wir tun müssen. Einige tun es für Gott, andere für den Teufel. Es ist oft schwer, sie zu unterscheiden. Ich habe schon lange aufgehört, mir die Frage nach Gott zu stellen." Quentin beugte sich vor und blickte den Monsignore herausfordernd an. „Darf ich Sie auch etwas fragen, Monsignore?"

Der Monsignore blickte ihn mit gehobenen Brauen an. Dann nickte er.

„Was ist mit Ihnen, Monsignore? Sie haben immer meine Berichte gelesen, Monsignore. Sie haben alles nachlesen können. Sie wissen, was vorgeht. Sie wissen, was geschieht. Beten Sie noch zur Nacht? Haben *Sie* sich Ihren Glauben bewahrt? Haben Sie je das Gefühl gehabt, dass Gott und der Teufel im Grunde vielleicht ein und dasselbe sind? Dass Satan sich nur als Gott verkleidet haben könnte? Sind Sie je aufgewacht mitten in der Nacht und haben darüber nachgedacht, ob wir vielleicht zu Satan beten? Ob Gott lacht über uns? Haben Sie je davon geträumt, dass Gott den Himmel vielleicht schon lange verlassen haben könnte, dass sein Thron leer und einsam dort oben wartet, dass jemand anderes Platz nimmt darauf? Haben Sie nie die Angst gespürt, dass wir uns geirrt haben könnten unser Leben lang, dass unsere Seelen schwarz sind von dem ganzen Blut und dem Schmutz, dass die Nacht in unsere Glieder gekrochen ist und dass wir einem ganz anderen dienen, als wir glauben? Haben Sie nie den leisen Verdacht gehabt, dass der Teufel mit uns tanzt? Dass wir seine Diener sind? Beten Sie noch zur Nacht?"

Eine Weile lang sah der Monsignore ihn prüfend an, so als wollte er ihm eine Antwort geben. Einen Augenblick lang sahen sie einander an, als würden sie sich verstehen.

Doch dann verschloss sich sein Gesicht, und er klatschte in die Hände, wie um böse Geister zu vertreiben. „Genug geplaudert. Sind Sie bereit für neue Aufgaben? Wir haben viel zu tun."

„Ich hatte erneut um meine Versetzung gebeten."

„Ja, ich habe Ihr Schreiben erhalten. Doch ich fürchte, wir können Sie nicht entbehren. Zumindest im Augenblick nicht."

„Was ist mit Bruder Frederico?"

„Sie haben es nicht gehört? Er ist bei einem Einsatz ums Leben gekommen. Bedauerlich. Sehr bedauerlich."

„Und Bruder Javier?"

„Der ist suspendiert worden. Es laufen interne Ermittlungen gegen ihn. Die Vorwürfe sind so ungewöhnlich, dass ich mich weigere, sie zu glauben. Doch bis zur vollständigen Aufklärung kann ich ihn unmöglich einsetzen. Wir haben da einige hoffnungsvolle andere Kandidaten, die Sie bald entlasten können werden. Aber im Augenblick sind Sie unser bester Mann. Es geht um eine kleinere Ermittlung. Ein paar Tage. Vielleicht eine Woche. Nichts Großes. Sie müssen sich in eine Organisation einschleusen, die – nun, ich sage einmal, bizarre Rituale zu praktizieren scheint. Sie sind ja vertraut mit so etwas."

„Ich weiß nicht, ob ich das kann."

„Sie können das. Ihr Glaube wird Sie leiten." Der Monsignore nahm wieder die Akte zur Hand und begann zu lesen.

Das war das Zeichen, dass das Gespräch beendet war.